Espião de Deus

SUMA
de letras

Juan Gómez-Jurado

Espião de Deus

Tradução
Joana Angélica d'Ávila Melo

SUMA de letras

EDITORA OBJETIVA LTDA. Rua Cosme Velho, 103
Rio de Janeiro — RJ — CEP: 22241-090
Tel.: (21) 2199-7824 — Fax: (21) 2199-7825
www.objetiva.com.br

Capa
Raul Fernandes

Revisão
Lilia Zannetti Freire
Teresa da Rocha
Fatima Fadel

Editoração Eletrônica
Abreu's System Ltda.

CIP-BRASIL. CATALOGAÇÃO-NA-FONTE
SINDICATO NACIONAL DOS EDITORES DE LIVRO, RJ

G619e

Gómez-Jurado, Juan
Espião de Deus / Juan Gómez-Jurado ; tradução de Joana Angélica d'Ávila Melo. – Rio de Janeiro : Objetiva, 2007.

312p.

Tradução de: Espía de Dios ISBN 978-85-60280-06-3

1. Romance espanhol. I. Melo, Joana Angélica d'Ávila. II. Título.

07-0129. CDD: 863
CDU: 821.134.2-3

15.01.07 19.01.07 000131

A Katu,
por ser a luz da minha vida

JARDINS
DO VATICANO
CORTILE
DEL BELVEDERE
CAPELA
SISTINA
PALAZZO DEL
GOVERNATORATO
BASÍLICA
DE SÃO PEDRO
SACRISTIA
DE SÃO PEDRO
DOMUS
SANCTÆ MARTHÆ
RESIDÊNCIA

RPO DE
LÂNCIA
HOTEL
ATLANTE
PORTA DE
SANTA ANA
SANTA MARIA
IN TRASPONTINA
RAÇA DE
ÃO PEDRO
VIA DELLA CONCILIAZIONE
CIDADE DO VATICANO
E ARREDORES
com os lugares mais
importantes descritos em
ESPIÃO DE DEUS

"... et tibi dabo claves regni cœlorum"

Mt 16, 19

Prólogo

INSTITUTO SAINT MATTHEW
(CENTRO DE REABILITAÇÃO PARA SACERDOTES CATÓLICOS
COM HISTÓRICO DE ABUSO SEXUAL)
Silver Spring, Maryland

Julho de 1999

O padre Selznick acordou no meio da noite com uma faca de peixe na garganta. Até hoje é um mistério como Karoski obteve um instrumento cortante. Durante noites intermináveis, amolara-o na borda de um ladrilho meio solto de sua solitária.

Aquela foi a penúltima vez em que ele conseguiu sair do estreito aposento de três por dois, livrando-se, com uma carga de esferográfica, da corrente que o prendia à parede.

Selznick o insultara. Tinha de pagar por isso.

— Não tente falar, Peter.

Com mão firme e suave, Karoski lhe cobriu a boca, enquanto, com a faca, acariciava a barba incipiente do seu irmão de sacerdócio; para cima e para baixo, como numa paródia macabra do ato de escanhoar. Selznick o fitava paralisado de terror, olhos arregalados, dedos crispados na borda do lençol, sentindo o peso do outro em cima dele.

— Você sabe para que eu vim, não é, Peter? Pisque uma vez para dizer "sim" e duas para dizer "não".

Selznick quase não reagiu, até notar que a faca de peixe interrompera sua dança. Então piscou duas vezes.

— Sua ignorância é a única coisa capaz de me enfurecer ainda mais do que sua descortesia, Peter. Eu vim para ouvir sua confissão.

Uma breve centelha de alívio cruzou o olhar de Selznick.

— Arrepende-se de ter abusado de meninos inocentes?

Uma piscadela.

— Arrepende-se de ter desonrado seu ministério sacerdotal?

Uma piscadela.

— Arrepende-se de ter escandalizado tantas almas, prejudicando Nossa Santa Madre Igreja?

Uma piscadela.

— E por último, mas não menos importante, arrepende-se de ter me interrompido há três semanas na terapia de grupo, com isso retardando consideravelmente minha reinserção social e meu retorno ao serviço de Deus?

Uma forte e intensa piscadela.

— Muito me alegra ver seu arrependimento. Sobre os três primeiros pecados, imponho-lhe uma penitência de seis padre-nossos e seis ave-marias. Quanto ao último...

Karoski não alterou a expressão dos seus frios olhos azul-acinzentados, mas ergueu a faca e colocou-a entre os lábios de sua aterrorizada vítima.

— Ah, Peter, você não imagina o prazer que isto vai me dar...

Selznick demorou quase 45 minutos para morrer, e o fez em silêncio forçado, sem alertar os vigias que se encontravam a 30 metros dali. Karoski voltou sozinho à sua cela e fechou a porta. Na manhã seguinte, o assustado diretor do Instituto o encontrou ali sentado, coberto de sangue seco. Mas essa imagem não foi o que mais perturbou o velho sacerdote.

O que o transtornou completamente foi a fria, absoluta e despreocupada lógica com que Karoski lhe pediu uma toalha e uma bacia, porque "se havia sujado".

Dramatis personæ

Sacerdotes

Anthony Fowler, ex-oficial de Inteligência da Força Aérea. Americano.
Viktor Karoski, sacerdote e assassino serial. Americano.
Canice Conroy, ex-diretor do Instituto Saint Matthew. Falecido. Americano.

Altos funcionários civis no Vaticano

Joaquín Balcells, porta-voz do Vaticano. Espanhol.
Gianluigi Varone, juiz único da Cidade do Vaticano. Italiano.

Cardeais

Eduardo González Samalo, camerlengo. Espanhol.
Francis Shaw, americano.
Emilio Robayra, argentino.
Enrico Portini, italiano.
Geraldo Cardoso, brasileiro.
Outros 110 cardeais.

Religiosos

Irmão Francesco Toma, carmelita. Pároco de Santa Maria in Traspontina.
Irmã Helena Tobina, polonesa. Diretora da Domus Sanctæ Marthæ.

Corpo di Vigilanza dello Stato della Città del Vaticano

Camilo Cirin, inspetor geral.
Fabio Dante, superintendente.

Polizia Italiana
(Unità per l'Analisi del Crimine Violento, UACV)

PAOLA DICANTI, inspetora e doutora em psiquiatria. Responsável pelo Laboratório de Análise do Comportamento (LAC).
CARLO BOI, diretor geral da UACV e chefe de Paola.
MAURIZIO PONTIERO, subinspetor.
ANGELO BIFFI, escultor forense e especialista em imagem digital.

Civis

ANDREA OTERO, enviada especial do jornal *El Globo*. Espanhola.
GIUSEPPE BASTINA, mensageiro da Tevere Express. Italiano.

Quase todos os personagens do livro são inspirados em pessoas reais. Esta história é de ficção, mas muito próxima da realidade quanto ao modo de funcionamento interno do Vaticano e do Instituto Saint Matthew, um lugar real (embora com outro nome) cuja própria existência causa pavor, e sobre o qual nada se sabe na Espanha. O que há de mais inquietante neste romance talvez não sejam os acontecimentos que ele narra, mas o fato de que eles *poderiam* ser verdadeiros. (N. do A.)

Palácio Apostólico

Sábado, 2 de abril de 2005. 21h37

O homem na cama parou de respirar. Seu secretário particular, monsenhor Stanislao Dwisicz, que havia 36 horas segurava a mão direita do moribundo, explodiu em pranto. Os médicos de plantão tiveram de afastá-lo com violência e dedicaram mais de uma hora à tentativa de recuperar o ancião. Foram muito além do razoável. Enquanto iniciavam várias vezes o processo de reanimação, todos eles sabiam que deviam fazer todo o possível, e mais ainda, para tranqüilizar suas próprias consciências.

Os aposentos privados do Sumo Pontífice surpreenderiam mais de um observador desinformado. O governante diante do qual os líderes das nações se inclinavam com respeito vivia num ambiente de pobreza total. Seu quarto era um aposento de uma austeridade inimaginável, com paredes nuas, exceto por um crucifixo, e móveis de madeira envernizada: uma mesa, uma cadeira e um leito humilde. Este havia sido substituído, nos últimos meses, por uma cama de hospital. Junto dela, os enfermeiros se empenhavam em reanimar o enfermo, enquanto grossas gotas de suor caíam sobre os lençóis de um branco imaculado, trocados três vezes a cada dia por quatro monjas polonesas.

Finalmente, o doutor Silvio Renato, médico particular do papa, deteve o esforço inútil. Com um gesto, ordenou aos enfermeiros que cobrissem o velho rosto com um véu branco. Pediu a todos que saíssem e ficou sozinho junto a Dwisicz. Redigiu ali mesmo o atestado de óbito. A causa da morte era mais do que clara: colapso cardiocirculatório, agravado pela inflamação da laringe. Teve dúvida na hora de escrever o nome do ancião e acabou por escolher o nome civil, para evitar problemas.

Depois de concluir e assinar o documento, o médico o estendeu ao cardeal Samalo, que acabava de entrar no quarto. O purpurado tinha a penosa tarefa de certificar oficialmente a morte.

— Obrigado, doutor. Com sua permissão, vou dar andamento às providências.

— É todo seu, Eminência.

— Não, doutor. Agora é de Deus.

Samalo se aproximou devagar do leito de morte. Ao longo dos seus 78 anos, muitas vezes havia pedido ao Senhor que o poupasse de ver aquele momento. Era um homem tranqüilo e sereno, e sabia do pesado encargo e das múltiplas responsabilidades e tarefas que agora recaíam sobre seus ombros.

Olhou o cadáver. Aquele homem tinha chegado aos 84 anos superando um balaço no peito, um tumor no cólon e uma complicada apendicite. Mas o mal de Parkinson o debilitara dia após dia, de tal modo que, por fim, seu coração não resistiu mais.

Da janela do terceiro andar do palácio, o cardeal podia ver como quase 200 mil pessoas lotavam a praça de São Pedro. As lajes dos edifícios circundantes estavam abarrotadas de antenas e câmeras de televisão. "Daqui a pouco serão ainda mais numerosas", pensou Samalo. "E o pior está por vir. As pessoas o adoravam, admiravam seu sacrifício e sua vontade de ferro. Será um golpe duro, embora todos esperassem por isso desde janeiro... e não poucos o desejassem. E depois teremos o outro assunto."

Ouviram-se ruídos junto à porta, e o chefe de segurança do Vaticano, Camilo Cirin, entrou precedendo os três cardeais que deviam certificar a morte. Em suas faces notavam-se a preocupação e o sono. Os purpurados se aproximaram do leito. Nenhum deles desviou a vista.

— Vamos começar — disse Samalo.

Dwisicz estendeu-lhe um pequeno estojo aberto. O camerlengo levantou o véu branco que cobria o rosto do defunto e abriu uma âmbula que continha os santos óleos. E começou o ritual milenar em latim:

— *Si vives, ego te absolvo a peccatis tuis, in nomine Patris, et Filii, et Spiritus Sancti, amen.*[*]

---

[*] Se vives, eu te absolvo dos teus pecados em nome do Pai, do Filho e do Espírito Santo. Amém. (N. do A.)

Samalo traçou o sinal-da-cruz sobre a testa do defunto e acrescentou:

— *Per istam sanctam Unctionem, indulgeat tibi Dominus a quidquid... Amen.*[*]

Com gesto solene, invocou a bênção apostólica:

— Pela faculdade que me foi outorgada pela Sede Apostólica, eu te concedo indulgência plenária e remissão de todos os pecados... e te abençôo. Em nome do Pai, do Filho e do Espírito Santo... Amém.

Pegou um martelo de prata no estojo que o bispo lhe estendia. Com ele bateu suavemente três vezes na testa do morto, dizendo depois de cada pequeno golpe:

— Karol Wojtyla, estás morto?

Não houve resposta. O camerlengo olhou os três cardeais que se encontravam junto à cama, os quais assentiram.

— Verdadeiramente, o papa está morto.

Com a mão direita, Samalo tirou do defunto o anel de pescador, símbolo da autoridade do papa no mundo. Com a esquerda, voltou a cobrir o rosto de João Paulo II com o véu. Respirou fundo e fitou seus três companheiros.

— Temos muito trabalho a fazer.

---

[*] Por esta santa unção, que Deus te perdoe os pecados que possas ter cometido. Amém. (N. do A.)

ALGUNS DADOS OBJETIVOS SOBRE A CIDADE DO VATICANO

(extraídos do *CIA World Factbook*)

Superfície: 0,44 quilômetro quadrado (o menor país do mundo).

Fronteiras: 3,2 quilômetros (com a Itália).

Ponto mais baixo: A praça de São Pedro, 19 metros acima do nível do mar.

Ponto mais alto: Os jardins do Vaticano, 75 metros acima do nível do mar.

Temperatura: De setembro a meados de maio, invernos moderados e chuvosos; de maio a setembro, verões quentes e secos.

Uso do terreno: 100% em área urbana. Terreno cultivado, 0%.

Recursos naturais: Nenhum.

População: 911 cidadãos com passaporte. Durante o dia, 3 mil trabalhadores.

Sistema de governo: Eclesiástico, monarquia absoluta.

Taxa de natalidade: 0%. Nenhum nascimento em toda a sua história.

Economia: Baseada nas esmolas e na venda de selos de correio, cartões-postais, estampas e na gestão dos seus bancos e finanças.

Comunicações: 2.200 linhas telefônicas, sete emissoras de rádio, um canal de televisão.

Receita anual: 242 milhões de dólares.

Despesa anual: 272 milhões de dólares.

Sistema legal: Baseado no Código de Direito Canônico. A pena de morte, embora não seja aplicada oficialmente desde 1868, continua em vigor.

Considerações especiais: O Santo Padre tem uma grande influência na vida de mais de 1,86 bilhão de fiéis.

Igreja de Santa Maria in Traspontina
Via della Conciliazione, 14

Terça-feira, 5 de abril de 2005. 10h41

A inspetora Dicanti semicerrou os olhos ao entrar, tentando se adaptar à escuridão do local. Havia levado quase meia hora para chegar à cena do crime. Se o trânsito em Roma é sempre um caos, depois da morte do Santo Padre se transformara num inferno. Milhares de pessoas chegavam diariamente à capital da cristandade para dar o último adeus ao cadáver exposto na basílica de São Pedro. Aquele papa morrera com fama de santo, e pelas ruas já circulavam voluntários que coletavam assinaturas para iniciar a causa da beatificação. A cada hora, 18 mil pessoas passavam diante do corpo. "Um grande sucesso para a medicina forense", ironizou Paola para si mesma.

Sua mãe a alertara, antes de ela sair do apartamento que as duas compartilhavam na Via della Croce.

— Não vá pela Cavour, porque vai demorar muito. Suba até a Regina Margherita e desça pela Rienzo — disse, enquanto mexia o mingau que lhe preparava todas as manhãs, ao longo de 33 anos.

Claro que Paola foi pela Cavour e demorou muito.

Ainda trazia na boca o sabor do mingau, o sabor de suas manhãs. Durante o ano que havia passado estudando na sede do FBI em Quantico, na Virginia, tinha sentido falta dessa sensação de maneira quase doentia. Chegou a pedir à mãe que lhe enviasse um boião cheio, que ela esquentava no microondas da sala de repouso da Unidade de Estudos do Comportamento. O sabor não era o mesmo, mas a ajudou a permanecer tão longe de casa durante aquele ano tão duro e, ainda assim, tão frutífero. Paola havia crescido a dois passos da Via Condotti, uma das ruas mais exclusivas do mundo, e no entanto sua família era pobre. Ela não soube o que significava essa palavra até viajar para os Estados Unidos, um país com sua própria medida para tudo. E se alegrou tremendamente ao retornar à cidade que tanto havia odiado enquanto crescia.

Na Itália, criou-se em 1995 uma Unidade para a Análise de Crimes Violentos, especializada em assassinos seriais. Parece incrível que o quinto país do mundo na lista de psicopatas não contasse, até uma data tão tardia, com uma unidade para combatê-los. Dentro da UACV havia um departamento especial chamado Laboratório de Análise do Comportamento, fundado por Giovanni Balta, mestre e mentor de Dicanti. Infelizmente, Balta morreu no início de 2004 num trágico acidente de trânsito, e a *dottoressa* Dicanti passou a ser a *ispettrice* Dicanti, à frente do LAC de Roma. Sua formação no FBI e os excelentes relatórios de Balta foram seu aval. Desde a morte do seu supervisor, o pessoal do LAC era bastante reduzido: resumia-se a ela mesma. Mas, como departamento integrado à UACV, o laboratório contava com o apoio técnico de uma das unidades forenses mais avançadas da Europa.

Até aquele momento, no entanto, só tinha havido fracassos. Havia na Itália trinta assassinos seriais livres, sem identificação. Destes, nove correspondiam a casos "quentes", pela proximidade das mortes mais recentes. Não tinham aparecido novos cadáveres desde que Paola Dicanti se tornara responsável pelo LAC, e a ausência de provas periciais aumentava a pressão sobre ela, já que os perfis psicológicos se transformavam às vezes no único dado que podia conduzir a um suspeito. "Castelos no ar", chamava-os o doutor Boi, um físico matemático e nuclear que passava mais tempo ao telefone do que metido no laboratório. Por desgraça, Boi era o diretor-geral da UACV e chefe direto de Paola, e sempre lhe dedicava um olhar irônico quando cruzava com ela no corredor. "Minha bela romancista" era o mote que usava quando os dois estavam a sós no gabinete dele, aludindo galhofeiramente à portentosa imaginação que Dicanti esbanjava nos perfis. Dicanti torcia para que seu trabalho começasse a dar frutos, a fim de esfregá-lo na cara daquele safado. Havia cometido o erro de se embolar com ele numa noite de fraqueza. Muitas horas trabalhando até tarde, a guarda baixa, uma ausência indefinível no coração... e, de manhã, as habituais lamentações. Especialmente levando-se em conta que Boi era casado e tinha quase o dobro de sua idade. Ele havia sido um cavalheiro e não se aprofundara no tema (cuidando de manter distância), mas também não permitia que ela esquecesse o episódio, saindo-se volta e meia com alguma frase entre machista e encantadora. *Dio*, como o odiava!

Mas finalmente, desde sua promoção, Paola tinha um caso real, que abordaria desde o princípio, e não com base em provas rudimentares recolhidas por agentes incompetentes. Recebeu o chamado em pleno desjejum e voltou ao seu quarto para trocar de roupa. Prendeu o cabelo, comprido e preto, num coque apertado, despiu a saia-calça e o suéter com os quais pretendia ir para o trabalho e escolheu um elegante conjunto com blazer também preto. Estava intrigada: a mensagem se limitava a informar a ocorrência de um crime que se encaixava em sua alçada, sem fornecer mais nenhum dado, e a convocava a Santa Maria in Traspontina "com a maior urgência".

E ali estava ela, na porta da igreja. Atrás de Paola, um fervedouro de pessoas amontoadas nos quase 5 quilômetros de uma fila que chegava até a ponte Vittorio Emanuele II. Ela contemplou a cena com preocupação. Aquela gente havia passado a noite inteira ali, mas os que talvez tivessem visto alguma coisa já deviam estar muito longe. Alguns peregrinos olhavam de passagem a discreta dupla de *carabinieri* que impedia a entrada no templo de algum grupo ocasional de fiéis. Os policiais asseguravam, com muita diplomacia, que o edifício estava em obras.

Paola respirou fundo e transpôs o umbral da igreja na penumbra. Havia uma só nave, com cinco capelas de cada lado. No ar flutuava um cheiro de incenso oxidado, velho. Todas as luzes permaneciam apagadas, certamente porque assim estavam quando o corpo fora descoberto. Uma das normas de Boi era: "Vejamos o que ele viu."

A inspetora olhou ao redor, semicerrando os olhos. Duas pessoas conversavam em voz baixa no fundo da igreja, de costas para ela. Junto à pia de água benta, um carmelita nervoso que rezava o terço se fixou na atenção com que Paola contemplava o cenário.

— É primorosa, não, *signorina*? Data de 1566. Foi construída por Peruzzi, e as capelas...

Dicanti o interrompeu com um sorriso decidido.

— Infelizmente, irmão, neste momento a arte não me interessa em absoluto. Sou a inspetora Paola Dicanti. O senhor é o pároco?

— Isso mesmo, *ispettrice*. Também fui eu que descobri o corpo. Isso certamente a interessará mais. Bendito seja Deus, que dias, estes...! Perdemos um santo e só nos restam demônios!

Era um homem de aspecto avantajado, com óculos de vidros grossos, vestido com o hábito marrom dos carmelitas. Um grande cordão atava sua cintura, e uma barba grisalha e profusa cobria sua face. Ele dava voltas ao redor da pia, um tanto encurvado, coxeando ligeiramente. As mãos voavam sobre as contas do terço, com um tremor intermitente e incontrolável.

— Acalme-se, irmão. Como se chama?

— Francesco Toma, *ispettrice*.

— Bem, irmão, diga-me com suas próprias palavras como tudo aconteceu. Sei que o senhor já deve ter contado isso umas seis ou sete vezes, mas é necessário, acredite.

O frade suspirou.

— Não há muito o que contar. Além de pároco, eu sou o encarregado de cuidar da igreja. Vivo numa pequena cela atrás da sacristia. Como todos os dias, eu me levantei às seis da manhã. Lavei o rosto, vesti o hábito. Atravessei a sacristia, entrei na igreja por uma porta dissimulada atrás do altar-mor e me dirigi à capela de Nossa Senhora do Carmo, onde rezo diariamente minhas orações. Achei estranho que houvesse velas acesas diante da capela de São Tomé, já que, quando fui me deitar, não havia nenhuma, e então o vi. Voltei correndo para a sacristia, morto de medo, porque o assassino podia estar ainda na igreja, e liguei para o 113.

— Não tocou em nada na cena do crime?

— Não, *ispettrice*. Nada. Estava muito assustado, que Deus me perdoe.

— E também não tentou ajudar a vítima?

— *Ispettrice*... era evidente que ele estava além de qualquer ajuda terrena.

Uma figura se aproximava dos dois pelo corredor central da igreja. Era o subinspetor Maurizio Pontiero, da UACV.

— Dicanti, vamos logo, já vão acender as luzes.

— Um segundo. Pegue isto, irmão. Meu cartão. O número do meu celular está embaixo. Pode me telefonar a qualquer hora, caso se lembre de mais alguma coisa.

— Pode deixar, *ispettrice*. Tome, um presente.

O carmelita lhe estendeu uma estampa de cores vivas.

— Nossa Senhora do Carmo. Leve-a sempre consigo. Ela lhe indicará o caminho nestes tempos obscuros.

— Obrigada, irmão — disse Dicanti, guardando distraidamente a estampa.

A inspetora seguiu Pontiero pela igreja até a terceira capela da esquerda, interditada pela clássica faixa vermelha da UACV.

— Você se atrasou — reclamou o subinspetor.

— O trânsito estava horrível. Há um belo circo montado aí fora.

— Devia ter vindo pela Rienzo.

Embora, segundo a hierarquia policial italiana, Dicanti estivesse num nível superior ao de Pontiero, este era responsável pelo setor de Investigações de Campo da UACV e, portanto, qualquer investigador de laboratório estava, na prática, subordinado a ele, inclusive Paola, que detinha o cargo de chefe de departamento. Pontiero era um homem de 51 anos, muito magro e mal-humorado. Seu rosto de passa velha era decorado por um perene cenho franzido. Constava a Paola que o subinspetor a adorava, embora evitasse totalmente manifestar esse sentimento.

Dicanti ia cruzando a linha, mas Pontiero a segurou pelo braço.

— Espere um momento, Paola. Nada do que você já viu a preparou para isto. É absolutamente demencial, posso lhe garantir. — Sua voz tremia.

— Acho que saberei agüentar, Pontiero. De qualquer forma, obrigada.

Entrou na capela. Dentro havia um perito da UACV tirando fotos. Ao fundo, um pequeno altar pegado à parede, com um quadro dedicado a São Tomé, no momento em que este introduzia os dedos nas chagas de Jesus.

Abaixo estava o corpo.

— *Santa Madonna!*

— Eu avisei, Dicanti.

Era um espetáculo dantesco. O morto havia sido encostado ao altar. Tinham-lhe arrancado os olhos, deixando duas feridas horríveis e escuras no lugar. Da boca, aberta numa careta horrenda e grotesca, pendia um objeto pardacento. À luz relampejante do flash, Dicanti descobriu o mais horrível. As mãos haviam sido cortadas e jaziam ali perto, uma junto à outra, limpas de sangue, sobre um pano branco. Uma delas ainda trazia um grosso anel.

O morto trajava a veste talar negra, debruada de vermelho, própria dos cardeais.

Paola arregalou os olhos.

— Pontiero, não me diga que é um cardeal.

— Não sabemos, Dicanti. Estamos investigando, embora pouca coisa tenha restado do rosto. Estávamos à sua espera para que você visse o aspecto do lugar, tal como o assassino o viu.

— Onde está o resto da equipe de Análise da Cena do Crime?

A equipe de Análise era o grosso da UACV. Todos eram peritos forenses, especializados em coletar impressões digitais, pegadas, pêlos e qualquer outra coisa que um criminoso tivesse deixado para trás. Funcionavam segundo a norma de que em todo crime há uma transferência: o assassino toma algo e deixa algo.

— Estão a caminho. O furgão deles ficou preso no engarrafamento da Cavour.

— Deviam ter vindo pela Rienzo — interveio o perito.

— Ninguém pediu sua opinião — alfinetou Dicanti.

O perito se afastou da capela resmungando coisas desagradáveis sobre a inspetora.

— Você precisa começar a controlar esse seu temperamento, Paola.

— Meu Deus do céu, Pontiero, por que não me chamou antes? — disse Dicanti, ignorando a recomendação do subinspetor. — É um caso muito sério. Quem fez isto está muito ruim da cabeça.

— Essa é sua análise profissional, *dottoressa*?

Carlo Boi entrou na capela e dirigiu à inspetora uma de suas olhadelas cínicas. Adorava esse tipo de entrada de surpresa. Paola se deu conta de que ele era uma das pessoas que conversavam de costas, junto à pia de água benta, quando ela ia entrando na igreja, e se recriminou por ter deixado que Boi a pegasse desprevenida. O outro homem estava perto do diretor, mas não disse uma palavra nem foi até a capela.

— Não, senhor diretor. Minha análise profissional estará em sua mesa assim que eu a concluir. De saída, já lhe adianto: quem perpetrou este crime é alguém muito doente.

Boi ia dizendo alguma coisa, mas nesse momento as luzes da igreja se acenderam. E todos viram algo que lhes havia passado despercebido: na parede, perto do defunto, estava escrito, com letras não muito grandes:

EGO TE ABSOLVO

— Parece sangue — disse Pontiero, verbalizando o que todos pensavam.

Ouviu-se o toque de um celular, com os acordes do "Aleluia" de Hændel. Muito sério, o acompanhante de Boi, observado pelos outros três, puxou o aparelho do bolso do sobretudo e atendeu. Não disse quase nada, só uma dúzia de *sei, sei* e *hum, hum.*

Ao desligar, olhou para Boi e acenou afirmativamente com a cabeça.

— Então é o que temíamos — disse o diretor da UACV. — *Ispettrice* Dicanti, *vice ispettore* Pontiero, é desnecessário lhes dizer que este caso é muito delicado. Esse que os senhores vêem aí é o cardeal argentino Emilio Robayra. Se o assassinato de um cardeal em Roma já é em si uma tragédia indescritível, pior ainda na conjuntura atual. A vítima era uma das 115 pessoas que, daqui a alguns dias, participarão do conclave para eleger o novo Sumo Pontífice. Conseqüentemente, a situação é delicadíssima. Este crime não pode chegar aos ouvidos da imprensa, sob nenhuma hipótese. Imaginem as chamadas: "Assassino serial aterroriza a eleição do papa". Não quero nem pensar...

— Um momento, diretor. O senhor disse assassino serial? Há algo aqui que não sabemos?

Boi pigarreou e fitou o misterioso personagem que viera com ele.

— Paola Dicanti, Maurizio Pontiero, permitam que eu lhes apresente Camilo Cirin, inspetor geral do corpo de vigilância do Estado da Cidade do Vaticano.

O homem assentiu e deu um passo à frente. Quando falou, foi com esforço, como se detestasse pronunciar qualquer palavra.

— Achamos que esta é a segunda vítima.

INSTITUTO SAINT MATTHEW
Silver Spring, Maryland

Agosto de 1994

— Entre, padre Karoski, entre. Por favor, faça a gentileza de se despir atrás desse biombo.

O sacerdote começou a tirar o clergyman. *A voz do técnico lhe chegava do outro lado do anteparo branco.*

— Não se preocupe com o teste, padre. É a coisa mais normal, correto? A coisa mais normal, he-he-he. Pode ser que o senhor tenha ouvido outros internos falarem dele, mas o leão não é tão feroz como o pintam, como dizia minha avó. Há quanto tempo está conosco?

— Duas semanas.

— Tempo suficiente para conhecer isto aqui, sim senhor... Foi jogar tênis?

— Não gosto de tênis. Posso sair?

— Não, padre, vista antes o camisão verde, não vá pegar friagem, he-he-he.

Karoski saiu de trás do biombo metido no camisão verde.

— Vá até aquela poltroninha e recline-se. Isso. Espere, que eu vou ajustar o encosto. O senhor precisa ver bem a imagem no televisor. Está vendo bem?

— Muito bem.

— Estupendo. Espere, vou fazer uns ajustes nos instrumentos de medição e logo começamos. A propósito, esse aí é um bom televisor, correto? Trinta e duas polegadas. Se eu tivesse um assim em casa, certamente a patroa me respeitaria mais, não acha? He-he-he-he.

— Não tenho tanta certeza.

— Bah, claro que não, padre, claro que não. Aquela harpia não teria respeito nem pelo próprio Jesus, se ele saísse de um pacote de cereais Golden Grahams e lhe desse um chute naquele cu seboso, he-he-he-he.

— Você não devia usar o nome de Deus em vão, meu filho.

— Tem razão, padre. Bom, está pronto. Nunca lhe fizeram uma pletismografia peniana, correto?

— Não, nunca.

— Claro que não, que asneira, he-he-he-he. Já lhe explicaram em que consiste o teste?

— Em linhas gerais.

— Bom, eu agora vou introduzir as mãos por baixo do seu camisão e fixar estes dois elétrodos no seu pênis, correto? Isso nos ajudará a medir seu nível de resposta sexual a determinados estímulos. Bem, vou colocá-los. Pronto.

— Suas mãos estão frias.

— É, aqui faz um friozinho, he-he-he-he. Está bem acomodado?

— Estou bem.

— Então vamos começar.

As imagens se sucediam na tela. A torre Eiffel. Um amanhecer. Névoa nas montanhas. Um sorvete de chocolate. Um coito heterossexual. Um bosque. Árvores. Uma felação heterossexual. Tulipas na Holanda. Um coito homossexual. As Meninas, *de Velázquez. Pôr-do-sol no Kilimanjaro. Uma felação homossexual. Neve no alto dos telhados de uma aldeia na Suíça. Uma felação pedófila. O menino fita diretamente a câmera, enquanto chupa o membro do adulto. Há tristeza em seus olhos.*

Karoski se levanta. Em seus olhos há raiva.

— Padre, o senhor não pode se levantar, ainda não terminamos!

O sacerdote o agarra pelo pescoço e bate várias vezes a cabeça dele contra o quadro de instrumentos, enquanto o sangue empapa os botões, o jaleco branco do psicólogo, o camisão verde de Karoski e o mundo inteiro.

— Nunca mais você cometerá atos impuros, correto? Correto, seu imundo pedaço de merda, correto?

Igreja de Santa Maria in Traspontina
Via della Conciliazione, 14

Terça-feira, 5 de abril de 2005. 11h59

O silêncio que se seguiu às palavras de Cirin foi acentuado pelos sinos que anunciavam o Ângelus na vizinha praça de São Pedro.

— A segunda vítima? Retalharam outro cardeal e só agora nós ficamos sabendo? — A cara de Pontiero deixava muito clara sua opinião sobre a situação.

Cirin, impassível, olhou o grupo fixamente. Sem sombra de dúvida, era um homem fora do comum. Estatura média, olhos castanhos, idade indefinida, terno discreto, um sobretudo cinza. Nenhum dos seus traços se impunha a outro, e isso era o extraordinário: ele era o paradigma da normalidade. Falava pouquíssimo, como se também dessa maneira quisesse se fundir num segundo plano. Mas isso não enganava nenhum dos presentes: todos tinham ouvido falar de Camilo Cirin, um dos homens mais poderosos do Vaticano. Controlava o corpo de polícia mais reduzido do mundo: a *Vigilanza Vaticana.* Um corpo de 48 agentes (oficialmente), menos da metade da Guarda Suíça, mas infinitamente mais poderoso. Nada se movia em seu pequeno país sem que Cirin o soubesse. Em 1997, um homem havia tentado lhe fazer sombra: Alois Siltermann, o recém-eleito comandante da Guarda Suíça. Dois dias depois de sua nomeação, Siltermann, sua mulher e um cabo de reputação irrepreensível foram encontrados mortos. Tinham sido assassinados a tiros.* A culpa

---

* Este caso é real (embora tenham sido mudados os nomes, por respeito às vítimas), e suas implicações têm profundas raízes na luta de poder entre os maçons e o Opus Dei no Vaticano. (N. do A.)

recaiu sobre o cabo, que supostamente havia enlouquecido, atirado no casal, metido na boca "sua arma regulamentar" e apertado o gatilho. A explicação convenceria se não fosse por dois pequenos detalhes: os cabos da Guarda Suíça não andam armados, e o cabo em questão tinha os dentes da frente destroçados. Tudo levava a pensar que a pistola fora metida brutalmente em sua boca.

Dicanti soubera da história por um colega do Inspetorado.* Ao tomarem conhecimento do acontecido, ele e seus companheiros saíram para prestar toda a ajuda possível aos membros da *Vigilanza*, mas, assim que pisaram a cena do crime, foram cordialmente convidados a voltar ao Inspetorado e fechar a porta por dentro, sem sequer merecerem um agradecimento. A lenda negra de Cirin percorria de boca em boca os comissariados de Roma inteira, e a UACV não era uma exceção.

E ali estavam os três, fora da capela, estupefatos ante a declaração de Cirin.

— Com o devido respeito, *ispettore generale*, creio que, se os senhores sabiam que um assassino capaz de cometer semelhante crime andava solto por Roma, seu dever era comunicar isso à UACV — disse Dicanti.

— Exato, e assim o fez meu distinto colega — replicou Boi. — Ele me comunicou pessoalmente. E ambos concordamos em que este caso deve permanecer no mais rigoroso sigilo, para o bem de todos. E também concordamos em algo mais. O Vaticano não dispõe de ninguém capaz de lidar com um criminoso tão... singular como esse.

Surpreendentemente, Cirin interveio.

— Vou ser franco, *signorina*. Nossas atividades são de contenção, proteção e contra-espionagem. Nesses campos, somos muito bons, posso lhe garantir. Mas um, como o chamou a senhorita?, um sujeito que está tão ruim da cabeça não se inclui em nossas competências. Já cogitávamos em lhes pedir ajuda quando nos chegou a notícia deste segundo crime.

— Achamos que este caso exigirá um enfoque muito mais criativo, *ispettrice* Dicanti. Por isso não queremos que a senhorita se limite a ela-

---

* Um pequeno destacamento da polícia italiana no interior do Vaticano. Conta com três homens, cuja presença é meramente testemunhal e que servem para trabalhos de apoio. Tecnicamente, não têm jurisdição no Vaticano, já que se trata de outro país. (N. do A.)

borar perfis, como fez até agora. Queremos que dirija a investigação — disse o diretor Boi.

Paola ficou muda. Esse era o trabalho de um agente de campo, não o de uma psicóloga criminologista. Claro que ela poderia desempenhá-lo tão bem quanto qualquer agente de campo, pois havia recebido em Quantico a preparação adequada, mas que o pedido viesse de Boi, e ainda por cima naquele momento, isso a deixou atônita.

Cirin virou-se para um homem com jaqueta de couro que se aproximou deles.

— Oh, aqui está. Permitam que eu lhes apresente o superintendente Dante, da *Vigilanza*. Ele será seu contato com o Vaticano, Dicanti. Poderá informá-la sobre o crime anterior, e ambos trabalharão neste, já que se trata de um só caso. Qualquer coisa que a senhorita peça a ele, será como se pedisse a mim. E, ao contrário, qualquer coisa que ele lhe negue, é como se eu a negasse. No Vaticano, temos nossas próprias normas, espero que entenda. E também espero que os senhores peguem esse monstro. O assassinato de dois príncipes da Santa Madre Igreja não pode ficar sem castigo.

E, sem dizer mais nada, Cirin se afastou.

Boi se aproximou muito de Paola, até fazê-la se sentir pouco à vontade. A tal aventura amorosa ainda era muito recente em sua memória.

— Bem, já ouviu, Dicanti. A senhorita acaba de ter contato com um dos homens mais poderosos do Vaticano, e ele lhe pediu algo muito concreto. Não sei por que se fixou em sua pessoa, mas mencionou expressamente seu nome. Pegue o que for necessário e me faça relatórios diários, claros, breves e simples. E, principalmente, reúna provas periciais. Espero que, desta vez, seus "castelos no ar" sirvam para alguma coisa. Quero que me traga algo, e logo.

E, virando-se, o diretor se encaminhou para a saída, atrás de Cirin.

— Que filhos-da-puta! — explodiu finalmente Dicanti, quando teve certeza de que os outros não podiam ouvi-la.

— Ora veja, ela não tem papas na língua — riu o recém-chegado Dante.

Paola corou e lhe estendeu a mão.

— Paola Dicanti.

— Fabio Dante.

— Maurizio Pontiero.

Dicanti aproveitou o aperto de mãos entre Pontiero e Dante para estudar atentamente este último. Devia ter uns 40 anos ou pouco mais. Era baixo, moreno e forte, a cabeça unida aos ombros por 5 escassos centímetros de pescoço grosso. Apesar de medir no máximo 1,70 metro, o superintendente era um homem atraente, embora não fosse bonito em absoluto. Tinha os olhos daquela cor verde-azeitona tão característica do sul da península itálica.

— Devo entender que, na expressão "filhos-da-puta", a senhorita incluía meu superior, *ispettrice*?

— Na verdade, sim. Acho que me caiu em cima uma honra imerecida.

— Ambos sabemos que não é uma honra, mas uma complicação terrível, Dicanti. E não é imerecida, seu currículo diz maravilhas sobre seu preparo. Pena que ainda não seja acompanhado pelos resultados, mas isso certamente vai mudar logo, não?

— Também leram meu currículo? *Santa Madonna*, será que nada é confidencial aqui?

— Para Ele, não.

— Escute, seu presunçoso... — enfureceu-se Pontiero.

— Chega, Maurizio. Não é necessário. Estamos numa cena de crime e eu sou a responsável. Vamos trabalhar, e depois conversamos. Vamos liberar o espaço para eles.

— Bom, agora você é quem manda, Paola. O chefe disse.

Dois homens e uma mulher, metidos em macacões azul-escuros, aguardavam do outro lado da faixa vermelha, a uma distância prudente. Eram da Unidade de Análise da Cena do Crime, especialistas em coleta de indícios. A inspetora e os outros dois saíram da capela e caminharam até a nave central.

— Certo, Dante. Agora, vá soltando tudo — pediu Dicanti.

— Bem... A primeira vítima foi o cardeal italiano Enrico Portini.

— Não pode ser! — assombraram-se ao mesmo tempo Dicanti e Pontiero.

— Podem acreditar, amigos, eu vi com meus próprios olhos.

— O grande candidato da ala reformista-liberal da Igreja. Se essa notícia chegar aos meios de comunicação, vai ser terrível.

— Não, Pontiero, vai ser uma catástrofe. Ontem pela manhã, George Bush chegou a Roma com toda a sua família. Outros duzentos mandatários e chefes de Estado internacionais se hospedam no seu país, mas na sexta-feira estarão no meu, para o funeral. A situação é de alerta máximo, mas os senhores sabem como está a cidade. É uma circunstância muito complexa, e a última coisa que queremos é que o pânico se espalhe. Saiam comigo, por favor. Preciso de um cigarro.

Dante os precedeu até a rua, onde a multidão ia ficando cada vez mais numerosa e mais compacta. A massa humana cobria por completo a Via della Conciliazione. Havia bandeiras francesas, espanholas, polonesas, italianas. Jovens com seus violões, religiosas com velas acesas, até um ancião cego com seu cão-guia. Dois milhões de pessoas compareceriam ao funeral do papa que havia mudado o mapa da Europa. "Sem dúvida alguma", pensou Dicanti, "este é o pior ambiente do mundo para se trabalhar. Qualquer possível pista se perderá muito antes, no tumulto dos peregrinos."

— Portini estava hospedado na residência Madri Pie, na Via de Gasperi — disse Dante. — Sabendo do grave estado de saúde do papa, chegou na quinta-feira de manhã. As monjas dizem que ele jantou normalmente na sexta e ficou um bom tempo na capela, rezando pelo Santo Padre. Não viram quando se deitou. No quarto dele não havia indícios de luta. Ninguém dormiu em sua cama, ou então a pessoa que o seqüestrou a refez perfeitamente. No sábado, ele não foi tomar o desjejum, mas as irmãs supuseram que ele tinha ficado orando no Vaticano. Não nos consta que ele tenha entrado no sábado, mas houve uma grande confusão na Città. Percebem? Desapareceu a uma quadra do Vaticano.

Dante se interrompeu, acendeu um cigarro e ofereceu outro a Pontiero, que o recusou com desagrado e puxou o próprio maço. O superintendente prosseguiu.

— Ontem de manhã, seu cadáver apareceu na capela da residência, mas, assim como aqui, a ausência de sangue no chão indicava que era um cenário montado. Por sorte, quem o descobriu foi um honrado sacerdote que nos avisou em primeiro lugar. Tiramos fotografias do local, mas, quando eu sugeri chamar os senhores, Cirin me disse que se encarregaria. E nos mandou limpar absolutamente tudo. O corpo do cardeal Portini foi trasladado para um lugar muito específico das dependências vaticanas e ali incinerado.

— Como?! Sumiram com as provas de um delito grave, cometido em solo italiano! Realmente, não consigo acreditar.

Dante lançou-lhes um olhar desafiador.

— Meu chefe tomou uma decisão que pode até não ter sido a mais adequada. Mas telefonou ao diretor da UACV e expôs a situação. E aqui estão os senhores. Têm consciência do que temos nas mãos? Não estamos preparados para lidar com uma situação como esta.

— Justamente por isso, deviam ter deixado o caso nas mãos de profissionais — interveio Pontiero, com expressão pétrea.

— O senhor continua não entendendo. Não podemos confiar em ninguém. Por isso Cirin fez o que fez, bendito soldado da Santa Madre Igreja. Não me olhe com essa cara, Dicanti. Leve em conta os motivos que o moveram. Se tudo se tivesse limitado à morte de Portini, poderíamos achar uma desculpa qualquer e enterrar o assunto. Mas não foi assim. Não é nada pessoal, entenda.

— O que eu entendo é que nós fomos deixados em segundo plano. E só com metade das provas. Fantástico. Há mais alguma coisa que devamos saber? — perguntou Dicanti, enfurecida.

— Por enquanto, não, *ispettrice* — disse Dante, escondendo-se de novo atrás do seu sorriso dissimulado.

— Merda. Merda, merda. Temos pela frente um problema terrível, Dante. Quero que, a partir de agora, o senhor me conte absolutamente tudo. E que não se esqueça de uma coisa: aqui mando eu. O senhor foi encarregado de me ajudar em tudo, mas também deve compreender que, embora as vítimas sejam cardeais, ambos os crimes aconteceram na minha jurisdição. Fui clara?

— Cristalina.

— Melhor assim. O *modus operandi* foi o mesmo?

— Até onde chegam meus dotes detetivescos, sim. O cadáver estava ao pé do altar, deitado. Sem os olhos. As mãos, como aqui, tinham sido amputadas e colocadas sobre um pano ao lado da vítima. Era repugnante. Eu mesmo introduzi o corpo num saco e o levei até o forno crematório. Depois, passei a noite inteira embaixo do chuveiro, podem acreditar.

— Devia ter ficado um pouquinho mais — resmungou Pontiero.

Quatro longas horas depois, deram por encerrado o levantamento do cadáver de Robayra, e então se pôde proceder à remoção. Por desejo expresso do diretor Boi, foram os próprios rapazes da Análise que colocaram o corpo num saco plástico e o conduziram ao necrotério, para evitar que o pessoal de enfermagem visse o traje cardinalício. Estava claro que aquele era um caso muito especial, e a identidade do morto devia ser mantida em segredo.

Para o bem de todos.

INSTITUTO SAINT MATTHEW
Silver Spring, Maryland

Setembro de 1994

TRANSCRIÇÃO DA ENTREVISTA NÚMERO 5
ENTRE O PACIENTE NÚMERO 3.643 E O DOUTOR CANICE CONROY

DR. CONROY:	Boa-tarde, Viktor. Bem-vindo ao meu consultório. Está melhor?
#3.643:	Sim, obrigado, doutor.
DR. CONROY:	Quer beber alguma coisa?
#3.643:	Não, obrigado.
DR. CONROY:	Ora veja, um sacerdote que não bebe... uma novidade total. Não se importa se eu...?
#3.643:	Vá em frente, doutor.
DR. CONROY:	Creio que o senhor passou um tempo na enfermaria.
#3.643:	Sofri umas contusões na semana passada.
DR. CONROY:	Lembra como se contundiu?
#3.643:	Claro, doutor. Foi durante a briga na sala de vídeo.
DR. CONROY:	Fale-me disso, Viktor.
#3.643:	Fui lá para me submeter a uma pletismografia, como o senhor me recomendou.
DR. CONROY:	Lembra qual era o propósito do teste, Viktor?
#3.643:	Determinar as causas do meu problema.
DR. CONROY:	Isso mesmo, Viktor. O senhor reconhece que tem um problema, e isso é um progresso, não há dúvida.
#3.643:	Doutor, eu sempre soube que tinha um problema. Não esqueça que estou neste centro por minha própria vontade.

Dr. Conroy:	Esse é um tema que eu gostaria de discutir com o senhor numa próxima entrevista, não há dúvida. Mas, agora, continue me falando daquele dia.
#3.643:	Entrei lá e me despi.
Dr. Conroy:	Isso o incomodou?
#3.643:	Sim.
Dr. Conroy:	É um exame médico. Requer estar sem roupa.
#3.643:	Não acho necessário.
Dr. Conroy:	O psicólogo devia colocar os instrumentos de medição numa área do seu corpo normalmente pouco acessível. Por isso, era necessário estar sem roupa, Viktor.
#3.643:	Não acho necessário.
Dr. Conroy:	Bom, suponha comigo, por um momento, que era necessário.
#3.643:	Já que o senhor diz, doutor...
Dr. Conroy:	O que aconteceu depois?
#3.643:	Ele colocou uns cabos lá.
Dr. Conroy:	Lá onde, Viktor?
#3.643:	O senhor sabe.
Dr. Conroy:	Não, Viktor, não sei, e quero que me diga.
#3.643:	Na minha coisa.
Dr. Conroy:	Pode ser mais explícito, Viktor?
#3.643:	No meu... pênis.
Dr. Conroy:	Isso, Viktor, muito bem. É o membro viril, o órgão masculino que serve para copular e urinar.
#3.643:	No meu caso, só para a segunda função, doutor.
Dr. Conroy:	Tem certeza, Viktor?
#3.643:	Sim.
Dr. Conroy:	Nem sempre foi assim no passado, Viktor.
#3.643:	O passado, passado está. Quero que isso mude.
Dr. Conroy:	Por quê?
#3.643:	Porque é a vontade de Deus.
Dr. Conroy:	Acha realmente que a vontade de Deus tem a ver com isso, Viktor? Com o seu problema?
#3.643:	A vontade de Deus tem a ver com tudo.
Dr. Conroy:	Eu também sou sacerdote, Viktor, e creio que, às vezes, Deus deixa a Natureza agir.

#3.643:	A Natureza é uma invenção iluminista que não tem cabimento em nossa religião, doutor.
DR. CONROY:	Vamos voltar à sala de vídeo, Viktor. Conte o que sentiu quando lhe colocaram o cabo.
#3.643:	O psicólogo tinha as mãos frias.
DR. CONROY:	Só frio, nada mais?
#3.643:	Nada mais.
DR. CONROY:	E quando as imagens começaram a aparecer na tela?
#3.643:	Também não senti nada.
DR. CONROY:	Sabe, Viktor? Tenho comigo os resultados da pletismografia, e eles marcam reações determinadas aqui e aqui. Está vendo os picos?
#3.643:	Tive nojo diante de certas imagens.
DR. CONROY:	Nojo, Viktor?

(*Aqui há uma pausa de mais de um minuto.*)

DR. CONROY:	Leve o tempo de que precisar para responder, Viktor.
#3.643:	As imagens sexuais me deram nojo.
DR. CONROY:	Alguma em especial, Viktor?
#3.643:	Todas elas.
DR. CONROY:	Sabe por que o incomodaram?
#3.643:	Porque são uma ofensa a Deus.
DR. CONROY:	No entanto diante de certas imagens o aparelho registrou tumescência no seu órgão viril.
#3.643:	Isso não é possível.
DR. CONROY:	Em termos vulgares, o senhor ficou de pau duro ao vê-las.
#3.643:	Essa linguagem ofende a Deus e à sua dignidade de sacerdote. O senhor deveria...
DR. CONROY:	Eu deveria o quê, Viktor?
#3.643:	Nada.
DR. CONROY:	Acaba de sentir uma fúria violenta, Viktor?
#3.643:	Não, doutor.
DR. CONROY:	No outro dia, sentiu uma fúria violenta?
#3.643:	Que outro dia?

DR. CONROY:	Certo, desculpe minha imprecisão. O senhor diria que no outro dia, enquanto batia a cabeça do meu psicólogo contra o quadro de comandos, sentia uma fúria violenta?
#3.643:	Aquele homem estava me tentando. "Se teu olho direito te levar a pecar, arranca-o", diz o Senhor.
DR. CONROY:	Mateus, capítulo 5, versículo 29.
#3.643:	Exato.
DR. CONROY:	Mas e o olho? A agonia do olho?
#3.643:	Não entendi.
DR. CONROY:	Aquele homem se chama Robert, tem esposa e uma filha. O senhor o mandou para o hospital. Quebrou-lhe o nariz, sete dentes e lhe causou um forte abalo, embora, graças a Deus, os vigias tenham conseguido conter o senhor a tempo.
#3.643:	Suponho que fiquei um pouco violento.
DR. CONROY:	Acha que poderia ficar violento agora, se não tivesse as mãos atadas com correias aos braços da cadeira?
#3.643:	Se quiser, podemos verificar, doutor.
DR. CONROY:	Acho melhor darmos por concluída a entrevista, Viktor.

NECROTÉRIO MUNICIPAL

Terça-feira, 5 de abril de 2005. 20h32

A sala de autópsias era um lugar frio, pintado de um incongruente malva acinzentado que não ajudava nem um pouco a alegrar o ambiente. Sobre a mesa de autópsias, uma luminária de seis focos presenteava o cadáver com os últimos minutos de fama, ante os quatro espectadores que deviam determinar quem o havia tirado de cena.

Pontiero fez uma cara de nojo quando o legista colocou o estômago do cardeal Robayra na bandeja. Um odor pútrido se espalhou pela sala de autópsias quando o médico abriu o órgão com o bisturi. O fedor era tão forte que encobriu até o cheiro do formol e do coquetel químico que eles usavam ali para desinfetar os instrumentos. Dicanti, de maneira absurda, perguntou-se que sentido tinha tanta limpeza do instrumental, antes de fazer as incisões. Afinal, o morto não corria o risco de pegar uma bactéria nem nada.

— Ei, Pontiero, sabe por que o bebê morto atravessou a estrada?

— Sim, *dottore*: porque ia enganchado na galinha. O senhor já me contou essa piada seis, não, sete vezes com esta. Não sabe outra?

O legista cantarolava muito baixinho, enquanto fazia os cortes. Cantava muito bem, com uma voz rouca e doce que lembrava a Paola Louis Armstrong, principalmente porque a canção era *What a wonderful world*. Ele só interrompia o canto para atormentar Pontiero.

— A verdadeira piada é ver como você luta para não vomitar, *vice ispettore*. He-he-he. Não creia que isto aqui não me diverte. Esse aí teve o que merecia...

Paola e Danté trocaram um olhar por cima do corpo do cardeal. O legista, um velho comunista recalcitrante, era um grande profissional, mas às vezes faltava com o respeito aos mortos. Ao que parecia, achava terrivelmente cômica a morte de Robayra, no que Dicanti não via a menor graça.

— *Dottore*, devo lhe pedir que se limite à análise do corpo, e só. Tanto nosso convidado, o superintendente Dante, quanto eu consideramos ofensivas e despropositadas essas suas pretensas intenções de hilaridade.

O legista olhou Dicanti de soslaio e continuou examinando o conteúdo do estômago de Robayra, mas se absteve de fazer outros comentários galhofeiros, embora, entre dentes, xingasse todos os presentes e os respectivos ancestrais. Paola não o escutou, porque estava mais preocupada com o rosto de Pontiero que naquele momento mostrava uma cor entre o branco e o esverdeado.

— Maurizio, não sei por que você se tortura assim. Você nunca agüentou ver sangue.

— Merda, se esse rato-de-sacristia pode resistir, eu também posso.

— O senhor ficaria surpreso se soubesse a quantas autópsias eu já compareci, meu delicado colega.

— Ah, é? Pois saiba que lhe resta pelo menos uma, mas me parece que eu vou me divertir com ela mais do que o senhor...

"Ai, meu Deus, já começaram de novo", pensou Paola, enquanto tentava apaziguar os dois. Estavam assim o dia todo. Desde o princípio, Dante e Pontiero tinham sentido uma antipatia mútua, mas, para falar a verdade, o subinspetor detestava quem quer que usasse calça e se aproximasse da moça a menos de 3 metros. Paola sabia que, embora a visse como a uma filha, ele às vezes exagerava. Já Dante era um pouco frívolo, e certamente não o mais engenhoso dos homens, mas, no momento, isso não justificava o rancor que seu colega lhe dedicava. O que ela não entendia era como o superintendente havia alcançado o posto que ocupava na *Vigilanza*. Suas brincadeiras constantes e sua língua mordaz contrastavam demais com o temperamento sombrio e calado do inspetor geral Cirin.

— Talvez meus distintos visitantes possam reunir educação suficiente para prestar atenção na autópsia que vieram ver.

A voz rascante do legista devolveu Dicanti à realidade.

— Continue, por favor — pediu ela, lançando um olhar gelado aos dois policiais, para que parassem de discutir.

— Bem, a vítima não tinha comido nada desde o desjejum, e tudo indica que o fez muito cedo, porque só achei uns poucos restos.

— Portanto ou ele dispensou o almoço ou, antes disso, caiu em poder do assassino.

— Duvido que tenha dispensado o almoço... Estava acostumado a comer bem, como é evidente. Media 1,83 metro e devia ter uns 92 quilos.

— O que nos indica que o assassino é um indivíduo forte. Robayra não era um peso-pena — interveio Dante.

— E o percurso entre a porta dos fundos da igreja e a capela é de 40 metros — disse Paola. — Alguém deve necessariamente ter visto o assassino entrando na igreja com o cadáver. Pontiero, me faça um favor. Envie à área quatro agentes de confiança. Vestidos à paisana, mas com os distintivos. Não lhes diga o que aconteceu. Diga que houve um furto na igreja e que eles devem averiguar se alguém viu alguma coisa durante a noite.

— Procurar entre os peregrinos seria perda de tempo.

— Então não procure. Que os agentes perguntem aos vizinhos, especialmente aos anciãos, que costumam ter sono leve.

Pontiero assentiu e saiu da sala de autópsias, visivelmente agradecido por não ter de permanecer ali. Paola o seguiu com o olhar e, quando a porta se fechou atrás dele, dirigiu-se a Dante.

— Pode-se saber o que está lhe acontecendo, cavalheiro do Vaticano? Pontiero é um homem valente que não suporta sangue, só isso. Peço-lhe que se abstenha de continuar com essa absurda disputa verbal.

— Vejo que temos mais de um boquirroto aqui no necrotério — disse o legista, rindo baixinho.

— Não se meta, *dottore*, e continue seu trabalho. Dante, entendeu bem?

— Calma, calma, *ispettrice* — defendeu-se o superintendente, levantando as mãos. — Acho que a senhorita não compreendeu o que está acontecendo. Se amanhã mesmo eu tivesse de entrar num aposento em chamas, de pistola na mão e ombro a ombro com Pontiero, não duvide de que o faria.

— Então posso saber por que se mete com ele? — disse Paola, absolutamente desconcertada.

— Porque é divertido. Tenho certeza de que Pontiero também se diverte implicando comigo. Pergunte a ele.

Paola meneou a cabeça, murmurando coisas não muito agradáveis sobre os homens.

— Enfim, vamos continuar. Já sabe a hora e a causa da morte, *dottore*?

O legista consultou suas anotações.

— Lembro aos senhores que este é um laudo preliminar, mas estou bastante seguro. O cardeal morreu em torno das nove da noite de ontem, segunda-feira. A margem de erro é de uma hora. Morreu degolado. O corte foi feito por trás, por uma pessoa da mesma estatura, creio. Não posso determinar nada a respeito da arma, exceto que media pelo menos 15 centímetros, tinha gume liso e estava muito afiada. Pode ter sido uma navalha de barbeiro, não sei.

— E quanto aos outros ferimentos? — perguntou Dante.

— A evisceração dos olhos se produziu *antemortem*,* assim como a mutilação da língua.

— O criminoso arrancou a língua? Santo Deus! — reagiu Dante.

— Acho que foi com uma tenaz, *ispettore*. Quando terminou, preencheu o buraco com papel higiênico para conter a hemorragia. Depois o removeu, mas ficaram restos de celulose. Escute, Dicanti, a senhorita me surpreende. Não parece se impressionar muito com tudo isto.

— Bom, eu já vi coisas piores.

— Pois então vou lhe mostrar uma coisa que a senhorita segura mente nunca viu. Eu nunca topei com nada igual, e já tenho muitos anos de profissão. O assassino introduziu a língua da vítima na cavidade retal dela, com uma perícia assombrosa. Depois, limpou o sangue ao redor. Eu não teria percebido se não tivesse examinado lá dentro.

O legista mostrou umas fotos da língua seccionada.

— Guardei-a no gelo e mandei para o laboratório. Quando o resultado chegar, me passe uma cópia, *ispettrice*. Ainda não compreendi como o criminoso conseguiu fazer isso.

— Pode deixar, vou cuidar disso pessoalmente — garantiu Dicanti. — E as mãos?

— Essas foram lesões *post-mortem*. Os cortes não são muito precisos. Há marcas de vacilação aqui e aqui. Provavelmente, foi difícil fazê-los, ou então ele estava numa posição incômoda.

---

* Antes da morte. (N. do A.)

— Nada embaixo das unhas?

— Ar. As mãos estão impecavelmente limpas. Desconfio que ele as lavou com sabonete. Creio perceber um certo odor de lavanda.

Paola ficou pensativa.

— *Dottore*, em sua opinião, quanto tempo o assassino demorou para infligir esses ferimentos à vítima?

— Pois é, eu não tinha pensado nisso. Vamos ver, deixe-me calcular.

O velho examinou, pensativo, os antebraços do cadáver, as órbitas, a boca mutilada. Continuava cantarolando baixinho, desta vez algo dos Moody Blues. Paola não recordava o título da canção.

— Bem, senhores... ele deve ter demorado pelo menos meia hora para seccionar as mãos e limpá-las, e cerca de uma hora para limpar todo o corpo e vesti-lo. É impossível calcular o tempo que levou torturando a vítima, mas parece ter feito isso com toda a calma. Eu garantiria que ele passou ao menos três horas com a vítima, ou provavelmente mais.

Um lugar tranqüilo e secreto. Um lugar privado, afastado de olhares escondidos. E isolado, porque Robayra deve ter gritado, seguramente. Quanto ruído faz um homem a quem arrancam os olhos e a língua? Sem dúvida, muito. Era preciso calcular os tempos, estabelecer por quantas horas o assassino mantivera o cardeal em suas mãos e subtrair desse total o tempo que ele demorara para fazer em Robayra o que fez. Assim, seria possível reduzir o raio da busca, se, com sorte, o assassino não tivesse agido com grande folga.

— Sei que os rapazes não acharam nenhum indício. O senhor encontrou algo anormal antes de lavá-lo, algo a ser enviado para análise?

— Pouca coisa. Umas fibras de tecido e, na gola da camisa, algumas manchas de algo que poderia ser maquilagem.

— Maquilagem? Curioso. Seria do assassino?

— Bem, Dicanti, talvez nosso cardeal tivesse algum segredinho — disse Dante.

Paola o encarou, surpresa. O legista riu maliciosamente, entre dentes.

— Ei, não me entendam mal — apressou-se Dante a consertar. — Quero dizer que é possível que ele cuidasse muito de sua imagem. Afinal, tinha uma certa idade...

— Continua sendo um detalhe importante. Havia algum vestígio de cosmético no rosto?

— Não, mas o assassino também deve tê-lo lavado, ou pelo menos limpado o sangue das órbitas. Vou verificar mais a fundo.

— *Dottore*, envie uma amostra da maquilagem para o laboratório, por via das dúvidas. Quero saber a marca e o tom exatos.

— Isso pode levar tempo, se eles não tiverem uma base de dados preestabelecida para comparar com ela a amostra que mandarmos.

— Recomende na ordem de serviço que eles esvaziem uma perfumaria inteira, se necessário. É o tipo de encargo que encanta o diretor Boi. E o que me diz de sangue ou sêmen? Achou algum?

— Nada de nada. A roupa do cardeal estava muito limpa, e só havia restos de um sangue de seu próprio tipo. Certamente é o dele.

— Algo na pele ou no cabelo? Esporos, terra... qualquer indício?

— Encontrei restos de adesivo no que restou dos pulsos. Então suspeito que o assassino despiu o cardeal e o imobilizou com fita isolante antes de torturá-lo, para depois voltar a vesti-lo. Lavou o corpo, mas não por imersão, estão vendo?

O legista apontou uma fina linha branca de espuma ressequida no flanco do cadáver de Robayra.

— Passou nele uma esponja com água e sabonete, mas não devia dispor de muita água ou não prestou grande atenção nisso, já que deixou bastante sabonete no corpo.

— E o tipo de sabonete?

— Vai ser mais simples de identificar do que a maquilagem, mas também menos útil. Parece um sabonete de lavanda, do mais comum.

Paola suspirou. Era verdade.

— Só isso?

— Ficou um restinho de adesivo também no rosto, mas em quantidade muito pequena. Nada mais. Sem dúvida, o morto era bastante míope.

— E o que isso tem a ver com o caso?

— Dante, preste atenção. Faltavam os óculos.

— Claro que faltavam os óculos. O criminoso lhe arrancou os malditos olhos, como não iam faltar os óculos?

O legista se melindrou com o superintendente.

— Bom, escute, eu não pretendo lhes dizer como fazer seu trabalho, me limito a mostrar o que vejo.

— Tudo bem, doutor. Telefone para nós quando tiver o laudo completo.

— Claro, *ispettrice.*

Dante e Paola deixaram o médico às voltas com o cadáver e com suas versões dos clássicos do jazz e saíram para o corredor, onde Pontiero ladrava ordens breves e concisas pelo celular. Quando ele desligou, a inspetora se dirigiu a ambos.

— Bem, o que vamos fazer é o seguinte. Dante, o senhor voltará ao seu escritório e redigirá um relatório com tudo o que puder recordar sobre a cena do primeiro crime. Prefiro que esteja sozinho, assim será mais fácil. Consiga todas as fotos e as evidências que seu sábio e iluminado líder lhe permitiu conservar. E venha à sede central da UACV assim que concluir. Temo que esta noite venha a ser muito longa.

	UNIDADE DE CIÊNCIAS DO COMPORTAMENTO DO FBI – CURSO ANUAL EXAME FINAL DE VITIMOLOGIA Aluno: *Dicanti, Paola* Data: *19 de julho de 1999* Qualificação: *A+*

Pergunta única: Descreva, em menos de cem palavras, a importância do tempo na elaboração do perfil criminal (segundo Rosper). Tire uma conclusão pessoal, relacionando as variáveis com o nível de experiência do assassino. O aluno dispõe de dois minutos, que já estão sendo contados a partir do momento em que ele virou a folha.

Resposta: *Leva-se em conta o tempo necessário para:*

a) eliminar a vítima
b) interagir com o cadáver
c) eliminar seus próprios indícios do corpo e livrar-se dele

Comentário: *Segundo deduzo, a variável (a) é definida pelas fantasias do assassino, a variável (b) ajuda a revelar suas motivações ocultas, e a (c) define sua capacidade de análise e improvisação. Em conclusão, se o assassino dedicar mais tempo a*

a) tem um nível médio (três crimes)
b) é um especialista (quatro crimes ou mais)
c) é um principiante (primeiro ou segundo crime).

Sede central da UACV
Via Lamarmora, 3

Terça-feira, 5 de abril de 2005. 22h32

— Bem, vejamos. O que temos?

— Temos dois cardeais mortos de uma forma horrível, Dicanti.

Dicanti e Pontiero estavam comendo sanduíches e tomando café na sala de reunião do laboratório. O lugar, embora moderno, era cinzento e deprimente. O único colorido de toda a sala era dado pela centena de fotografias da cena do crime espalhadas diante deles. Num dos lados da enorme mesa, havia quatro sacos plásticos com provas periciais; era só o que eles tinham até aquele momento, na falta das informações que Dante ainda lhes traria sobre o primeiro crime.

— Certo, Pontiero, começaremos por Robayra. O que sabemos dele?

— Vivia e trabalhava em Buenos Aires. Chegou no domingo de manhã, num vôo das Aerolíneas Argentinas. Tinha uma passagem em aberto, comprada havia semanas, e esperou para marcá-la à uma da tarde do sábado. Com a diferença de horário, suponho que esse foi o momento em que o Santo Padre morreu.

— Ida e volta?

— Só ida.

— Curioso... Ou o cardeal era muito pouco previdente, ou vinha ao conclave com muitas esperanças. Maurizio, você me conhece: eu não sou especialmente religiosa. Sabe alguma coisa das possibilidades de Robayra como papável?

— Não muito. Li algo sobre ele há uma semana, acho que foi em *La Stampa*. Era considerado bem cotado, mas não um dos grandes favoritos. De todo modo, você sabe como é a mídia italiana. Só presta atenção nos nossos cardeais. Sobre Portini eu tinha lido, sim, e muito.

Pontiero era um homem caseiro, de honestidade impecável. Até onde chegavam as informações de Paola, era um bom marido e um bom pai. Ia à missa todos os domingos, como um relógio. Igualmente pontual era seu convite para acompanhá-lo junto com a família, que Dicanti recusava com várias desculpas. Algumas eram boas; outras, fracas; mas nenhuma colava. Pontiero sabia que na alma da inspetora não havia muita fé. Esta havia ido para o céu com o pai dela, dez anos antes.

— Uma coisa me preocupa, Maurizio. É importante saber que tipo de frustração liga o assassino aos cardeais. Se ele detesta a cor vermelha, se é um seminarista maluco ou se simplesmente odeia aquele chapeuzinho redondo.

— Capelo cardinalício.

— Obrigada pelo esclarecimento. Desconfio que há um nexo entre as vítimas, para além do capelo. Enfim, por esse caminho não vamos muito longe, se não consultarmos alguma autêntica fonte de autoridade. Amanhã, Dante terá de nos abrir caminho para falar com alguém que esteja bem acima, na Cúria. E quando digo acima, quero dizer acima.

— Não vai ser fácil.

— Isso veremos. Por enquanto vamos nos concentrar nas provas. Para começar, sabemos que Robayra não morreu na igreja.

— De fato, havia muito pouco sangue. Sem dúvida, ele morreu em outro local.

— Definitivamente, o assassino reteve o cardeal em seu poder durante um certo tempo, num lugar privado e secreto, onde poderia interagir com o corpo. Sabemos que ele precisou ganhar de algum modo a confiança da vítima, para que esta entrasse voluntariamente nesse lugar. Dali, removeu o cadáver até Santa Maria in Traspontina, evidentemente por algum motivo.

— E quanto à igreja?

— Conversei com o pároco. Estava trancada a sete chaves quando ele se deitou. Recorda que teve de abrir para a polícia, quando esta chegou. Mas existe uma segunda porta, muito pequena, que dá para a Via dei Corridori. Provavelmente, foi por ali que o criminoso entrou. Ela foi examinada?

— A fechadura estava intacta, mas era moderna e forte. Mesmo que a porta estivesse aberta de par em par, não compreendo como o assassino conseguiu entrar.

— Por quê?

— Você viu a quantidade de gente que havia na porta principal, na Via della Conciliazione? Pois a rua dos fundos tem mais gente ainda, caramba. Está transbordando de peregrinos. Até foi interditada ao tráfego. Não me diga que o assassino entrou carregando um cadáver, diante de todo mundo.

Paola pensou por alguns segundos. Talvez aquela maré humana tivesse sido a melhor camuflagem para o assassino, mas de que jeito ele tinha entrado sem arrombar a porta?

— Pontiero, uma de nossas prioridades é averiguar como ele entrou. Pressinto que isso é muito importante. Amanhã iremos falar com o irmão, como se chama mesmo?

— Francesco Toma, frade carmelita.

Enquanto respondia, o subinspetor balançava afirmativamente a cabeça, devagar, tomando notas em sua caderneta.

— Esse mesmo. Por outro lado, temos os detalhes macabros: a mensagem na parede, as mãos cortadas sobre o pano... e estes objetos aqui. Vamos continuar.

Pontiero começou a ler, enquanto a inspetora Dicanti preenchia com esferográfica o relatório de provas. Instalações ultramodernas, e eles ainda mantinham relíquias do século XX, como aqueles impressos antiquados.

— Prova pericial número um. Estola. Faixa de tecido bordado, usada em torno do pescoço pelos sacerdotes católicos no sacramento da confissão. Foi encontrada pendendo da boca do cadáver, totalmente banhada em sangue. O tipo sangüíneo coincide com o da vítima. Análise de DNA, em curso.

Esse era o objeto pardacento que, na penumbra da igreja, eles não tinham conseguido distinguir. A análise de DNA demoraria pelo menos dois dias, e isso porque a UACV contava com um dos laboratórios mais avançados do mundo. Muitas vezes, Dicanti dava risada quando assistia a algum episódio do *CSI* na televisão. Quem dera que as provas fossem processadas tão rapidamente como os seriados americanos mostravam...

— Prova pericial número dois. Pano branco. Procedência desconhecida. Material, algodão. Presença de sangue, mas muito leve. Sobre ele foram encontradas as mãos cortadas da vítima. O grupo sangüíneo coincide com o da vítima. Análise de DNA, em curso.

— Só uma coisa. Robayra é com *y* ou com *i*?

— Com *y*, acho.

— Bem, continue, Maurizio, por favor.

— Prova pericial número três. Papel amassado, de aproximadamente 3 por 3 centímetros. Encontrado na órbita esquerda da vítima. O tipo de papel, sua composição, gramatura e porcentagem de cloro estão sendo estudados. Sobre o papel está escrito, a mão e com esferográfica:

Mt 16

— Mt 16 — repetiu Dicanti. — Um endereço?

— O papel foi encontrado coberto de sangue e amassado em bola. É evidente que se trata de uma mensagem do assassino. A ausência dos olhos na vítima poderia ser não exatamente um castigo, mas talvez um indício... como se ele estivesse nos dizendo para onde olhar.

— Ou que estamos cegos.

— Um assassino lúdico... É o primeiro deles que aparece na Itália. Acho que foi esse o motivo pelo qual Boi escolheu você para se encarregar do caso, Paola. Não um detetive normal, mas alguém capaz de pensar de forma criativa.

Dicanti refletiu sobre as palavras do subinspetor. Se isso fosse verdade, a aposta era muito mais alta. O perfil do assassino lúdico costumava corresponder a pessoas muito inteligentes e normalmente muito mais difíceis de agarrar, se não cometessem um erro. Mais cedo ou mais tarde, todos cometiam, mas, até lá, enchiam as gavetas do necrotério.

— De acordo. Vamos pensar um momento. Que ruas nós temos com essas iniciais?

— Viale del Muro Torto...

— Não vale. Atravessa um parque e não tem números, Maurizio.

— Então também não vale Monte Tarpeo, que atravessa os jardins do Palazzo dei Conservatori.

— E Monte Testaccio?

— Pelo Parco Testaccio... Essa poderia valer.

— Espere um momento. — Dicanti pegou o telefone e teclou um número interno. — Documentação? Ah, oi, Silvio. Verifique para mim o que existe em Monte Testaccio, 16. E nos traga um mapa de Roma para a sala de reuniões, por favor.

Enquanto esperavam, Pontiero continuou enumerando as provas.

— Por último (por enquanto): prova pericial número quatro. Papel amassado, de aproximadamente 3 por 3 centímetros. Encontrado na órbita direita da vítima, em condições idênticas às da prova número três. O tipo de papel, sua composição, gramatura e porcentagem de cloro estão sendo estudados. No papel está escrita, a mão e com esferográfica, a palavra:

— *Undeviginti.*

— Caramba, é como um hieroglifo complicado — desesperou-se Dicanti. — Só espero que não seja a continuação de uma mensagem deixada na vítima anterior, porque a primeira parte virou fumaça.

— Suponho que teremos de nos conformar com o que temos por enquanto.

— Estupendo, Pontiero. Por que você não me diz o que é *Undeviginti*, para eu poder me conformar com isso?

— Seu latim está um pouco enferrujado, Dicanti. Significa 19.

— Droga, é verdade. Eu sempre tirava nota baixa na escola. E a seta?

Nesse momento entrou um dos auxiliares da Documentação, trazendo o mapa de Roma.

— Pronto, inspetora. Pesquisei o que me pediu: Monte Testaccio, 16 não existe. Essa rua só tem 14 construções.

— Obrigada, Silvio. Faça-me um favor: fique aqui, com Pontiero e comigo, e vamos ver quais ruas de Roma começam com MT. É um tiro às cegas, mas eu tive uma intuição.

— Esperemos que a senhorita seja melhor psicóloga do que adivinha, *dottoressa* Dicanti. Seria melhor ir buscar uma Bíblia.

Os três voltaram a cabeça para a porta da sala de reunião. No umbral estava um sacerdote vestido num *clergyman*. Era alto, magro, musculoso, com uma careca pronunciada. Aparentava 50 anos muito bem conservados e tinha traços duros e fortes, próprios de quem viu muitas alvoradas sob a intempérie. Dicanti achou que ele parecia mais um soldado do que um sacerdote.

— Quem é o senhor e o que deseja? Esta é uma área restrita. Faça o favor de sair imediatamente — disse Pontiero.

— Sou o padre Anthony Fowler, e vim ajudá-los. — Falava um italiano correto, mas um tanto cadenciado e vacilante.

— Estas são dependências policiais e o senhor entrou nelas sem autorização. Se quiser nos ajudar, vá até a igreja e reze pelas nossas almas.

Pontiero se dirigiu ao recém-chegado, disposto a convidá-lo com maus modos a sair dali. Dicanti já ia se voltando, para continuar estudando as fotos, quando Fowler disse:

— É da Bíblia. Do Novo Testamento, mais exatamente.

— Como? — surpreendeu-se Pontiero.

Dicanti ergueu a cabeça e olhou para Fowler.

— Certo, explique-se.

— Mt, 16. Evangelho segundo São Mateus, capítulo 16. Ele deixou alguma outra nota?

Pontiero parecia contrariado.

— Escute, Paola, você não vai dar atenção a...

Dicanti o deteve com um gesto.

— Vamos ouvi-lo.

Fowler entrou finalmente na sala. Trazia um sobretudo preto na mão, e o deixou em cima de uma cadeira.

— Os evangelhos consistem em quatro livros, como os senhores bem sabem: Mateus, Marcos, Lucas e João. Na bibliografia cristã, representa-se o livro de Mateus com as letras Mt. Um número, em seguida, refere-se ao capítulo. E um eventual segundo número, separado por vírgula do anterior, indica o versículo.

— O assassino deixou isto aqui.

Enquanto mostrava a Fowler a prova número quatro, guardada num saco plástico, Paola o fitava, muito atenta aos olhos dele. O sacerdote não deu mostras de reconhecer a nota, e tampouco se enojou ante o sangue. Apenas olhou atentamente o papel e disse:

— Dezenove. Que apropriado.

Pontiero se enfureceu.

— Vai nos dizer de uma vez o que sabe ou vai nos fazer esperar muito, padre?

— "*Et tibi dabo claves regni cœlorum* — recitou Fowler —, *et quodcumque ligaveris super terram, erit legatum et in cœlis; et quodcumque solveris super terram, erit solutum et in cœlis.*" "Eu te darei as chaves do reino dos céus, e o que ligares na terra será ligado no céu; e o que desligares na terra será desligado no céu." Mateus 16, versículo 19. Ou seja, as palavras com que Jesus confirmou São Pedro como chefe dos apóstolos, outorgando a ele e aos seus sucessores poder sobre toda a cristandade.

— *Santa Madonna!* — exclamou Dicanti.

— Considerando o que está prestes a acontecer nesta cidade, creio que os senhores deveriam se preocupar. E muito.

— Ora bolas, um louco errático acaba de degolar um religioso e o senhor já manda tocar a sirene. Não acho tão preocupante assim, padre Fowler — disse Pontiero.

— Não, meu amigo. O assassino não é um louco errático. É uma pessoa cruel, metódica e inteligente, e está terrivelmente transtornado, podem acreditar.

— Ah, é? Parece saber muito sobre as motivações dele, padre — alfinetou o subinspetor.

O sacerdote encarou Dicanti fixamente, enquanto respondia.

— Sei muito mais do que isso, senhores. Sei quem é.

(ARTIGO EXTRAÍDO DO JORNAL *MARYLAND GAZETTE*, 29 DE JULHO DE 1999. PÁGINA 7)

SACERDOTE AMERICANO ACUSADO DE ABUSO SEXUAL SE SUICIDA

SILVER SPRING, Maryland (NEWS AGENCIES) — Enquanto os escândalos de abuso sexual continuam abalando o clero católico dos Estados Unidos, um sacerdote de Connecticut, acusado de tais crimes contra menores, enforcou-se em seu quarto numa instituição que trata de clérigos com problemas, segundo comunicou a polícia local à agência American Press, na última sexta-feira.

Peter Selznick, 61 anos, havia renunciado ao seu posto de titular da paróquia de Santo André de Bridgeport (Connecticut) em 27 de abril passado, um dia depois de responsáveis da Igreja católica entrevistarem dois homens que acusavam Selznick de ter abusado deles entre o final da década de 1970 e o início da década de 1980, informou um porta-voz da diocese de Bridgeport.

O sacerdote vinha recebendo tratamento no Instituto Saint Matthew de Maryland, um centro psiquiátrico que acolhe clérigos acusados de abusos sexuais ou "com sexualidade confusa", segundo a mencionada instituição.

"Os funcionários do hospital bateram à sua porta várias vezes e tentaram entrar no quarto, mas algo estava bloqueando a passagem", afirmou, em entrevista coletiva, Diane Richardson, porta-voz do Departamento de Polícia do condado de Prince George. "Quando finalmente conseguiram entrar, encontraram o cadáver pendurado numa viga do teto."

Selznick se enforcou com um dos lençóis de sua cama, disse a porta-voz, acrescentando que o corpo foi transportado para o necrotério a fim de ser submetido a autópsia. Richardson também desmentiu categoricamente os rumores de que o cadáver estava nu e mutilado, rumores que ela classificou como "absolutamente infundados". Durante a coletiva, vários jornalistas citaram "testemunhas oculares" que declararam ter visto as mutilações. No entanto a porta-voz afirmou que "um enfermeiro do corpo médico do condado sofre de alucinações provocadas por drogas como a maconha e outros entorpecentes; o mencionado funcionário municipal foi afastado de suas funções e teve suspenso seu salário, até que se livre de tal comportamento". Este jornal teve a oportunidade de contactar o enfermeiro de quem partiu o boato, o qual se recusou a fazer outra declaração além de um conciso "*I was wrong*" (Eu me enganei).

O bispo de Bridgeport, William Lopes, declarou-se "profundamente consternado" pela "trágica" morte de Selznick, acrescentando que o escândalo que preocupa o ramo norte-americano da Igreja católica tem agora "múltiplas vítimas".

O padre Selznick nasceu em Nova York em 1938 e foi ordenado em Bridgeport em 1965. Trabalhou em várias paróquias do estado de Connecticut e, durante um curto período, na de San Juan Vianney, em Chiclayo, no Peru.

"Toda pessoa, sem exceção, tem dignidade e valor aos olhos de Deus, e toda pessoa necessita e é merecedora da nossa compaixão", afirmou Lopes. "As perturbadoras circunstâncias que cercaram sua morte não podem erradicar todo o bem que ele fez", concluiu o bispo.

O diretor do Instituto Saint Matthew, padre Canice Conroy, não quis fazer declarações a este jornal. O padre Anthony Fowler, diretor de Novos Programas do Instituto, justificou essa recusa afirmando que o padre Conroy se encontrava "em estado de choque".

Sede central da UACV
Via Lamarmora, 3

Terça-feira, 5 de abril de 2005. 23h14

A declaração de Fowler foi como uma pancada na cabeça. Dicanti e Pontiero ficaram parados, encarando fixamente o sacerdote careca.

— Posso me sentar?

— Há muitas cadeiras vazias — mostrou Paola. — Escolha o senhor mesmo.

Com um aceno, ela mandou que o auxiliar da Documentação saísse da sala.

Fowler deixou sobre a mesa uma mochila preta, de cantos gastos e puídos. Era uma mochila que havia visto meio mundo e depunha eloqüentemente sobre os quilômetros que seu dono acumulava nas costas. Este a abriu e tirou uma volumosa pasta de papelão escuro, com as bordas amassadas e manchas de café. Colocou-a na mesa e sentou-se diante da inspetora. Dicanti o observou atentamente, reparando em sua economia de movimentos, na energia que seus olhos verdes transmitiam. Estava bastante intrigada com a procedência daquele estranho sacerdote, mas firmemente decidida a não se deixar submeter, muito menos em seu próprio território.

Pontiero puxou uma cadeira, colocou-a ao contrário e se sentou à esquerda de Fowler, com as mãos no encosto. Dicanti anotou mentalmente a recomendação que devia lhe fazer: parar de imitar os filmes de Humphrey Bogart. O *vice ispettore* havia assistido umas trezentas vezes a *O Falcão Maltês*. Sempre se instalava à esquerda de alguém a quem considerava suspeito, e ali fumava compulsivamente seus Pall Mall sem filtro, um atrás do outro.

— Muito bem, padre. Agora, mostre um documento que comprove sua identidade.

Fowler pegou seu passaporte no bolsinho interno do paletó do *clergyman* e o estendeu a Pontiero. Ante a nuvem de fumaça que saía do cigarro do subinspetor, fez um gesto de desagrado.

— Certo, certo. Passaporte diplomático. Tem imunidade, hem? Que diabo o senhor é? Uma espécie de espião? — perguntou Pontiero.

— Sou oficial da Força Aérea dos Estados Unidos.

— Com que patente? — quis saber Paola.

— Major. Poderia pedir ao subinspetor Pontiero que pare de fumar ao meu lado, por favor? Faz muitos anos que deixei o cigarro e não quero reincidir.

— Ele é viciado em tabaco, major Fowler.

— Padre Fowler, *dottoressa* Dicanti. Eu hoje estou... na reserva.

— Ei, um momento, como sabe o meu nome, padre, e o da *ispettrice*?

A criminologista sorriu, entre curiosa e divertida.

— Bom, Maurizio, desconfio que o padre Fowler não está tão na reserva quanto afirma.

Fowler lhe devolveu um sorriso meio triste.

— Fui reincorporado à ativa há pouco tempo, é verdade. E, curiosamente, a causa disso foram minhas ocupações durante minha vida civil. — Calou-se e agitou a mão para afastar a fumaça.

— E daí? Diga quem é e onde está o filho-da-puta que fez isso a um cardeal da Santa Madre Igreja, e então poderemos todos ir para casa dormir, rapidinho.

O sacerdote continuou calado, tão rígido e impassível quanto o cabeção do seu colarinho. Paola suspeitava que aquele homem era duro demais para se impressionar com o número teatral de Pontiero. Os sulcos de sua pele deixavam claro que a vida havia plantado neles experiências muito ruins, e aqueles olhos tinham visto coisas piores do que um policial qualquer e seu tabaco fedorento.

— Chega, Maurizio. E apague o cigarro.

Pontiero atirou a guimba no chão, de cara amarrada.

— Bem, padre Fowler — disse Paola, repassando com as mãos as fotos que estavam sobre a mesa, mas com o olhar bem cravado no sacerdote —, o senhor deixou claro que está no comando, por enquanto.

Sabe algo que eu não sei e que preciso saber. Mas está no meu campo, no meu terreno. Então como resolveremos isso?

— O que acha de começar elaborando um perfil?

— Pode me dizer para quê?

— Neste caso, a senhorita não vai precisar elaborar um perfil para saber o nome do assassino. Isso eu vou lhe dizer. Neste caso, será necessário um perfil que indique onde ele se encontra. O que não é a mesma coisa.

— Trata-se de um exame, padre? Pretende testar a competência da pessoa que está na sua frente? Vai colocar em julgamento minha capacidade dedutiva, como faz Boi?

— Eu acho, *dottoressa*, que, aqui, a única pessoa que a submete a julgamento é a senhorita mesma.

Paola respirou fundo e reuniu todo o seu autocontrole para não gritar, já que Fowler havia colocado o dedo na ferida. Justamente quando ela achava que não ia conseguir, seu chefe apareceu à porta. Ficou ali parado esquadrinhando o sacerdote, que lhe devolveu o exame. Por fim, os dois se cumprimentaram com uma inclinação de cabeça.

— Padre Fowler.

— Diretor Boi. Fui avisado de sua chegada por um canal, digamos assim, incomum. Desnecessário dizer que sua presença aqui é uma imposição, mas reconheço que o senhor pode nos ser útil, se é que minhas fontes não mentem.

— Não mentem.

— Então prossigam, por favor.

Desde criança, Paola sempre tivera a odiosa sensação de chegar tarde a um mundo já começado, e essa sensação se repetia naquele momento. Estava farta de que todos ali soubessem coisas que ela desconhecia. Quando tivesse oportunidade, pediria explicações a Boi. Enquanto isso decidiu tirar proveito da situação.

— Diretor, o padre Fowler aqui presente nos contou, a Pontiero e a mim, que conhece a identidade do assassino, mas parece querer um perfil psicológico gratuito desse criminoso, antes de nos revelar seu nome. Pessoalmente, acho que estamos perdendo um tempo precioso, mas decidi fazer o jogo dele.

Paola levantou-se com energia, impressionando os três homens, que a contemplavam atônitos. Aproximou-se da lousa que ocupava quase toda a parede do fundo e começou a escrever nela.

— O assassino é um homem branco, com idade entre 38 e 46 anos. É uma pessoa de estatura média, forte e inteligente. Tem nível universitário e facilidade para idiomas. É canhoto, recebeu uma severa educação religiosa e sofreu transtornos ou abusos na sua infância. É imaturo, seu trabalho o submete a uma pressão superior à sua estabilidade psicológica e afetiva, e sofre de uma grande repressão sexual. Provavelmente, tem um importante histórico de violência. Não é a primeira nem a segunda vez que mata e, sem dúvida, tampouco será a última. Despreza-nos profundamente, tanto a nós, policiais, como as suas vítimas. E agora, padre, queira dar nome ao seu assassino — disse Dicanti, virando-se e lançando o giz nas mãos do sacerdote.

Ela observou seus ouvintes. Fowler a fitava, surpreso; Pontiero, admirado; e Boi, cético. Finalmente, foi o sacerdote quem falou.

— Parabéns, *dottoressa.* Nota dez. Embora seja psicólogo, eu não consigo entender de onde a senhorita extraiu todas as suas conclusões. Poderia se explicar um pouco mais?

— É só um perfil provisório, mas as conclusões deverão se aproximar bastante da realidade. Que ele é um homem branco, sabe-se pelo perfil de suas vítimas, já que é muito estranho um assassino serial matar alguém de cor diferente. É de estatura média, uma vez que Robayra era alto, e o ângulo e a direção do corte no pescoço indicam que alguém de aproximadamente 1,80 metro o assassinou de surpresa. Que é forte, é evidente; do contrário, para ele seria impossível levar o corpo do cardeal para dentro da igreja, porque, mesmo que usasse um veículo para transportar o cadáver até a porta dos fundos, dali até a capela há um trecho de uns 40 metros. A imaturidade é diretamente proporcional ao tipo de assassino lúdico que despreza profundamente a vítima, a quem considera um objeto, e o policial, a quem considera um ser inferior.

Fowler a interrompeu, levantando a mão educadamente.

— Dois detalhes me chamam a atenção em especial, *dottoressa.* Primeiro: a senhorita disse que essa não é a primeira vez que ele mata. Deduziu isso da complicada elaboração do assassinato?

— De fato, padre. Essa pessoa tem conhecimentos básicos do trabalho policial, e fez isso em mais de uma ocasião. A experiência me indica que a primeira vez costuma ser muito suja e improvisada.

— O segundo detalhe é que "seu trabalho o submete a uma pressão superior à sua estabilidade psicológica e afetiva". Não consigo entender de onde a senhorita tirou essa dedução.

Dicanti enrubesceu e cruzou os braços. Não respondeu. Boi aproveitou para intervir.

— Ah, nossa boa Paola. Sua grande inteligência sempre deixa alguma fresta para que sua intuição feminina se filtre por ali, não é? Padre, às vezes a *dottoressa* Dicanti chega a conclusões puramente emocionais. Desconheço o porquê. Sem dúvida, ela teria um grande futuro como escritora.

— Mais do que o senhor acredita. Porque a *dottoressa* acertou em cheio no alvo — disse Fowler, levantando-se afinal e caminhando até a lousa. — Inspetora, qual é o nome correto da sua profissão? *Profiler*, certo?

— Sim — respondeu Paola, ainda encabulada.

— Quando se alcança o grau de *profiler*?

— Finalizado o curso de Criminologia Forense, passa-se um ano de estudos intensivos na Unidade de Ciências do Comportamento do FBI. Muito poucos conseguem concluir o curso.

— Poderia nos dizer quantos *profilers* qualificados existem no mundo?

— Atualmente, vinte. Doze nos Estados Unidos, quatro no Canadá, dois na Alemanha, um na Itália e um na Áustria.

— Obrigado. Ficou claro, cavalheiros? Somente vinte pessoas no mundo são capazes de traçar com plena segurança o perfil psicológico de um assassino serial, e uma delas está nesta sala. E podem acreditar: para encontrar esse homem...

Virou-se e escreveu na lousa, bem grande, com caracteres grossos e firmes, um nome:

VIKTOR KAROSKI

— ... vamos precisar de alguém capaz de entrar na cabeça dele. Aqui têm os senhores o nome que me pediram. Mas, antes que corram ao telefone para vociferar ordens de detenção, permitam-me que lhes conte toda a sua história.

DA CORRESPONDÊNCIA ENTRE EDWARD DRESSLER, PSIQUIATRA, E O CARDEAL FRANCIS SHAW

Boston, 14 de maio de 1991

[...] Eminência, estamos sem dúvida diante de um reincidente nato. Segundo me contam, é a quinta vez que o transferem para outra paróquia. Os testes realizados durante duas semanas confirmam que não podemos nos arriscar a fazê-lo conviver de novo com meninos sem colocá-los em perigo. [...] Não duvido em absoluto do desejo de arrependimento que ele tem, pois este é firme. Duvido é de sua capacidade de se controlar. [...] Vossa Eminência não pode se permitir o luxo de mantê-lo numa paróquia. Mais vale cortar-lhe as asas antes que tudo vá pelos ares. Do contrário, eu não me responsabilizo. Recomendo um período de internação de pelo menos seis meses no Instituto Saint Matthew.

Boston, 4 de agosto de 1993

[...] Estive com ele (Karoski) pela terceira vez [...] Devo dizer que a "mudança de ares", como Vossa Eminência a chamou, não o ajudou em absoluto, antes pelo contrário. Ele começa a perder o controle com mais freqüência, e detecto indícios de esquizofrenia em seu comportamento. É muito possível que em algum momento cruze totalmente a linha e se transforme em outra pessoa. Vossa Eminência conhece minha devoção à Igreja, e entendo a tremenda falta de sacerdotes, mas baixar o nível a tal ponto! [...] Já passaram 35 pelas minhas mãos, Eminência, e, em alguns, vi possibilidades de recuperação de forma autônoma [...] decididamente, Karoski não está entre eles. Senhor cardeal, em raras ocasiões Vossa Eminência seguiu meu conselho. Rogo-lhe, no entanto, que agora o faça: convença Karoski a ingressar no Saint Matthew.

Sede central da UACV
Via Lamarmora, 3

Quarta-feira, 6 de abril de 2005. 00h03

Paola se sentou, preparando-se para escutar o relato do padre Fowler.

— Tudo começou, ao menos para mim, em 1995. Nessa época, depois de deixar a Força Aérea, eu me coloquei à disposição do meu bispo. Este quis aproveitar meu diploma de psicologia me enviando para o Instituto Saint Matthew. Já ouviram falar dele?

Todos negaram com a cabeça.

— Não me surpreende. A própria natureza da instituição é um segredo para a maior parte da opinião pública americana. Oficialmente, ele consiste num centro hospitalar preparado para atender aos sacerdotes e freiras com "problemas", situado em Silver Spring, no estado de Maryland. A realidade é que 95% dos seus pacientes têm um histórico de abuso sexual contra menores ou de consumo de drogas. As instalações são de altíssimo luxo: 35 quartos para os pacientes, nove para o pessoal médico (quase todos residentes), uma quadra de tênis, duas de *paddle*, uma piscina, uma sala de "espairecimento" com bilhar...

— Quase parece mais um local de lazer do que uma instituição psiquiátrica — interveio Pontiero.

— Ah, esse lugar é um mistério, em muitos níveis. É um mistério externamente e é um mistério para os internos, que no princípio o vêem como um espaço para onde podem se retirar por alguns meses e descansar, mas aos poucos vão descobrindo algo muito diferente. Os senhores conhecem o tremendo problema que houve no meu país com certos sacerdotes católicos, nos últimos anos. A opinião pública não veria com bons olhos o fato de que pessoas acusadas de abuso sexual contra menores passem férias pagas num hotel de luxo.

— E é o que faziam? — perguntou Pontiero, que parecia muito afetado pelo tema. Paola o compreendia, pois o subinspetor tinha um filho de 13 anos e outro de 14.

— Não. Vou tentar contar minha experiência lá, do modo mais sucinto possível. Quando cheguei, encontrei um lugar profundamente laico. Não parecia uma instituição religiosa. Não havia crucifixos nas paredes, nenhum dos religiosos usava hábito ou batina. Passei muitas noites ao ar livre em minha vida, em campanha ou em frentes de batalha, e nunca deixei de lado meu cabeção. Mas, ali, todo mundo fazia o que bem queria, entrava e saía à vontade. A escassez de fé e de controle era patente.

— E o senhor não comunicou isso a ninguém? — perguntou Dicanti.

— Claro! A primeira coisa que fiz foi escrever uma carta ao bispo da diocese. Fui acusado de estar excessivamente influenciado pelo meu período no Exército, pela "rigidez do ambiente castrense", e aconselhado a ser mais "permeável". Foram tempos complexos para mim, já que minha carreira na Força Aérea sofreu alguns altos e baixos. Não quero entrar nesse assunto, pois não tem nada a ver com o caso. Basta dizer que não me convinha aumentar minha fama de intransigente.

— Não precisa se justificar.

— Eu sei, mas a minha má consciência ainda me persegue. Naquele lugar, não se cuidava da mente e da alma, simplesmente se dava um "pequeno impulso" na direção em que o interno menos estorvasse. Acontecia exatamente o contrário do que a diocese esperava que acontecesse.

— Não entendi — disse Pontiero.

— Eu também não — disse Boi.

— É complicado. Para começar, o único psiquiatra formado que havia no quadro de pessoal era o padre Conroy, diretor do Instituto naquela época. Afora a diplomação em enfermagem ou em alguma especialidade técnica, o resto não tinha nenhuma formação de nível superior. E se permitiam o luxo de fazer avaliações psiquiátricas!

— Uma loucura — assombrou-se Dicanti.

— Totalmente. O melhor aval para entrar no quadro do Instituto era pertencer à Dignity, uma associação que defende o sacerdócio para as mulheres e a liberdade sexual para os sacerdotes varões. Embora, pessoalmente, eu não concorde com os postulados dessa associação, não me cabe julgá-los em absoluto. Mas posso julgar, isto sim, a capacidade profissional do pessoal, e esta era muito, muito escassa.

— Não vejo aonde nos leva tudo isso — disse Pontiero, acendendo um cigarro.

— Mais cinco minutos e verá. Como eu dizia, o padre Conroy, grande amigo da Dignity e liberal da porta para dentro, dirigiu o Saint Matthew de maneira absolutamente errática. Sacerdotes honestos, internados depois de terem sofrido alguma acusação infundada (pois isso também aconteceu), acabaram abandonando o sacerdócio, que era a luz de suas vidas, graças a Conroy. Muitos outros foram aconselhados a não lutar contra sua própria natureza e a viver a vida. Considerava-se um sucesso que algum religioso se laicizasse e empreendesse uma relação homossexual.

— E isso é um problema? — perguntou Dicanti.

— Não, se for o que a pessoa realmente quer ou necessita. Mas as necessidades do paciente em nada importavam ao doutor Conroy. Primeiro ele estabelecia o objetivo e depois o aplicava à pessoa, sem conhecê-la previamente. Brincava de Deus com as almas e as mentes daqueles homens e mulheres, alguns com problemas graves. E regava tudo com um bom uísque de malte. Bem regado.

— Santo Deus! — disse Pontiero, escandalizado.

— Pode acreditar, Ele não estava ali, subinspetor. Mas o pior não é isso. Por causa de graves erros na seleção dos candidatos, durante os anos 1970 e 1980 entraram para os seminários católicos do meu país muitos jovens que não estavam aptos a conduzir almas. Nem sequer a conduzir a si mesmos. Isso é um fato. Com o tempo, muitos desses rapazes acabaram vestindo a batina. Fizeram muito dano ao bom nome da Igreja católica, e, o que é pior, a vários meninos e jovens. Muitos sacerdotes acusados de abuso sexual, culpados de abuso sexual, não foram presos. Eram tirados de circulação, transferidos de paróquia em paróquia. E alguns acabavam finalmente no Saint Matthew. Uma vez ali, e com sorte, eram encaminhados para a vida civil. Infelizmente, porém, muitos eram devolvidos ao ministério sacerdotal, quando deviam estar atrás das grades. *Dottoressa* Dicanti, me diga: quais as possibilidades de reabilitar um assassino serial?

— Absolutamente nenhuma. Uma vez que ele tenha cruzado a linha, não há mais nada a fazer.

— Pois o mesmo se dá com um pedófilo compulsivo. Infelizmente, nesse campo não existe a bendita certeza que os senhores têm: sabem que estão às voltas com uma besta que é preciso caçar e enjaular. Mas, para o terapeuta que atende ao pedófilo, é muito mais difícil saber se este cruzou definitivamente a linha ou não. Só houve um caso em que eu jamais tive a mínima dúvida. E foi um caso em que, por trás do pedófilo, havia algo mais.

— Deixe-me adivinhar: Viktor Karoski. Nosso assassino.

— Ele mesmo.

Boi pigarreou antes de intervir. Um cacoete irritante, que ele repetia com freqüência.

— Padre Fowler, o senhor nos faria a gentileza de explicar como tem tanta certeza de que foi ele quem estraçalhou Robayra e Portini?

— Claro. Karoski chegou ao Instituto em agosto de 1994. Tinha sido transferido de paróquia em paróquia, com seu superior evitando o problema de uma para outra. Em todas houve queixas, algumas mais graves, embora nenhuma com violência extrema. Segundo as denúncias registradas, acreditamos que, no total, ele abusou de 89 meninos, mas podem ter sido mais.

— É foda.

— O senhor disse tudo, Pontiero. Veja, a raiz dos problemas de Karoski residia em sua infância. Ele nasceu em Katowice, Polônia, em 1961, e ali...

— Um momento, padre. Portanto ele agora está com 44 anos?

— Exato, *dottoressa*. Tem 1,78 metro de altura e pesa cerca de 85 quilos. É de constituição forte, e seus testes de inteligência mostravam um coeficiente entre 110 e 125, dependendo da época em que os fizesse. Ao todo, ele fez sete no Instituto. Isso o distraía.

— Tem um pico elevado.

— *Dottoressa*, a senhorita é psiquiatra, ao passo que eu estudei psicologia e não fui um aluno especialmente brilhante. As psicopatias mais agudas de Karoski se revelaram tarde demais para que eu lesse alguma bibliografia sobre o tema. Então pergunto: é verdade que os assassinos seriais são muito inteligentes?

Paola se permitiu um meio sorriso irônico e olhou para Pontiero, que lhe devolveu a careta.

— Creio que o subinspetor responderá à pergunta de modo mais contundente.

— A *ispettrice* sempre diz: Lecter não existe, e Jodie Foster deveria se limitar aos dramas de época.

Todos riram, não pela graça da piadinha, mas para aliviar um pouco a tensão.

— Obrigada, Pontiero. Padre, a figura do superpsicopata é um mito criado pelos filmes e pelos romances de Thomas Harris. Na vida real, não poderia existir ninguém assim. Houve assassinos com coeficientes altos e outros com coeficientes baixos. A grande diferença entre os dois grupos é que os de coeficientes altos costumam agir por mais tempo, porque são mais precavidos. Mas o que se reconhece neles com unanimidade, em nível acadêmico, é uma grande habilidade para executar a morte.

— E em nível não acadêmico, *dottoressa*?

— Em nível não acadêmico, padre, reconheço que um ou outro desses filhos-da-puta é mais esperto do que o diabo. Não inteligente, mas esperto. E há alguns, a minoria, que têm um coeficiente elevado, uma habilidade inata para sua desprezível tarefa e para a dissimulação. E num caso, num só caso até o momento, essas três características coincidiram com o fato de o criminoso ser uma pessoa de grande cultura. Estou falando de Ted Bundy.

— Esse caso é muito famoso no meu país. Ele estrangulou e sodomizou umas trinta mulheres com o macaco do seu carro.

— Trinta e seis, padre. Ao que sabemos — corrigiu-o Paola, que recordava muito bem o caso de Bundy, o qual era matéria de estudo obrigatória em Quantico.

Fowler assentiu, triste.

— Como eu estava dizendo, *dottoressa*, Viktor Karoski veio ao mundo em 1961 em Katowice, ironicamente a poucos quilômetros do lugar de nascimento do papa Wojtyla. Em 1969, a família Karoski, composta por ele, seus pais e mais dois irmãos, mudou-se para os Estados Unidos. O pai arrumou emprego na fábrica da General Motors em Detroit, e, segundo todos os registros, era um bom trabalhador, embora muito irascível. Em 1972, com as demissões decorrentes da crise do petróleo,

Karoski pai foi o primeiro a ir para a rua. A essa altura, ele havia obtido a cidadania americana, e então se plantou no pequeno apartamento onde vivia com toda a família, bebendo a indenização e o seguro-desemprego. Dedicou-se a fundo a essa tarefa, muito a fundo. Transformou-se em outra pessoa e começou a abusar sexualmente de Viktor e do filho mais velho. Chamava-se Beria e deixou a casa aos 14 anos, sem muita conversa.

— Karoski lhe contou isso tudo? — quis saber Paola, intrigada e espantada ao mesmo tempo.

— Só depois de intensas terapias de regressão. Quando ele chegou ao Instituto, sua versão era de que havia nascido numa família católica exemplar.

Paola, que anotava tudo com sua letra miúda de funcionária pública, passou a mão pelos olhos, tentando afastar o cansaço antes de falar.

— O que o senhor relata, padre Fowler, casa perfeitamente com indícios característicos de uma psicopatia primária: encanto pessoal, ausência de pensamento racional, escassa confiabilidade, mentiras e falta de remorso. As surras paternas e o consumo generalizado de álcool pelos progenitores também foram observados em mais de 74 por cento de psicopatas violentos conhecidos.

— É a causa provável? — perguntou Fowler.

— É, antes, um condicionante entre outros. Posso lhe citar milhares de casos de pessoas que cresceram em lares desestruturados, muito piores do que esse descrito pelo senhor, e que ainda assim alcançaram uma maturidade bastante normal.

— Espere, *ispettrice*. A senhorita mal aflorou à superfície do oceano. Karoski nos contou como seu irmão caçula morreu de meningite em 1974, sem que ninguém parecesse se importar muito com isso. A frieza com que ele narrava esse episódio em especial me espantou muito. A dois meses da morte do garoto, o pai desapareceu misteriosamente. Viktor não explicou se teve algo a ver com o desaparecimento, embora acreditemos que não, porque ele tinha apenas 13 anos. No entanto sabemos que nessa época começou a torturar pequenos animais. Mas o pior para ele foi ficar à mercê da mãe dominadora, obsedada com a religião, que chegava até a vesti-lo de menina para "brincarem juntos". Ao que parece, tocava-o embaixo das saias e costumava dizer que lhe cortaria os "volumes" para que o disfarce fosse completo. Resultado: aos 15 anos, Karoski ainda molhava a cama. Usava roupas de liquidação, fora de moda ou puídas, pois eram pobres. Na escola, sofreu trotes e se sentiu muito só. Um dia, quando ele ia passando, um colega fez um comentário infeliz sobre seus trajes. Karoski, enfurecido, golpeou várias vezes o rosto do outro com um livro. Esse menino usava óculos, e os vidros se cravaram nos seus olhos. Ficou cego pelo resto da vida.

— Os olhos... como nos cadáveres. Esse foi o seu primeiro crime violento.

— Ao que se sabe, sim. Viktor foi enviado para um reformatório em Boston, e, na despedida, a última coisa que a mãe lhe disse foi: "Quem dera que eu tivesse abortado você." Meses depois, ela se suicidou.

Todos guardaram um silêncio horrorizado. Não era preciso dizer nada.

— Karoski permaneceu no reformatório até o final de 1979. Sobre esse ano não temos nada, mas em 1980 ele entrou para um seminário em Baltimore. Sua ficha de admissão ao seminário afirma que seu histórico estava limpo e que ele provinha de uma família de tradição católica. Contava então 19 anos, e parecia ter-se reabilitado. Desconhecemos quase tudo de sua estada no seminário, só sabemos que estudava até desmaiar e que sentia uma profunda repulsa pelo ambiente abertamente homossexual da instituição.* Conroy insistia em que Karoski era um homossexual reprimido que negava sua verdadeira natureza, mas isso é incorreto. Karoski não é nem homossexual nem heterossexual, não tem uma orientação definida. O sexo não está integrado em sua personalidade, o que, sob meu ponto de vista, causou graves danos à sua psique.

— Explique-se melhor, padre — pediu Pontiero.

— Pois não. Eu sou sacerdote e decidi manter o celibato. Isso não me impede de me sentir atraído pela doutora Dicanti, aqui presente — disse Fowler, apontando Paola, que não pôde evitar ruborizar-se. — Portanto sei que sou heterossexual, mas escolho livremente a castidade.

---

* Nos anos 1980, o Seminário Saint Mary de Baltimore era chamado de *Palácio Rosa*, pela liberalidade com que eram aceitas as práticas homossexuais entre os seminaristas. Segundo o padre John Despard, "no meu tempo de Saint Mary podia haver dois rapazes juntos no chuveiro e todo mundo sabia, não acontecia nada. À noite era um contínuo abrir e fechar de portas nos corredores...". (N. do A.)

Dessa forma, integrei a sexualidade em minha personalidade, embora de uma maneira não prática. O caso de Karoski é muito diferente. Os profundos traumas sofridos na infância e na adolescência provocaram a cisão de sua psique. O que Karoski rejeitou totalmente foi sua natureza sexual e violenta. Ele odeia e ama profundamente a si mesmo, tudo ao mesmo tempo. Isso resultou em surtos de violência, esquizofrenia e finalmente no abuso de menores, repetindo o abuso do pai. Em 1986, durante seu ano de pastoral, Karoski tem seu primeiro incidente com um menor. Era um garoto de 14 anos, e houve beijos e toques, mais nada. Acreditamos que foram consentidos pelo menor. Seja como for, não há registro oficial de que esse episódio tenha chegado aos ouvidos do bispo, e por isso Karoski finalmente se ordena sacerdote. Desde esse dia, tem uma obsessão insana com suas mãos. Lava-as de trinta a quarenta vezes por dia e cuida delas de modo excepcional.

Pontiero remexeu a centena de macabras fotografias expostas sobre a mesa até encontrar a que procurava e lançou-a para Fowler. Este a pegou no ar com dois dedos, quase sem esforço. Paola admirou secretamente a elegância do movimento.

— Duas mãos, cortadas e lavadas, colocadas sobre um pano branco. Na Igreja, o pano branco é símbolo de respeito e reverência. Há muitas referências a ele no Novo Testamento. Como sabem, Jesus foi coberto em seu sepulcro com um pano branco.

— Agora já não está tão branco — gracejou Boi.

— Diretor, estou convencido de que o senhor adoraria aplicar seus instrumentos sobre o pano em questão — afirmou Pontiero.

— Não tenha dúvida. Continue, Fowler.

— As mãos de um sacerdote são sagradas. Com elas, ele administra os sacramentos. Isso se fixou muito fundo na cabeça de Karoski, como os senhores verão. Em 1987, ele trabalhou num colégio em Pittsburg, onde cometeu seus primeiros abusos. As vítimas eram meninos entre 8 e 11 anos. Não se sabe de nenhum tipo de relação adulta consentida, homossexual ou heterossexual, que ele tenha tido. Quando as queixas começaram a chegar aos seus superiores, de início estes não fizeram nada. Depois o transferiram de paróquia em paróquia. Em pouco tempo, houve uma queixa de agressão a um fiel, em cujo rosto ele bateu sem maiores conseqüências... Finalmente, chegou ao Instituto.

— Acha que, se tivessem começado a ajudá-lo mais cedo, tudo teria sido diferente?

Fowler franziu o cenho, com as mãos crispadas e o corpo tenso.

— Caro subinspetor, nós não o ajudamos nem o mínimo que fosse. A única coisa que fizemos foi puxar para fora o assassino. E, finalmente, deixar que ele nos escapasse.

— Tão grave assim?

— Pior. Quando chegou, ele era um homem angustiado, tanto por seus desejos descontrolados como por suas explosões violentas. Tinha remorso de suas ações, embora as negasse com firmeza. Simplesmente, não era capaz de se controlar. Mas, com o passar do tempo, com as terapias equivocadas, com a proximidade da escória do sacerdócio amontoada no Saint Matthew, Karoski se transformou em algo muito pior. Tornou-se frio, irônico. Perdeu o remorso. Antes, havia bloqueado as lembranças mais dolorosas de sua infância. No Instituto, apenas se transformou num pederasta. Também, depois das desastrosas terapias de regressão...

— Por que desastrosas?

— Ele teria melhorado se o objetivo tivesse sido levar alguma paz à sua mente. Mas, lamentavelmente, creio que o doutor Conroy sentia uma curiosidade mórbida pelo caso de Karoski, até extremos imorais. Em casos similares, o que o hipnotizador tenta é implantar, de modo artificial, lembranças positivas na memória do paciente, recomendando-lhe que esqueça os piores fatos. Conroy proibiu essa linha de atuação. Não só fez Karoski recordar tudo, como também o obrigou a escutar as fitas nas quais, com voz de falsete, ele pedia à mãe que o deixasse em paz.

— Que espécie de Mengele os senhores tinham à frente desse lugar? — horrorizou-se Paola.

— Conroy estava convencido de que Karoski devia aceitar a si mesmo. Segundo ele, era a única solução. Viktor devia reconhecer que tivera uma infância dura e que era homossexual. Como eu lhes disse antes, Conroy fazia um diagnóstico prévio e depois tentava inculcá-lo à força no paciente. Para culminar, submeteu Karoski a um coquetel de hormônios, alguns dos quais experimentais, como uma variante do anticoncepcional Depo-Covetan. Com esse medicamento, injetado em doses anormais, Conroy reduzia o nível de resposta sexual de Karoski, mas potencializava sua agressividade. A terapia se alongava cada vez mais, e não havia progressos. Em certas épocas ele se mostrava mais tranqüilo, simplesmente, mas Conroy interpretava isso como um sucesso de sua terapia. Por fim, produziu-se uma castração química. Karoski é incapaz de ter uma ereção, e essa frustração o destrói.

— Em que época o senhor teve o primeiro contato com ele?

— Quando cheguei ao Instituto, em 1995. Conversei muito com ele. Entre nós se estabeleceu uma relação de certa confiança, que se deteriorou mais tarde, como ainda vou lhes contar. Mas não quero me antecipar. Bem, 15 dias depois de chegar ao Instituto, recomendaram a Karoski uma pletismografia peniana. Trata-se de um teste em que se conecta um aparelho ao pênis mediante uns elétrodos. Esse aparelho mede a resposta sexual a determinados estímulos.

— Conheço esse teste — disse Paola, como quem informa já ter ouvido falar do vírus Ebola.

— Pois é... Ele o encarou muito mal. Durante a sessão, mostraram-lhe imagens terríveis, extremas.

— Como assim?

— Relacionadas com pedofilia.

— Caralho!

— Karoski reagiu com violência e feriu gravemente o especialista que controlava a máquina. Os vigias conseguiram dominá-lo, do contrário ele teria matado o homem. Depois desse episódio, Conroy deveria ter reconhecido que não tinha condições de tratar dele e tê-lo encaminhado a um hospital psiquiátrico. Mas não o fez. Contratou dois vigias bem fortes, com o encargo de não o perder de vista em momento algum, e começou a submetê-lo à terapia de regressão. Isso coincidiu com minha chegada ao Instituto. Com o passar dos meses, Karoski foi se retraindo. Seus rompantes de ira desapareceram. Conroy atribuiu essa mudança a uma grande melhora na personalidade dele. Aliviaram bastante a vigilância ao seu redor. E, numa noite, Karoski arrombou a fechadura do seu quarto (que, por precaução, em determinadas horas era trancado por fora) e amputou as mãos de um sacerdote que dormia na mesma ala. Disse a todos que o sacerdote era um homem impuro e que ele o tinha visto tocar outro sacerdote de maneira "imprópria". Enquanto os vigias corriam para o quarto de onde vinham os gritos do padre, Karoski lavava as mãos embaixo do chuveiro.

— O mesmo *modus operandi.* Eu acho, padre Fowler, que não nos resta nenhuma dúvida — disse Paola.

— Para meu assombro e desespero, Conroy não denunciou o fato à polícia. O sacerdote mutilado recebeu uma indenização e uns médicos da Califórnia conseguiram reimplantar as mãos dele, embora elas tenham ficado com uma mobilidade muito reduzida. Enquanto isso Conroy mandou reforçar a segurança e construiu uma solitária de 3 metros por 3. Esse foi o alojamento de Karoski até sua fuga do Instituto. Entrevista após entrevista, terapia de grupo após terapia de grupo, Conroy ia fracassando, e Karoski ia evoluindo para o monstro que é agora. Eu escrevi várias cartas ao cardeal explicando o problema. Não recebi resposta. Em 1999, Karoski escapou da cela e cometeu seu primeiro assassinato conhecido: o do padre Peter Selznick.

— Ouvimos falar disso aqui. Disseram que ele tinha se suicidado.

— Pois não é verdade. Karoski escapou usando a carga de uma esferográfica para soltar-se da corrente que o prendia à parede, e usou uma faca de peixe para arrancar a língua e os lábios de Selznick. Também lhe arrancou o pênis e o obrigou a mordê-lo. Selznick demorou três quartos de hora para morrer, e ninguém percebeu nada até a manhã seguinte.

— O que Conroy disse?

— Oficialmente, definiu o episódio como um "contratempo". Conseguiu encobri-lo, e coagiu o juiz e o xerife do condado a registrarem o caso como suicídio.

— E eles se sujeitaram a isso? Sem reclamar? — disse Pontiero.

— Ambos eram católicos. Acho que Conroy os manipulou apelando para o dever deles, como tais, de proteger a Igreja. Mas, embora não quisesse reconhecer isso, meu ex-chefe estava realmente muito assustado. Via que a mente de Karoski lhe escapava, como se absorvesse sua vontade a cada dia. Apesar disso, em várias ocasiões negou-se a denunciar os fatos a uma instância superior, sem dúvida por medo de perder a custódia do interno. Eu escrevi mais cartas à arquidiocese, mas não me escutaram. Conversei com Karoski, mas não encontrei nele nem um pingo de remorso, e me dei conta de que finalmente havia ali outra pessoa. Nesse momento rompeu-se qualquer contato entre nós. Foi a última vez em que falei com ele. Sinceramente, aquela besta encerrada na cela me dava medo. E Karoski continuou no Instituto. Instalaram-se câmeras. Contratou-se mais pessoal. Até que, numa noite de junho de 2000, ele desapareceu. Sem deixar pistas.

— E Conroy? Como reagiu?

— Estava traumatizado. Entregou-se ainda mais à bebida. Na terceira semana, seu fígado explodiu e ele morreu. Uma pena.

— Não exagere — disse Pontiero.

— Certo, esqueça. Bom, então me encarregaram da direção temporária da instituição, enquanto se procurava um substituto adequado. A arquidiocese não confiava em mim, suponho que por causa das minhas contínuas queixas contra meu superior. Fiquei no cargo menos de um mês, mas aproveitei o melhor que pude. Reestruturei às pressas o quadro de pessoal, recorrendo a profissionais, e elaborei novos programas para os internos. Muitas dessas mudanças não chegaram a ser implantadas, mas outras, sim, portanto o esforço valeu a pena. Enviei um relatório conciso a um antigo contato que eu tinha no Vicap,* um homem chamado Kelly Sanders. Ele se mostrou preocupado com o perfil do suspeito e o crime impune contra o padre Selznick, e montou uma equipe para capturar Karoski. Nada.

— Assim, sem mais nem menos? Desapareceu? — Paola estava assombrada.

— Desapareceu sem deixar rastro. Em 2001, acreditou-se que havia reaparecido, já que houve em Albany um crime com mutilação parcial. Mas não tinha sido ele. Muitos o deram como morto, mas, por sorte, colocaram seu perfil no computador. Eu, enquanto isso, encontrei vaga num refeitório beneficente do Harlem hispânico, em Nova York. Trabalhei ali alguns meses, até há pouco tempo. Um antigo chefe me reconvocou para o serviço, então suponho que voltei a ser um capelão castrense. Comunicaram-me que havia indícios de que Karoski voltara a agir depois de todo esse tempo. E aqui estou. Trouxe para os senhores a documentação mais pertinente que reuni sobre Karoski ao

* Vicap é a sigla em inglês do Programa de Captura de Criminosos Violentos, uma divisão do FBI que lida com os mais extremados delinqüentes. (N. do A.)

longo dos cinco anos em que lidei com ele — disse Fowler, estendendo a Paola o volumoso portfólio de mais de 14 centímetros de espessura. — Há e-mails relativos ao hormônio de que lhes falei, transcrições de suas entrevistas, matérias jornalísticas que o mencionam, cartas de psiquiatras, relatórios... É todo seu, *dottoressa* Dicanti. Se tiver alguma dúvida, pode me perguntar.

Paola estendeu a mão por sobre a mesa para pegar aquela grossa pasta e, ao abri-la, sentiu uma forte inquietação. Presa por um clipe à primeira folha havia uma foto de Karoski. Ele tinha uma pele esbranquiçada, cabelo castanho, liso, e olhos cinza-azulados. Ao longo dos anos em que se dedicara a investigar esses invólucros desprovidos de sentimento que eram os assassinos seriais, ela aprendera a reconhecer aquele olhar vazio no fundo dos olhos dos celerados, dos que matam com a mesma naturalidade com que comem. Na natureza só existe uma coisa remotamente semelhante a esse olhar, e são os olhos dos tubarões-brancos. Eles olham sem ver, de maneira única e aterradora.

E ali estava essa luz vazia, refletida em cheio nas pupilas do padre Karoski.

— Impressiona, não é? — perguntou Fowler, estudando Paola atentamente. — Esse homem tem alguma coisa em seu porte, em seus gestos. Algo indefinível. À primeira vista, passa despercebido, mas quando, digamos, tem toda a sua personalidade acesa... é terrível.

E cativante, não, padre?

— Sim.

Dicanti passou a foto a Pontiero e a Boi, que se inclinaram ao mesmo tempo sobre ela para esquadrinhar o rosto do assassino.

— O que lhe dava mais medo, padre, o perigo físico ou o ato de fitar aquele homem diretamente nos olhos e se sentir perscrutado, despido, como se ele fosse um membro de uma raça superior que rompeu todas as nossas convenções?

Fowler a contemplou, boquiaberto.

— Suponho, *dottoressa*, que já sabe a resposta.

— Ao longo da minha carreira, tive oportunidade de conversar com três assassinos seriais. Os três me produziram essa sensação que acabo de descrever, e outros profissionais, muito melhores do que o senhor e do que eu, também a tiveram. Mas é uma sensação equivocada. Não devemos esquecer uma coisa, padre. Esses indivíduos são uns fracassados, e não profetas. Lixo humano. Não merecem um pingo de compaixão.

Relatório sobre o hormônio progesterona
sintético 1.789 (depot-gestágeno injetável).
Nome comercial: Depo-Covetan.
Classificação do relatório: Confidencial — Criptografado.

Para: Marcus.Bietghofer@beltzer-hogan.com
De: Lorna.Berr@beltzer-hogan.com
CC: filesys@beltzer-hogan.com
Assunto: CONFIDENCIAL – Relatório nº 45 sobre o HPS 1.789
Data: 17 de março de 1997. 11h43
Arquivos anexados: Rel#45_HPS1789.pdf

Caro Marcus,

Em anexo, segue a prévia do relatório que você nos pediu.

As análises realizadas em estudos de campo em zonas Alfa* registraram sérias irregularidades no fluxo menstrual, transtornos do sono, vertigens e possíveis hemorragias internas. Foram descritos casos graves de hipertensão, trombose, enfermidades cardíacas. Surgiram pequenos problemas: 1,3% das pacientes desenvolveu fibromialgia, efeito secundário não observado na versão anterior.

Se você comparar o relatório com o da versão 1.786, que estamos comercializando atualmente nos Estados Unidos e na Europa, verá que

* Certas multinacionais farmacêuticas liquidaram seus estoques excedentes de anticoncepcionais entre organizações internacionais que trabalham em zonas do Terceiro Mundo, como Quênia e Tanzânia. Em muitos casos, os médicos que assistiam, impotentes, à morte dos pacientes em suas mãos por falta de cloroquinina tinham, ao contrário, suas prateleiras de remédios lotadas de anticoncepcionais. Desse modo, as empresas encontram para seus produtos milhares de cobaias involuntárias, com poucas possibilidades de mover ações legais. A essa prática, a doutora Berr se refere como Programa Alfa. (N. do A.)

os efeitos colaterais se reduziram em 3,9 por cento. Se os analistas de riscos não estiverem equivocados, podemos calcular no máximo em US$ 53 milhões o gasto em danos e prejuízos. Portanto estamos mantendo-o dentro da norma, isto é, inferior a 7 por cento dos lucros. Não, não me agradeça... mande-me uma bonificação!

A propósito, o laboratório recebeu indícios do uso do 1.789 em pacientes masculinos, com o objetivo de reprimir ou eliminar a resposta sexual. Na prática, doses significativas chegaram a funcionar como castrador químico. Dos relatórios e análises examinados por este laboratório, deduz-se aumento na agressividade do sujeito em casos concretos, assim como determinadas anomalias na atividade cerebral. Recomendamos ampliar o âmbito investigativo para esclarecer a porcentagem em que o mencionado efeito secundário poderia se apresentar. Seria interessante iniciar experiências com sujeitos Ômega,* tais como pacientes psiquiatricamente desenganados ou presos no corredor da morte.

Ficarei encantada se dirigir pessoalmente essas experiências.

Vamos almoçar na sexta-feira? Descobri um lugar encantador perto do Village. Eles têm um peixe ao vapor realmente divino.

Até logo,

Dra. Lorna Berr
Diretora de Pesquisas

CONFIDENCIAL – CONTÉM INFORMAÇÃO RESERVADA SOMENTE A MEMBROS DO PESSOAL COM CLASSIFICAÇÃO A1. SE VOCÊ TIVER TIDO ACESSO A ESTE RELATÓRIO, MAS SUA CLASSIFICAÇÃO NÃO CORRESPONDER A ELE, SAIBA QUE TEM A OBRIGAÇÃO DE COMUNICAR TAL VIOLAÇÃO DE SEGURANÇA AO SEU SUPERIOR IMEDIATO, SEM REVELAR EM NENHUM CASO A INFORMAÇÃO CONTIDA NOS PARÁGRAFOS PRECEDENTES. O DESCUMPRIMENTO DA PRESENTE NORMA PODERIA LHE ACARRETAR SEVERAS AÇÕES LEGAIS E ATÉ 35 ANOS DE PRISÃO OU O EQUIVALENTE MÁXIMO ADMITIDO PELA LEGISLAÇÃO VIGENTE NOS ESTADOS UNIDOS.

---

* A doutora Berr se refere a indivíduos sem nada a perder, possivelmente com passado violento. A letra ômega, a última do alfabeto grego, foi sempre associada com substantivos como "morte" ou "final". (N. do A.)

Sede central da UACV
Via Lamarmora, 3

Quarta-feira, 6 de abril de 2005. 01h25

A sala ficou em silêncio ante as duras palavras de Paola. Ninguém disse nada. Notava-se o peso do dia sobre os corpos e o da madrugada sobre os olhos e as mentes. Por fim, foi o diretor Boi quem falou.

— A senhorita dirá o que faremos, Dicanti.

Paola demorou meio minuto para responder.

— Acho que foi um dia muito duro. Vamos todos para casa, dormir algumas horas. E nos reencontraremos aqui mesmo, às oito e meia da manhã. Começaremos pelo entorno das vítimas. Faremos uma nova vistoria nos cenários e esperaremos que os agentes mobilizados por Pontiero encontrem algum indício, por mais ridícula que seja essa esperança. Ah, e Pontiero, ligue para Dante e comunique a ele o horário da reunião.

— Será um prazer — respondeu ironicamente o subinspetor.

Fingindo não ter escutado nada, Dicanti se aproximou de Boi e o tomou pelo braço.

— Gostaria de conversar um minuto com o senhor, em particular.

— Vamos para o corredor.

Paola precedeu o maduro cientista, que, como sempre, se mostrou galante, abrindo a porta para ela e fechando-a depois de passar. Dicanti detestava essas deferências do seu chefe.

— Diga.

— Diretor, qual é exatamente o papel de Fowler neste assunto? Não consigo entender. E não confio nem um pouco nas vagas explicações que ele dá.

— Já ouviu falar no nome de John Negroponte?

— Muito. Ele é ítalo-americano?

— Deus do céu, Paola, tire o nariz dos livros de criminologia pelo menos uma vez na vida. Sim, ele é americano, mas de origem grega. Mais especificamente, é o recém-nomeado diretor nacional de Inteligência dos Estados Unidos. Estão ao seu encargo todas as agências dos americanos: A NSA, a CIA, a DEA...* e um longo etcétera. Isso significa que esse senhor, que sem dúvida é católico, é a segunda pessoa mais poderosa do mundo, atrás apenas do presidente Bush. Pois bem, o senhor Negroponte me ligou pessoalmente hoje de manhã, quando estávamos com Robayra, e tivemos uma longa, longa conversa. Ele me avisou de que Fowler estava vindo num vôo direto de Washington para se unir à investigação. Não me deu opção. Não se trata apenas do fato de o próprio presidente Bush estar em Roma e, claro, a par de tudo. Foi ele quem pediu a Negroponte que interviesse antes que o caso apareça na mídia. E Negroponte me disse textualmente: "Estou lhe enviando um dos meus colaboradores mais próximos, e temos a sorte de ele conhecer o assunto a fundo."

— Como eles souberam tão depressa? — espantou-se Paola olhando para o chão, aniquilada pela magnitude do que estava escutando.

— Ah, querida Paola... não subestime Camilo Cirin nem por um momento. Quando apareceu a segunda vítima, ele telefonou pessoalmente a Negroponte. Este me disse que os dois nunca haviam se falado, e ele não tinha a mais remota idéia de como Cirin conseguiu um número que só existe há umas duas semanas.

— E como Negroponte escolheu tão rapidamente a pessoa a ser enviada?

---

* A NSA (National Security Agency), ou Agência de Segurança Nacional, é o maior corpo de inteligência do mundo, bem maior que a arquifamosa CIA (Central Intelligence Agency). A DEA é a agência para o controle de drogas nos Estados Unidos. Depois dos atentados de 11 de setembro às Torres Gêmeas, a opinião pública americana pressionou para que as agências de investigação fossem todas coordenadas por uma só cabeça pensante. O governo Bush enfrentou esse desafio, e o primeiro diretor nacional de Inteligência, desde fevereiro de 2005, é John Negroponte. Neste romance, oferecemos uma versão literária desse polêmico personagem real. (N. do A.)

— Isso não é nenhum mistério. O amigo de Fowler no Vicap interpretou as últimas palavras registradas de Karoski antes de fugir do Saint Matthew como uma ameaça implícita a personalidades da Igreja, e há cinco anos isso foi comunicado à *Vigilanza Vaticana.* Quando, esta manhã, Robayra foi encontrado, Cirin violou sua própria política de lavar a roupa suja em casa. Deu uns telefonemas e puxou uns fios aqui e ali. É um filho-da-puta muito bem relacionado e com contatos de altíssimo nível. Mas suponho que a senhorita já está se dando conta disso, *cara mia.*

— Faço uma vaga idéia — ironizou Dicanti.

— Segundo Negroponte, George Bush se interessou pessoalmente pelo caso. O presidente americano acha que ainda está em dívida com João Paulo II, que anos atrás o fitou nos olhos e lhe pediu que não invadisse o Iraque. Bush disse a Negroponte que eles devem pelo menos isso à memória de Wojtyla.

— Meu Deus. Desta vez não vai haver equipe, certo?

— Responda a senhorita mesma à sua pergunta.

Dicanti não disse nada. Se a prioridade era manter o assunto em segredo, ela teria de trabalhar com o que havia. E pronto.

— Diretor, não acha que tudo isso me supera um pouco? — Dicanti estava realmente cansada e angustiada pelas circunstâncias do caso. Nunca em sua vida havia dito algo semelhante, e durante muito tempo se arrependeu de ter pronunciado essas palavras.

— Supera todos nós, *bambina.* Mas esqueça tudo. Pense simplesmente que há um monstro matando pessoas. E a senhorita se dedica a caçar monstros.

Paola sorriu, agradecida. Pela última vez, desejou transar com Boi de novo, ali mesmo, embora soubesse que isso seria um erro e lhe cortaria o coração. Por sorte, foi só um momento fugaz, e ela fez um esforço para recuperar a compostura. Esperava que ele não tivesse percebido.

— Diretor, preocupa-me que Fowler fique circulando à nossa volta durante a investigação. Ele pode ser um estorvo.

— Pode. Mas também pode ser de muita utilidade. Esse homem trabalhou na Força Aérea e é um exímio atirador. Entre... outras aptidões. Para não mencionar o fato de que conhece a fundo nosso principal suspeito, e é sacerdote. Isso lhe será útil para se movimentar num meio ao qual a senhorita não está tão habituada quanto, por exemplo, o superintendente Dante. Pense que nosso colega do Vaticano lhe abrirá as portas e Fowler, as mentes.

— Dante é um idiota insuportável.

— Eu sei. E também um mal necessário. Todas as vítimas potenciais do nosso suspeito estão no país dele. Embora só alguns metros nos separem, é o seu território.

— E a Itália, o nosso. No caso Portini, eles agiram de maneira ilegal, sem nos contactar. Isso é obstrução à Justiça.

O diretor deu de ombros, cinicamente.

— E o que ganharíamos se os denunciássemos? Criaríamos inimizades, mais nada. Neste momento, esqueça a política, esqueça que eles podem meter o bedelho. Agora, precisamos de Dante. Portanto, já sabe, essa é sua equipe.

— O senhor é o chefe.

— E a senhorita, minha *ispettrice* favorita. Enfim, Dicanti, vou descansar um pouco e amanhã estarei no laboratório, analisando até a última fibra do que me trouxerem. Deixo-a construindo seu "castelo no ar".

Boi já se afastava pelo corredor, mas de repente parou e se voltou, olhando-a fixamente.

— Só mais uma coisa. Negroponte pediu-me que capturemos esse safado. Pediu-me como um favor pessoal. Está me acompanhando? Não duvide, eu ficarei encantado se ele vier a nos dever um favor.

Paróquia de Saint Thomas
Augusta, Massachusetts

Julho de 1992

Harry Bloom deixou a cestinha com a coleta em cima da mesa do fundo da sacristia. Deu uma última olhada na igreja. Não restava ninguém... Aos sábados, não aparecia muita gente no primeiro horário. Ele sabia que, se se apressasse, chegaria a tempo de ver a final dos 100 metros rasos. Precisava apenas guardar a casula de coroinha no armário, trocar os sapatos luzidios pelos tênis esportivos e voar para casa. A senhorita Mona, a professora da quarta série, sempre lhe dava bronca quando ele corria pelos corredores do colégio. Sua mãe sempre lhe dava bronca quando ele corria dentro de casa. Mas no meio quilômetro que separava a igreja de sua casa estava a liberdade... Harry podia correr quanto quisesse, desde que olhasse para os dois lados antes de atravessar a rua. Quando crescesse, seria atleta.

Dobrou cuidadosamente a casula e colocou-a no armário. Dentro estava sua mochila, na qual ele pegou os tênis. Estava tirando os sapatos com cuidado quando sentiu no ombro a mão do padre Karoski.

— Harry, Harry... estou muito decepcionado com você.

O menino ia se voltar, mas a mão do padre Karoski não deixou.

— Será que eu fiz alguma coisa errada?

Houve uma mudança de inflexão na voz do padre. Como se ele respirasse mais depressa.

— Ah, e ainda por cima se faz de esperto. Pior ainda.

— Padre, acredite, eu não sei mesmo o que foi que fiz...

— Que descaramento. Por acaso você não chegou atrasado à reza do Santo Rosário antes da missa?

— Padre, é que meu irmão Leopold não me deixava usar o banheiro e, bem, o senhor sabe... Não foi culpa minha.

— Silêncio, seu sem-vergonha! Não invente desculpas. Agora está acrescentando o pecado da mentira ao do seu desinteresse.

Harry ficou surpreso por ter sido flagrado. A verdade é que fora culpa sua, sim. Estavam passando G.I. Joe *na tevê, e ele remanchou um tempinho na sala antes de sair chispando pela porta, ao ver a hora.*

— Perdão, padre...

— É muito ruim que os meninos mintam.

Ele jamais havia escutado o padre Karoski falando daquela maneira, tão aborrecido. Agora estava começando a se assustar muito. Tentou se voltar mais uma vez, mas a mão o apertou contra a parede, muito forte. Só que já não era uma mão, era uma garra, como a do homem-lobo no seriado da NBC. E a garra lhe cravava as unhas, aprisionava seu rosto contra a parede como se quisesse obrigá-lo a atravessá-la.

— Agora, Harry, você vai receber seu castigo. Baixe a calça e não se volte, ou será muito pior.

O menino ouviu o ruído de algo metálico caindo no chão. Baixou a calça com verdadeiro pânico, certo de que ia receber uma chuva de pancadas. O coroinha anterior, Stephen, contara-lhe que o padre Karoski o havia castigado uma vez, e que doera muito.

— Agora, você vai receber seu castigo — repetiu Karoski, com voz rouca, a boca muito próxima da nuca de Harry. Este sentiu um calafrio. Recebeu uma baforada de hálito de menta fresca misturada com loção pós-barba. Numa incrível pirueta mental, deu-se conta de que o padre Karoski usava a mesma loção que seu pai.

— Arrependa-se!

Harry sentiu um empurrão, uma dor aguda entre as nádegas, e achou que ia morrer. Arrependeu-se de ter chegado tarde, sentia muito, de verdade. Mas, embora tivesse dito isso verdadeiramente, de nada adiantou. A dor continuou, mais forte a cada "arrependa-se". Harry, com a cara esmagada contra a parede, conseguia ver seus tênis no chão da sacristia, e desejou estar calçado com eles e correr para longe, livre e para longe.

Livre e para longe, muito longe.

Apartamento da família Dicanti
Via Della Croce, 12

Quarta-feira, 6 de abril de 2005. 1h59

— Pode ficar com o troco.

— É muito generosa, *grazie tante.*

Paola ignorou a ironia do taxista. Merda de cidade, onde até o taxista se queixava porque a gorjeta era só de 60 centavos. Isso em liras daria... Uau! Muito. Certamente. E, para completar, aquele grosso ainda saía acelerando. Se fosse um cavalheiro, esperaria que ela entrasse no prédio. Afinal, meu Deus, eram duas da manhã e a rua estava deserta.

Fazia calor para essa época do ano, mas ainda assim Paola sentiu um calafrio ao abrir o portão. Tinha visto uma sombra no fim da rua? Certamente era apenas sua imaginação.

Fechou rapidamente o portão atrás de si, sentindo-se ridícula por ter de repente tanto medo. Subiu os três andares correndo. A escada de madeira fazia um barulhão, mas Paola não o escutou, porque o sangue latejava em seus ouvidos. Chegou à porta do apartamento quase sem fôlego. Mas, ao vê-la, estacou no patamar.

A porta estava entreaberta.

Lenta e cuidadosamente, ela abriu o blazer e levou a mão ao coldre. Puxou sua arma e colocou-se na posição de assalto, cotovelo em ângulo reto com o corpo. Empurrou a porta com a outra mão, enquanto entrava devagarinho no apartamento. A luz do vestíbulo estava acesa. Paola deu um passo cauteloso para dentro e em seguida fechou rapidamente a porta, apontando para o vazio à sua frente.

Nada.

— Paola?

— Mamãe?

— Entre, filha, estou na cozinha.

Ela suspirou de alívio e guardou de volta a arma no coldre. Em toda a sua vida, só havia sacado a pistola na academia do FBI, nunca numa situação real. Decididamente, aquele caso a estava deixando muito nervosa.

Lucrecia Dicanti estava na cozinha, passando manteiga numas bolachas. Soou o apito do microondas e a senhora tirou dali duas fumegantes xícaras de leite. Colocou-as sobre a mesinha de fórmica. Paola olhou ao redor, ainda ofegante. Tudo estava em seus lugares: o porquinho de plástico com as colheres de madeira no lombo, a pintura brilhante aplicada por elas mesmas, os restos de cheiro de orégano no ambiente. Percebeu que sua mãe havia feito *cannoli*. E também que os comera todos, e por isso agora oferecia bolachas à filha.

— Estas chegam? Se você quiser, passo manteiga em mais algumas.

— Mamãe, pelo amor de Deus, você me deu um susto enorme. Posso saber por que deixou a porta aberta?

Estava quase gritando. Preocupada, a mãe olhou para ela. Puxou do avental um lencinho de papel e com ele esfregou as pontas dos dedos para eliminar os restos de manteiga.

— Eu estava acordada, filha, escutando as notícias no terraço. Roma inteira está na maior agitação com a capela ardente do papa, o rádio não fala de outra coisa... Então resolvi esperar por você e a vi descer do táxi. Perdoe-me.

Paola se sentiu mal na mesma hora e pediu desculpas.

— Sossegue, menina. Pegue uma bolacha.

— Obrigada, mamãe.

A jovem se sentou junto à senhora, que não lhe tirava o olho de cima. Desde que a filha era pequena, Lucrecia soubera captar de imediato quando ela estava com problemas e aconselhá-la devidamente. Só que o problema que agora embaralhava a cabeça de Paola era demasiadamente grave, demasiadamente complexo, demasiadamente *demasiado*. Ela nem sequer sabia se essa expressão existia, *Santa Madonna*.

— Foi alguma coisa no trabalho?

— Você sabe que eu não posso falar disso.

— Eu sei, e também sei que, quando você está com essa cara, como se alguém lhe tivesse pisado um calo, passa a noite se revirando na cama. Tem certeza de que não quer me contar nada?

Paola olhou seu leite e, enquanto falava, ia jogando nele várias colheradas de açúcar.

— É só... outro caso, mamãe. Um caso de loucos. Eu me sinto como um maldito copo de leite no qual alguém vai botando açúcar e mais açúcar. O açúcar já não se dissolve, e só serve para fazer o leite transbordar.

Carinhosamente, Lucrecia colocou a mão aberta em cima da xícara, com o que Paola derramou na palma dela uma colherada de açúcar.

— Às vezes, compartilhar ajuda.

— Não posso, mamãe. Lamento.

— Tudo bem, minha pombinha, tudo bem. Quer mais bolachas? Você certamente não jantou nada — disse a senhora, mudando sabiamente de assunto.

— Não, mamãe, estas são mais do que suficientes. Meu pandeiro está do tamanho do estádio do Roma.

— Minha filha, seu bumbum é primoroso.

— Sim, e por isso eu continuo solteira.

— Não, filha. Você continua solteira porque tem um temperamento muito difícil. É bonita, se cuida, faz exercício... Mais dia, menos dia, vai encontrar um homem que não se acovarde com seus gritos e suas caras feias.

— Acho que isso não vai acontecer nunca, mamãe.

— E por que não? O que me diz do seu chefe, aquele homem encantador?

— É casado, mamãe. E poderia ser meu pai.

— Como você é exagerada! Pois traga-o para mim, e verá que ele não vai me rejeitar. Além disso, no mundo de hoje, isso de ser casado não tem a menor importância.

"Se você soubesse", pensou Paola.

— Acha mesmo, mamãe?

— Tenho certeza. *Madonna*, que mãos bonitas ele tem! Com esse aí, eu deitava e rolava na cama...

— Mamãe! Que vergonha!

— Desde que seu pai nos deixou, dez anos atrás, filha, eu não passei um só dia sem me lembrar dele. Mas não pretendo ser como aquelas viúvas sicilianas de preto, que criam raízes junto às lápides dos seus maridos. Tome, pegue outra e vamos dormir.

Paola molhou outra bolacha no leite, calculando mentalmente as calorias e sentindo-se muito culpada perante si mesma. Por sorte, isso durou pouco.

DA CORRESPONDÊNCIA ENTRE O CARDEAL FRANCIS SHAW E A SENHORA EDWINA BLOOM

Boston, 23 de fevereiro de 1999

Cara senhora,

Em resposta à sua carta de 17 deste mês, quero lhe manifestar [...] e que respeito e lamento sua dor e a do seu filho Harry. Estou consciente da tremenda angústia, do tremendo sofrimento que a senhora suportou. Concordo com a senhora em que o fato de um homem de Deus incorrer nos erros que o padre Karoski cometeu pode ter abalado os alicerces da sua fé [...] Reconheço meu erro. Eu nunca deveria ter retransferido o padre Karoski [...] talvez, naquela ocasião em que fiéis preocupados, como a senhora, me apresentaram suas queixas, eu devesse ter tomado um caminho diferente [...] Mal aconselhado pelos psiquiatras que analisaram o caso, como o doutor Dressler, que comprometeu seu prestígio profissional afirmando que ele estava apto para o ministério sacerdotal, cedi [...]

Espero que a generosa indenização pactuada com seu advogado tenha resolvido o assunto para satisfação de todos [...] já que é mais do que podíamos oferecer [...] embora eu não pretenda, é claro, aliviar sua dor com dinheiro, permito-me aconselhá-la a guardar silêncio, para o bem de todos [...] nossa Santa Madre Igreja já sofreu bastante as calúnias dos maus, do Satã midiático [...] pelo bem de nossa pequena comunidade, pelo de seu filho *e pelo seu próprio*, façamos como se isso nunca tivesse acontecido.

Receba todas as minhas bênçãos,

Francis Augustus Shaw
Cardeal-prelado da arquidiocese de Boston

INSTITUTO SAINT MATTHEW
Silver Spring, Maryland

Novembro de 1995

TRANSCRIÇÃO DA ENTREVISTA NÚMERO 45 ENTRE O PACIENTE NÚMERO 3.643 E O DOUTOR CANICE CONROY. ASSISTEM A ELA O DOUTOR FOWLER E SALHER FANABARZRA

DR. CONROY: Olá, Viktor, podemos entrar?

#3.643: Por favor, doutor. A clínica é sua.

DR. CONROY: Mas este é o seu quarto.

#3.643: Entrem, por favor, entrem.

DR. CONROY: Vejo que está de muito bom humor. Sente-se bem?

#3.643: Maravilhosamente.

DR. CONROY: Muito me alegra ver que não houve incidentes violentos desde sua saída da enfermaria. O senhor tem tomado regularmente sua medicação, assiste regularmente às sessões de grupo... Está fazendo progressos, Viktor.

#3.643: Obrigado, doutor. Faço o que posso.

DR. CONROY: Bem, como havíamos falado, hoje é o dia em que iniciaremos a terapia de regressão. Este é o senhor Fanabarzra. É um médico indiano, especializado em hipnose.

#3.643: Doutor, não sei se me sinto à vontade com a idéia de me submeter a esse experimento.

DR. CONROY: É importante, Viktor. Conversamos sobre isso na semana passada, lembra-se?

#3.643: Sim, eu me lembro.

DR. CONROY: Então está tudo resolvido. Senhor Fanabarzra, onde prefere que o paciente se instale?

SR. FANABARZRA: A cama será mais confortável. É importante que ele esteja o mais relaxado possível.

DR. CONROY: Será na cama, então. Deite-se, Viktor.

#3.643: Como queira.

SR. FANABARZRA: Bem, Viktor, vou lhe mostar este pêndulo. O senhor poderia baixar um pouco a persiana, doutor? Assim está bom, obrigado. Viktor, olhe para o pêndulo, por favor.

(NESTA TRANSCRIÇÃO OMITIU-SE O PROCEDIMENTO DE HIPNOSE DO SR. FANABARZRA, A SEU PEDIDO EXPRESSO. TAMBÉM FORAM ELIMINADAS AS PAUSAS, PARA FACILITAR A LEITURA)

SR. FANABARZRA: Certo... Estamos em 1972. O que você lembra dessa época?

#3.643: Meu pai... Nunca estava em casa. Às vezes íamos, a família toda, esperá-lo na fábrica às sextas-feiras. Mamãe dizia que ele era um inútil e que assim o impediríamos de gastar o dinheiro nos bares. Ali fora fazia frio. Um dia, esperamos um tempão. Batíamos com força os pés no chão, para não congelarmos. Emil (*o irmão caçula de Karoski*) me pediu meu cachecol, porque sentia frio. Eu não dei. Minha mãe me bateu na cabeça e me mandou dar. Por fim nos cansamos de esperar e fomos embora.

DR. CONROY: Pergunte onde estava o pai.

SR. FANABARZRA: Sabe onde estava seu pai?

#3.643: Tinha sido demitido. Voltou para casa dois dias depois, e estava péssimo. Mamãe disse que ele andara bebendo e transando com mulheres. O cheque que lhe deram não durou muito. Íamos à Previdência buscar o cheque de papai. Mas às vezes ele se antecipava e

	bebia o dinheiro todo. Emil não entendia como alguém podia beber papel.
SR. FANABARZRA:	Vocês pediram ajuda?
#3.643:	Na paróquia, às vezes nos davam roupas. Outros meninos iam pedir no Exército da Salvação, onde as roupas eram melhores. Mas mamãe dizia que o Exército da Salvação era um bando de hereges e pagãos, e que era melhor usar honradas roupas cristãs. Beria *(o irmão mais velho de Karoski)* dizia que suas honradas roupas cristãs eram cheias de buracos. Tive ódio dele por causa disso.
SR. FANABARZRA:	Você ficou alegre quando Beria foi embora?
#3.643:	Eu estava na cama. Vi quando ele atravessou o quarto, no escuro. Levava as botas na mão. Ele me deu de presente seu chaveiro, era um urso prateado. Disse que era para eu colocar ali as chaves adequadas. De manhã Emil chorou, porque Beria não se despediu dele. Eu então lhe dei o chaveiro. Emil continuou chorando e jogou fora o chaveiro. Chorou o dia todo. Eu rasguei um livro de histórias dele para que se calasse. Despedacei o livro com uma tesoura. Meu pai me trancou em seu quarto.
SR. FANABARZRA:	Onde estava sua mãe?
#3.643:	Jogando bingo na paróquia. Era uma terça-feira. Jogavam bingo às terças-feiras. Cada cartão custava um centavo.
SR. FANABARZRA:	O que aconteceu naquele quarto?
#3.643:	Nada. Fiquei esperando.
SR. FANABARZRA:	Viktor, você tem de me contar.
#3.643:	Não aconteceu NADA! Entendeu? NADA!
SR. FANABARZRA:	Viktor, você tem de me contar. Seu pai botou você no quarto dele e lhe fez alguma coisa, não foi?
#3.643:	O senhor não entendeu. Eu merecia!
SR. FANABARZRA:	Merecia o quê?
#3.643:	O castigo. O castigo. Eu precisava de muito castigo para me arrepender das coisas más.

Sr. Fanabarzra: Que coisas más?

#3.643: Todas as coisas más. O malvado que eu era. Aquilo dos gatos. Meti um gato numa lata de lixo cheia de jornais amassados e taquei fogo. E o bicho gritou! Gritou com voz humana. E aquilo do livro de histórias.

Sr. Fanabarzra: Qual foi o castigo, Viktor?

#3.643: Dor. Aquilo doeu. E ele gostava, eu sei. Dizia que também lhe doía, mas era mentira. Dizia em polonês. Não sabia mentir em inglês, ficava atrapalhado. Sempre falava em polonês quando me castigava.

Sr. Fanabarzra: Ele tocava você?

#3.643: Ele botava no meu traseiro. Não deixava eu me virar. E me metia algo lá dentro. Algo quente que doía.

Sr. Fanabarzra: Eram freqüentes esses castigos?

#3.643: Toda terça-feira. Quando mamãe não estava. Às vezes, quando terminava, ele adormecia em cima de mim. Como se estivesse morto. Às vezes não podia me castigar e então me surrava.

Sr. Fanabarzra: Surrava de que jeito?

#3.643: Me dava tapas até cansar. Às vezes, depois de me bater, podia me castigar, outras não.

Sr. Fanabarzra: E seus irmãos, Viktor? Seu pai os castigava?

#3.643: Acho que castigou Beria. Emil não, nunca, Emil era bom, por isso morreu.

Sr. Fanabarzra: Só os bons morrem, Viktor?

#3.643: Só os bons. Os maus, nunca.

Palazzo del Governatorato
Cidade do Vaticano

Quarta-feira, 6 de abril de 2005. 10h34

Enquanto esperava Dante, Paola ia desgastando o carpete do corredor com passos curtos e nervosos. O dia começara mal. Ela quase não tinha descansado durante a noite e, ao chegar ao trabalho, topou com um monte insuportável de papéis e compromissos. O responsável italiano pela Proteção Civil, Guido Bertolano, mostrava-se muito preocupado com o crescente número de peregrinos que começavam a transbordar pela cidade. Já haviam lotado ginásios poliesportivos, colégios e todo tipo de instituição municipal que tivesse teto e muito espaço. Agora dormiam nas ruas, nas portarias, nas praças, nas cabines de caixas eletrônicos. Dicanti o contactou para pedir ajuda na busca e captura de um suspeito, e Bertolano praticamente riu na cara dela.

— Querida *ispettrice*, ainda que esse suspeito fosse Osama em pessoa, pouco poderíamos fazer. Certamente a senhorita pode esperar que termine esta confusão toda.

— Não sei se o senhor tem conhecimento de que...

— *Ispettrice*... Dicanti, é como disse que se chama, não? Em Fiumicino encontra-se estacionado o Air Force One. Não há um só hotel de cinco estrelas que não tenha uma cabeça coroada ocupando a suíte presidencial. Consegue imaginar o pesadelo que significa proteger essa gente? Há indícios de possíveis atentados terroristas e falsas ameaças de bomba a cada 15 minutos. Estou convocando os *carabinieri* das aldeias situadas a 200 quilômetros ao redor. Acredite, seu problema pode esperar. E agora, desocupe minha linha, por favor — disse ele, desligando bruscamente.

Droga! Por que ninguém a levava a sério? Aquele caso era um autêntico quebra-cabeça, e o mutismo imposto em relação à natureza dele não fazia senão contribuir para que qualquer pretensão de sua parte topasse com a indiferença dos demais. Ela passou um bom tempo ao telefone, mas conseguiu pouca coisa. Entre uma chamada e outra, pediu a Pontiero que fosse falar com o velho carmelita de Santa Maria in Traspontina, enquanto ela ia procurar o cardeal Samalo. E ali estava, à porta do gabinete do camerlengo, dando voltas como um tigre enjaulado.

O padre Fowler, confortavelmente sentado num luxuoso banco de jacarandá, lia seu breviário.

— Em momentos como este é que lamento ter parado de fumar, *dottoressa*.

— Também está nervoso, padre?

— Não. Mas a senhorita está se esforçando muito para conseguir isso.

Paola captou a indireta do sacerdote e parou de andar em círculos. Sentou-se junto dele. Fingiu ler o relatório de Dante sobre o primeiro crime, enquanto pensava no estranho olhar que o superintendente vaticano havia lançado ao padre Fowler naquela manhã, quando ela os apresentara na sede da UACV. Dante puxara Paola para o lado e dissera um enxuto "não confie nele". A inspetora ficou inquieta e intrigada. Decidiu que, na primeira oportunidade, pediria explicações a Dante por aquela frase.

Voltou sua atenção para o relatório. Era um fiasco total. Ficava evidente que Dante não realizava assiduamente esse tipo de tarefa, o que, por outro lado, era uma sorte para ele. Teriam de examinar conscienciosamente o cenário onde morrera o cardeal Portini, na esperança de encontrar mais alguma coisa. Fariam isso nessa mesma tarde. As fotos, pelo menos, não eram totalmente ruins. Num rompante, Paola fechou a pasta. Não conseguia se concentrar.

Custava-lhe reconhecer que estava atemorizada. Encontrava-se no próprio coração do Vaticano, um edifício isolado do resto, no centro da Città. Aquela construção continha mais de 1.500 gabinetes, entre os quais o do Sumo Pontífice. Para perturbar e distrair a inspetora, bastava a mera profusão de estátuas e quadros que povoavam os corredores. Um resultado buscado ao longo dos séculos pelos estadistas do Vaticano, que sabiam do efeito produzido pela sua cidade nos visitantes. Mas Paola não podia se permitir distração alguma em seu trabalho.

— Padre Fowler.

— Sim?

— Posso lhe fazer uma pergunta?

— Claro.

— É a primeira vez que vejo um cardeal.

— Não é verdade.

Paola ficou pensativa um momento.

— Vivo, quero dizer.

— E qual é a sua pergunta?

— Como convém se dirigir a um cardeal?

— Normalmente, com o termo *eminência.* — Fowler fechou o breviário e fitou-a nos olhos. — Sossegue, *dottoressa.* Ele é só uma pessoa, como a senhorita e como eu. E a senhorita é a inspetora no comando da investigação, além de uma grande profissional. Aja com naturalidade.

Dicanti sorriu, agradecida. Finalmente, Dante abriu a porta da ante-sala.

— Entrem, por favor.

Na ante-sala havia duas escrivaninhas, com dois sacerdotes jovens grudados ao telefone e ao correio eletrônico. Ambos cumprimentaram com uma educada inclinação de cabeça os visitantes, que passaram sem maiores cerimônias ao gabinete do camerlengo. Era um aposento sóbrio, sem quadros nem tapetes, com uma estante de um lado e um sofá com umas mesas de outro. Um crucifixo de madeira era a única decoração das paredes.

Em contraste com a nudez destas, a escrivaninha de Eduardo González Samalo, o homem que teria nas mãos as rédeas da Igreja até a eleição de um novo Sumo Pontífice, estava lotada de papéis. Samalo, vestido com a batina púrpura, levantou-se do sofá e foi recebê-los. Fowler dobrou um joelho e beijou o anel de Samalo em sinal de respeito e obediência, como fazem todos os católicos ao saudar um cardeal. Paola permaneceu atrás, discretamente. Fez uma leve — e meio envergonhada — inclinação de cabeça. Há alguns anos ela já não se considerava católica.

Samalo encarou a insolência da inspetora com naturalidade, mas com o cansaço e o pesar claramente visíveis no rosto e nos ombros.

Durante alguns dias, ele seria a autoridade máxima no Vaticano, mas evidentemente não gostava disso.

— Desculpem por fazê-los esperar. Agora há pouco eu falava ao telefone com um membro da delegação alemã bastante nervoso. Faltam vagas em todos os hotéis, a cidade está um verdadeiro caos. E todo mundo quer estar na primeira fila, no funeral de depois de amanhã.

Paola assentiu educadamente.

— Imagino que todo esse tumulto deve ser tremendamente aborrecido.

Como resposta, Samalo limitou-se a um sorriso desanimado.

— Está a par do que aconteceu, Eminência?

— Claro. Camilo Cirin me informou imediatamente sobre os fatos. Tudo isso é uma desgraça terrível. Suponho que, em outras circunstâncias, eu reagiria de maneira muito pior a esses crimes nefandos, mas, sinceramente, não tive tempo de me horrorizar.

— Como Vossa Eminência sabe, temos de pensar na segurança dos outros cardeais.

Samalo fez um gesto em direção a Dante.

— A *Vigilanza* se esforçou especialmente para reunir todos eles na Domus Sanctæ Marthæ antes do previsto, assim como para proteger a integridade do lugar.

— A Domus Sanctæ Marthæ?

— Trata-se de um edifício reformado a pedido expresso de João Paulo II para servir de residência aos cardeais durante o conclave — interveio Dante.

— Um uso muito específico para um edifício inteiro, não?

— No resto do ano, é utilizado para acolher hóspedes ilustres. Inclusive, acho que o senhor se alojou lá uma vez, não foi, padre Fowler? — perguntou Samalo.

Fowler mostrou-se um tanto incomodado. Por alguns instantes, pareceu acontecer entre eles um breve confronto sem animosidade, uma luta de vontades. Foi Fowler quem baixou a cabeça.

— De fato, Eminência. Fui convidado da Santa Sé por algum tempo.

— Creio que o senhor teve um problema com o Sant'Uffizio.*

* O Santo Ofício, cuja denominação oficial é Congregação para a Doutrina da Fé, é o nome moderno (e politicamente correto) da Santa Inquisição. (N. do A.)

— Realmente, fui chamado para consultas sobre atividades das quais havia participado. Só isso.

O cardeal pareceu se dar por satisfeito com a visível inquietação do sacerdote.

— Ah, mas é claro, padre Fowler... não precisa me dar nenhuma explicação. Sua reputação o precedeu. Como eu dizia, inspetora Dicanti, estou tranqüilo quanto à segurança dos meus irmãos cardeais, graças à boa atuação da *Vigilanza*. Estão quase todos a salvo aqui, no interior do Vaticano. Alguns ainda não chegaram. No início, era opcional hospedar-se na Domus até o dia 15 de abril. Muitos cardeais estavam espalhados por congregações ou por residências de sacerdotes. Mas, agora, comunicamos a eles que devem se alojar todos juntos.

— Neste momento, quantos há na Domus Sanctæ Marthæ?

— Oitenta e quatro. Os restantes, do total de 115, chegarão nas próximas horas. Tentamos entrar em contato com todos para pedir que nos mandem seu itinerário, a fim de reforçar a segurança. Esses são os que mais nos preocupam. Mas, como já lhes disse, o inspetor geral Cirin está cuidando de tudo. A senhorita não deve se preocupar, minha querida menina.

— Nesses 115 estão incluídos Robayra e Portini? — inquiriu Dicanti, molestada pela condescendência do camerlengo.

— Bem, suponho que, na realidade, quero dizer 113 cardeais — respondeu Samalo com certo mal-estar. Era um homem orgulhoso e não lhe agradava que uma mulher o corrigisse.

— Vossa Eminência com certeza já pensou em algum plano a respeito disso — interveio Fowler, conciliador.

— De fato... Faremos espalhar o rumor de que Portini está doente na casa de campo de sua família, na Córsega. A enfermidade, por desgraça, acabará tragicamente. Quanto a Robayra, assuntos relacionados com sua pastoral o impedirão de assistir ao conclave, embora ele deva vir a Roma depois, para prestar obediência ao novo Sumo Pontífice. Lamentavelmente, falecerá num trágico acidente de automóvel, como bem poderá certificar a *Polizia*. Essas notícias só chegarão à imprensa depois do conclave, não antes.

Paola não conseguia sair do seu assombro.

— Vejo que Vossa Eminência tem tudo controlado, e bem controlado.

O camerlengo pigarreou antes de responder.

— É uma versão como outra qualquer. E de um tipo que não prejudica ninguém.

— Exceto a verdade.

— Isto aqui é a Igreja católica, *ispettrice*. A inspiração e a luz que mostram o caminho a um bilhão de pessoas. Não podemos nos permitir mais escândalos. Sob esse ponto de vista, o que é a verdade?

Dicanti torceu a cara, embora reconhecesse a lógica implícita nas palavras do ancião. Pensou em muitas formas de replicar, mas compreendeu que não esclareceria nada. Preferiu então continuar com a entrevista.

— Suponho que ainda não comunicaram aos cardeais o motivo de sua prematura concentração.

— Em absoluto. Com a desculpa de que há na cidade um grupo radical que proferiu ameaças contra a hierarquia católica, pediu-se expressamente a eles que não saiam da cidade sem um acompanhante da *Vigilanza* ou da Guarda Suíça. Creio que todos entenderam.

— Vossa Eminência conhecia pessoalmente as vítimas?

O rosto do cardeal se entristeceu por um momento.

— Sim, que o Céu me ajude. Com o cardeal Portini, tive menos contato, embora ele fosse italiano. Mas meus assuntos sempre estiveram muito centrados na organização interna do Vaticano, ao passo que ele dedicou sua vida à doutrina. Escrevia muito, viajava muito... Era um grande homem. Pessoalmente, eu não concordava com sua política tão aberta, tão revolucionária.

— Revolucionária? — interessou-se Fowler.

— Muito, padre, muito. Ele defendia o uso do preservativo, a ordenação de mulheres sacerdotes... Teria sido o papa do século XXI. Além disso, era relativamente jovem, ia completar 59 anos. Se tivesse ocupado a cadeira de Pedro, encabeçaria o Concílio Vaticano III, que muitos consideram tão necessário à Igreja. Sua morte foi uma desgraça absurda e sem sentido.

— Contava com o voto de Vossa Eminência? — quis saber Fowler.

O camerlengo riu entre dentes.

— Não está me pedindo a sério que lhe revele em quem vou votar, não é mesmo, padre?

Paola recuperou o controle da entrevista.

— Vossa Eminência afirmou que teve menos contato com Portini. E quanto a Robayra?

— Um grande homem. Completamente dedicado à causa dos pobres. Tinha defeitos, claro. Era muito inclinado a se imaginar vestido de branco na sacada da praça de São Pedro. Não que tornasse público esse desejo, claro. Éramos muito amigos. Trocamos correspondência em várias ocasiões. Seu único pecado era o orgulho. Sempre se vangloriava de sua pobreza. Assinava suas cartas com um *beati pauperes.* Eu, só para deixá-lo furioso, sempre finalizava as minhas com um *beati pauperes spirito,** mas ele nunca quis dar por entendida a indireta. Acima dos seus defeitos, porém, era um homem de Estado e um homem da Igreja. Fez muitíssimo o bem ao longo da vida. Eu nunca o imaginei calçando as sandálias do pescador, acho que por causa da minha grande proximidade com ele.

À medida que falava do seu amigo, o velho cardeal ia encolhendo e ficando mais sombrio, sua voz se entristecia e o rosto revelava a fadiga acumulada em seu corpo de 78 anos. Embora não compartilhasse daquelas idéias, Paola sentiu pena dele. Percebeu que por trás daquelas palavras, impregnadas de honroso epitáfio, o velho espanhol lamentava não poder dispor de um cantinho para chorar a sós pelo seu amigo. Maldita dignidade. Enquanto pensava nisso, ela se deu conta de que estava começando a olhar para além do capelo cardinalício e da batina púrpura e enxergar a pessoa que os usava. Devia aprender a não encarar os eclesiásticos como seres unidimensionais, porque os preconceitos contra a batina podiam colocar em risco seu trabalho.

— Enfim, suponho que ninguém é profeta em sua terra. Como lhes disse, convivemos em muitas ocasiões. O bom Emilio esteve aqui há apenas sete meses. Um dos meus assistentes tirou uma foto nossa no gabinete. Acho que a tenho aqui, em algum lugar.

---

* Robayra citava a frase: "Bem-aventurados vós, os pobres, porque vosso é o Reino de Deus" (Lucas 6, 20). E Samalo lhe respondia com: "Bem-aventurados os pobres em espírito, porque deles é o Reino dos Céus" (Mateus 5, 3). (N. do A.)

O purpurado aproximou-se da escrivaninha e tirou de uma gaveta um envelope com fotos. Procurou ali dentro e estendeu um dos instantâneos aos seus visitantes.

Paola pegou a foto sem muito interesse. Mas de repente cravou nela os olhos abertos como pratos e agarrou com força o braço de Dante.

— Oh, merda. Merda!

Igreja de Santa Maria in Traspontina
Via della Conciliazione, 14

Quarta-feira, 6 de abril de 2005. 10h41

Pontiero bateu insistentemente à porta dos fundos da igreja, aquela que dava para a sacristia. Por instrução da polícia, o irmão Francesco havia pregado ali um cartaz, com letras vacilantes, segundo o qual o templo estava fechado para reformas. Mas, além de ser obediente, o frade devia estar um pouco surdo, porque o subinspetor ficou cinco minutos apertando a campainha. Atrás dele, milhares de pessoas lotavam a Via dei Corridori, em número ainda maior e mais desorganizado do que na Via della Conciliazione.

Finalmente, Pontiero escutou ruídos do outro lado da porta. Os ferrolhos correram e o irmão Francesco assomou o rosto por uma fresta, piscando à luz forte do sol.

— Pois não?

— Irmão, eu sou o subinspetor Pontiero. Aquele de ontem, o senhor deve se lembrar.

O religioso assentiu várias vezes.

— O que deseja? Ah, veio me dizer que já posso abrir minha igreja, bendito seja Deus. Com todos esses peregrinos aí fora... Veja o senhor mesmo, veja... — disse, apontando os milhares de pessoas na rua.

— Não, irmão. Preciso lhe fazer umas perguntas. Posso entrar?

— Tem de ser agora? Eu estava fazendo minhas orações...

— Não vou lhe tomar muito tempo. É só um momentinho, acredite.

Francesco meneou a cabeça para um lado e para outro.

— Que tempos, estes, que tempos! Só há morte por todo lado, morte e pressa. Nem minhas orações eles me deixam rezar.

A porta se abriu devagarinho e se fechou atrás de Pontiero com um forte ruído.

— Padre, esta porta é muito pesada.

— É, meu filho. Às vezes me custa muito abri-la, sobretudo quando venho carregado do supermercado. E ninguém ajuda os velhos a carregar as sacolas. Que tempos, que tempos.

— O senhor devia usar um carrinho, irmão.

O subinspetor acariciou a porta por dentro, olhando atentamente o ferrolho e os grossos gonzos que a uniam à parede.

— O que eu quero dizer é que não há marcas na tranca, ela não parece ter sido arrombada, em absoluto.

— Não, meu filho, graças a Deus. É uma boa fechadura, e a porta foi pintada no ano passado. Quem pintou foi um paroquiano amigo meu, o bom Giuseppe. Ele sofre de asma, sabe? O cheiro da pintura lhe faz mal...

— Irmão, tenho certeza de que Giuseppe é um bom cristão.

— É mesmo, meu filho, é mesmo.

— Mas não estou aqui por isso. Preciso saber como o assassino conseguiu entrar na igreja, se é que não existem outros acessos. A *ispettrice* Dicanti acha que esse é um detalhe muito importante.

— Ele poderia entrar por uma das janelas, se dispusesse de uma escada. Mas não creio, porque elas estariam quebradas. Nossa Senhora, que desastre, se ele acabasse quebrando um dos vitrais!

— Posso dar uma olhada nessas janelas?

— Claro. Venha comigo.

O frade claudicou através da sacristia até a igreja, iluminada apenas pelas velas ao pé das estátuas de santos e mártires. Pontiero ficou chocado com o grande número de velas acesas.

— Quantas oferendas, irmão Francesco.

— Ah, meu filho, fui eu que acendi todas as que havia aqui dentro, pedindo aos santos que levem a alma do nosso Santo Padre João Paulo II até o seio de Deus.

Pontiero sorriu ante a ingenuidade do religioso. Estavam no corredor central, de onde se viam tanto a porta da sacristia como a porta principal e as janelas da fachada, as únicas que havia na igreja. Deslizou o dedo pelo encosto de um dos bancos, num gesto involuntário seu, repetido em milhares de missas dominicais. Aquela era a casa de Deus, e havia sido profanada e ofendida. Nesse dia, sob o resplendor bruxuleante das velas, a igreja tinha um aspecto muito diferente daquele do dia anterior. O subinspetor não pôde reprimir um estremecimento. O interior do templo estava úmido e frio, em contraste com o calor lá de fora. Ele olhou para as janelas. A mais baixa ficava cerca de 5 metros acima do piso. Era fechada por um elaborado vitral colorido que não tinha a menor rachadura.

— É impossível que o assassino tenha entrado pela janela, carregando um peso de 92 quilos. Teria de usar um guindaste. E seria visto pelos milhares de peregrinos aí fora. Não, é impossível.

Aos ouvidos de ambos chegavam as canções dos jovens que faziam fila para se despedir do papa Wojtyla. Todas falavam de paz e amor.

— Ah, os jovens. São a nossa esperança para o futuro, não é, subinspetor?

— Tem toda a razão, irmão.

Pontiero coçou a cabeça, pensativo. Não lhe ocorria nenhum ponto de entrada que não fossem as portas ou as janelas. Ele caminhou alguns passos, que produziram um forte eco na igreja vazia.

— Escute, irmão, ninguém mais teria a chave daqui? Talvez alguém que faça a limpeza...

— Ah, não, não, absolutamente. Umas paroquianas muito devotas me ajudam na limpeza do templo nas manhãs de sábado, bem cedo, e nas tardes de quarta-feira, mas só vêm quando eu estou. Só tenho um jogo de chaves, que fica sempre comigo, está vendo? — Com a mão esquerda num bolsinho interno do hábito marrom, o frade fez as chaves tilintarem ali dentro.

— Então, padre, entrego os pontos... Não compreendo como alguém conseguiu entrar sem ser visto.

— Está bem, meu filho. Lamento não ter sido de mais ajuda...

— Obrigado, padre.

Pontiero virou-se e se encaminhou para a sacristia.

— A não ser... — O carmelita pareceu refletir um momento e depois balançou a cabeça. — Não, é impossível. Não pode ser.

— Não pode ser o quê, irmão? Diga. Qualquer pequena coisa pode ser útil.

— Não, esqueça.

— Insisto, irmão, insisto. Diga o que está pensando.

O frade cofiava a barba, pensativo.

— Bom... há um acesso subterrâneo. É uma velha passagem secreta, que data da segunda construção da igreja.

— Segunda construção?

— Sim, a igreja original foi destruída durante o saque de Roma, em 1527. Ficou na linha de fogo dos canhões que defendiam o Castel Sant'Angelo. E essa igreja, por sua vez...

— Irmão, deixe a aula de história para outra oportunidade, por favor. Mostre-me a passagem, depressa!

— Tem certeza? O senhor está usando um terno muito bonito...

— Sim, padre. Tenho certeza. Mostre-me o caminho.

— Como queira, subinspetor, como queira — disse humildemente o frade.

Manquejou até perto da entrada, onde ficava a pia de água benta, e apontou a Pontiero uma fenda num dos ladrilhos do piso.

— Está vendo essa fenda? Meta os dedos nela e puxe com força.

Pontiero ajoelhou-se e seguiu as instruções do frade. Não aconteceu nada.

— Tente de novo, puxando para a esquerda.

O subinspetor fez o que dizia o irmão Francesco, sem efeito algum. Mas, mesmo sendo baixinho e franzino, tinha muita força e uma determinação maior ainda. Tentou uma terceira vez e finalmente viu que a pedra se deslocava e saía com facilidade. Na realidade, era um alçapão. Ele o abriu com uma só mão, revelando uma escadinha estreita e curta, que descia poucos metros. Puxou uma lanterna de bolso e apontou para a escuridão. Os degraus eram de pedra e pareciam firmes.

— Muito bem, vejamos aonde nos leva tudo isto.

— Subinspetor, não desça aí sozinho, por favor.

— Calma, irmão. Não há problema. Está tudo sob controle.

Pontiero imaginou a cara que Dante e Dicanti fariam quando ele lhes contasse o que havia descoberto. Ficou de pé e começou a descer a escada.

— Espere, subinspetor. Vou buscar uma vela.

— Não se preocupe, irmão. A lanterna é suficiente — gritou Pontiero lá de baixo.

A escada dava num corredor curto, de paredes úmidas, e este num aposento de uns 6 metros quadrados. Pontiero correu a lanterna ao redor. Tudo indicava que o caminho acabava ali. Havia duas colunas partidas no meio do quartinho. Davam a impressão de ser muito antigas. Ele não soube identificar o estilo, nunca havia prestado muita atenção na aula de história. Mas viu, no que restava de uma das colunas, o que pareciam restos de algo que não deveria estar ali. Parecia, era...

Fita isolante.

Aquilo não era uma passagem secreta, era uma câmara de execução.

Oh, não.

Pontiero voltou-se bem a tempo de evitar que o golpe destinado a lhe partir o crânio resvalasse para seu ombro direito. Caiu ao chão, sacudido pela dor. A lanterna rolou para longe, iluminando a base de uma das colunas. Ele intuiu um segundo golpe, em arco, a partir da direita, que o pegou no braço esquerdo. Às apalpadelas, procurou a pistola no coldre e conseguiu sacá-la com a mão esquerda, apesar da dor. A pistola lhe pesava como se fosse de chumbo. Ele não sentia o outro braço.

"Uma barra de ferro. Ele deve estar com uma barra de ferro ou algo assim."

Tentou apontar, mas não tinha um alvo. Tentou recuar até a coluna, mas um terceiro golpe, agora nas costas, derrubou-o de vez. Ele ainda agarrava com força a arma, como quem se agarra à própria vida.

Um pé sobre sua mão o obrigou a soltar a pistola. O pé continuou apertando e apertando. O estalido dos ossos ao se quebrarem foi acompanhado por uma voz vagamente conhecida, mas com um timbre muito, muito diferente.

— Pontiero, Pontiero. Como eu ia lhe dizendo, a igreja anterior esteve na linha de fogo dos canhões que defendiam o Castel Sant'Angelo. E essa antiga igreja, por sua vez, havia substituído um templo pagão que o papa Alexandre VI mandou demolir. Na Idade Média, acreditava-se que era a tumba do próprio Rômulo.

A barra de ferro subiu e desceu de novo, golpeando as costas do subinspetor, que estava aturdido.

— Ah, mas esta história apaixonante não termina aqui. Nestas duas colunas que o senhor vê estiveram atados São Pedro e São Paulo, antes de serem martirizados pelos romanos. Vocês, romanos, sempre tão atentos aos nossos santos.

De novo a barra de ferro desceu, desta vez sobre a perna esquerda. Pontiero urrou de dor.

— Podia ter sabido de tudo isso lá em cima, se não me interrompesse. Mas não se preocupe, o senhor vai conhecer muito bem estas colunas. Vai conhecer, sim, muito bem mesmo.

Pontiero tentou se mover, mas descobriu horrorizado que não podia. Desconhecia o alcance dos ferimentos, mas não sentia suas extremidades. Percebeu que mãos muito fortes o arrastavam no escuro e sentiu uma dor aguda. Soltou um berro.

— Não lhe recomendo que tente gritar. Ninguém o escutará. Ninguém ouviu os outros, aliás. Eu tomo muitas precauções, sabe? Não gosto de ser interrompido.

Pontiero percebia sua consciência deslizando para um poço negro, como quem vai caindo no sono pouco a pouco. Como num sonho, ouvia ao longe as vozes dos jovens na rua, poucos metros acima dele. Acreditou reconhecer a canção que eles entoavam em coro, uma lembrança de sua infância, um milhão de anos atrás, no passado. Era: *Eu tenho um amigo que me ama, seu nome é Jesus.*

— Realmente, eu detesto que me interrompam — disse Karoski.

Palazzo del Governatorato
Cidade do Vaticano

Quarta-feira, 6 de abril de 2005. 13h31

Paola mostrou a Dante e a Fowler a foto de Robayra. Um primeiro plano perfeito, em que o cardeal sorria com afetação, olhos brilhando atrás dos grossos óculos de tartaruga. De início, Dante olhou a foto sem compreender.

— Os óculos, Dante. Os óculos que desapareceram.

Enquanto falava, Paola procurava o celular, teclava como louca, dirigia-se para a porta e deixava às pressas o gabinete do assombrado camerlengo.

— Os óculos! Os óculos do carmelita! — gritou ela do corredor.

E então o superintendente compreendeu.

— Vamos, padre!

Pediu apressadas desculpas ao camerlengo e saiu junto com Fowler atrás de Paola.

A inspetora desligou o celular com raiva. Pontiero não atendia. Certamente havia deixado o dele na caixa postal. Ela correu escada abaixo até a rua. Tinha de percorrer toda a Via del Governatorato. Naquele momento, ia passando um utilitário com placa SCV,* dentro do qual iam três freiras. Paola lhes fez gestos desesperados para que parassem e plantou-se diante do veículo. O pára-choque se deteve a poucos centímetros dos seus joelhos.

---

* Stato Città del Vaticano. (N. do A.)

— *Santa Madonna!* Enlouqueceu, senhorita?

A inspetora aproximou-se da porta da motorista, mostrando sua identificação.

— Por favor, não tenho tempo para explicações. Preciso chegar à Porta de Santa Ana.

As religiosas a fitaram como se ela estivesse maluca. Paola entrou no carro por uma das portas traseiras.

— Daqui é impossível, a senhorita precisaria atravessar a pé o Cortile del Belvedere — disse a freira que dirigia. — Se quiser, posso levá-la até a Piazza del Sant'Uffizio. É a saída mais rápida da Città, por estes dias. A Guarda Suíça está colocando barreiras por causa do conclave.

— Vá por onde puder, irmã, mas, por favor, vá depressa.

Depois de engrenar a primeira e arrancar, a freira teve de pisar repentinamente no freio outra vez.

— Mas será que todo mundo ficou doido? — gritou.

Fowler e Dante estavam diante do veículo, ambos com as mãos no capô. Quando a monja parou, apertaram-se na parte de trás do utilitário. As religiosas se persignaram.

— Vamos, irmã, pelo amor de Deus! — disse Paola.

O carro não demorou vinte segundos para percorrer o meio quilômetro que o separava do seu destino. Parecia que a monja tinha pressa de se livrar daquela estranha, inoportuna e embaraçosa carga. Ela ainda não tinha freado na Piazza del Sant'Uffizio, e Paola já corria para o portão de ferro negro que protegia aquela entrada da Città, com o celular na mão. Teclou depressa o número da chefatura e a telefonista atendeu.

— Inspetora Paola Dicanti, código de segurança 13.897. Agente em perigo, repito, agente em perigo. O subinspetor Pontiero se encontra na Via della Conciliazione, 14. Igreja de Santa Maria in Traspontina. Repito: Via della Conciliazione, 14. Igreja de Santa Maria in Traspontina. Enviem todas as unidades que puderem. Possível suspeito de assassinato no interior. Procedam com extrema precaução.

Paola corria com o blazer ao vento, deixando entrever o coldre e gritando ao celular como uma possessa. Os dois guardas suíços que vigiavam a entrada se alarmaram e fizeram menção de detê-la. Paola tentou evitá-los dando uma quebrada de cintura, mas um deles conseguiu agarrá-la pelo blazer. A jovem jogou os braços para trás. O telefone caiu no chão e o blazer ficou nas mãos do guarda. Este já ia saindo para persegui-la quando Dante chegou, a toda a velocidade. Erguia bem alto sua identificação do *Corpo di Vigilanza.*

— Solte a moça! Ela é dos nossos!

Fowler os seguia, agarrado à sua mochila. Paola decidiu fazer o caminho mais curto. Atravessaria a praça de São Pedro, já que ali as aglomerações eram menores: a polícia havia formado uma fila única muito estreita, em contraste com o terrível bolo de gente nas ruas que conduziam até lá. Enquanto corria, a inspetora exibia a identificação no alto, para evitar problemas com seus próprios companheiros. Depois de cruzar a esplanada e a colunata de Bernini sem grande dificuldade, os três chegaram, já sem fôlego, à Via dei Corridori. Ali, a massa de peregrinos era ameaçadoramente compacta. Paola grudou o braço esquerdo ao corpo, a fim de camuflar o coldre, encostou-se aos edifícios e tentou avançar o mais depressa possível. O superintendente colocou-se diante dela e serviu como improvisado mas eficiente aríete, todo cotovelos e antebraços. Fowler vinha atrás.

Levaram dez angustiantes minutos para alcançar a porta da sacristia. Ali eram esperados por dois agentes, que tocavam insistentemente a campainha. Dicanti, ensopada de suor, de camiseta, com o coldre da arma à vista e o cabelo emplastrado, pareceu uma aparição aos dois policiais, que ainda assim a cumprimentaram respeitosos quando ela, com a respiração entrecortada, lhes mostrou sua credencial da UACV.

— Recebemos seu aviso. Ninguém atende aqui. Na outra porta estão mais quatro companheiros.

— Posso saber por que diabos ainda não entraram? Não sabem que pode haver um companheiro aí dentro?

Os agentes baixaram a cabeça.

— O diretor Boi telefonou. Mandou que agíssemos com discrição. Há muita gente olhando, *ispettrice.*

Paola se apoiou na parede e levou cinco segundos para pensar.

“Merda, espero que não seja tarde demais.”

— Trouxeram a “chave mestra”?

Um dos policiais lhe exibiu uma alavanca de aço terminada em ponta dupla. Ele a trazia bem junto à perna, ocultando-a dos múltiplos olhares dos peregrinos da rua, que já começavam a comprometer a situação do grupo. Paola dirigiu-se ao agente que lhe mostrara a barra de aço.

— Dê-me seu rádio.

O policial lhe estendeu o pequeno fone, que ele mantinha preso por um cabo ao dispositivo do seu cinturão. Paola ditou umas instruções breves, precisas, à equipe da outra entrada. Ninguém devia mover um dedo até que ela chegasse lá, e, claro, ninguém devia entrar nem sair.

— Alguém poderia me explicar o que significa isso tudo? — perguntou Fowler, tossindo.

— Achamos que o suspeito está aí dentro, padre. Depois lhe conto com mais calma. Por enquanto quero que o senhor fique aqui fora, esperando — disse Paola. Fez um gesto em direção à maré humana que os rodeava. — Faça o possível para distraí-los, enquanto arrombamos a porta. Tomara que cheguemos a tempo.

Fowler assentiu. Olhou ao redor, procurando um lugar onde pudesse se encarapitar. Não havia nenhum carro, já que a rua estava interditada ao tráfego. Precisava se apressar. Só havia pessoas; então era isso que ele usaria para se elevar. Não muito longe, viu um peregrino alto e forte. Devia ter 1,90 metro. Fowler se aproximou e disse:

— Acha que conseguiria me carregar nos ombros?

Com gestos, o rapaz informou que não falava italiano, e Fowler lhe indicou também por gestos o que queria. O outro finalmente compreendeu. Fincou o joelho no chão e levantou o sacerdote, sorrindo. Este começou a entoar em latim o canto de comunhão da missa de finados:

> *In paradisum deducant te angeli,*
> *In tuo advente*
> *Suscipiant te martyres...**

Muitas pessoas se voltaram para olhá-lo. Na intenção de evitar que a multidão atentasse para Paola e seus colegas, Fowler pediu ao seu sofrido portador, com acenos, que avançasse até o meio da rua. Alguns fiéis, na maior parte monjas e sacerdotes, uniram-se ao seu cântico em homenagem ao papa falecido, cujo funeral eles aguardavam com persistência havia muitas horas.

---

* "Ao paraíso te conduzam os anjos, à tua chegada te recebam os mártires..." (N. do A.)

Aproveitando a distração, os dois agentes abriram a porta da sacristia com um estalido. Conseguiram esgueirar-se para o interior sem chamar atenção.

— Rapazes, há um companheiro aí dentro. Tomem muito cuidado.

Entraram um a um, primeiro Dicanti, como um raio, sacando a pistola. Deixou os dois policiais revistando a sacristia e passou à igreja. Olhou apressadamente a capela de São Tomé. Estava vazia, ainda interditada pela faixa vermelha da UACV. Percorreu as capelas do lado esquerdo, arma em punho. Fez um sinal a Dante, que atravessou a igreja, examinando cada uma das capelas. À luz vacilante das centenas de velas acesas por toda parte, os rostos dos santos pareciam remexer-se, inquietos. Paola e Dante se encontraram no corredor central.

— Nada?

O superintendente negou com a cabeça.

Foi então que viram aquilo no chão, perto da entrada principal, junto à pia de água benta. Com grandes caracteres vermelhos, retorcidos, estava escrito:

VEXILLA REGIS PRODEUNT INFERNI

— "Avançam os estandartes do rei dos infernos" — disse uma voz atrás deles.

Dante e a inspetora se voltaram, sobressaltados. Era Fowler, que havia conseguido terminar o cântico e escapulir para o interior da igreja.

— Achei que havia pedido que o senhor ficasse na rua.

— Isso não importa agora — disse Dante, apontando a Paola o alçapão aberto no piso. — Vou chamar os outros.

Paola estava transtornada. Seu coração lhe ordenava que descesse ali imediatamente, mas ela não se atrevia a fazer isso no escuro. Dante foi até a porta principal e correu os ferrolhos. Entraram dois agentes, ficando os outros dois lá fora. Dante pediu a Maglite que um deles trazia no cinturão. Dicanti arrancou-a das mãos do superintendente e desceu na frente deste, com os músculos tensos, a arma apontada para a frente. Fowler ficou em cima, murmurando uma breve oração.

Um instante depois, Paola botou a cabeça para fora e saiu às pressas para a rua. Dante subiu devagar. Olhou Fowler e meneou a cabeça.

Paola fugiu para o ar livre, soluçando. Vomitou o desjejum o mais longe possível da porta. Uns jovens com aspecto de estrangeiros que esperavam na fila se aproximaram, atenciosos.

— Precisa de ajuda?

Paola os afastou com um aceno. Junto dela apareceu Fowler, que lhe estendeu um lenço. A inspetora o aceitou e limpou com ele a bílis e as lágrimas. As externas, porque as internas ela não podia eliminar tão facilmente. Sua cabeça dava voltas. Não podia ser, não podia ser Pontiero a massa sanguinolenta que ela havia encontrado atada àquela coluna. Maurizio Pontiero, subinspetor, era um bom homem, magro e cheio de um constante, abrupto e simpático mau humor. Era um pai de família, era um amigo, um companheiro. Nas tardes de chuva, remexia-se inquieto dentro do terno; era um colega, sempre pagava os cafés, sempre estava ali. Sempre estivera, havia muitos anos. Não podia ter deixado de respirar, transformado naquele vulto informe. Paola tentou apagar de suas pupilas aquela imagem, sacudindo a mão diante dos olhos.

Nesse momento seu celular tocou. Ela o puxou do bolso com expressão aborrecida e ficou paralisada. No visor, a chamada era de:

M. PONTIERO

Paola atendeu, morta de medo. Fowler olhou para ela, intrigado.

— Alô?

— Boa-tarde, inspetora. Como vai?

— Quem é?

Ora, inspetora, por favor. A senhorita mesma me pediu que lhe telefonasse a qualquer hora, se eu me lembrasse de alguma coisa. Acabo de me lembrar que precisei dar um fim ao seu colega. Lamento, realmente. Ele atravessou o meu caminho.

— Nós vamos pegá-lo, Francesco. Ou eu deveria dizer Viktor? — respondeu Paola, cuspindo as palavras com raiva, os olhos empapados de lágrimas, mas tentando manter a calma, bater no ponto sensível. Ele tinha de saber que sua máscara havia caído.

Houve uma breve pausa. Muito breve. Ela não o apanhara de surpresa, em absoluto.

— Ah, sim, claro. Já sabem quem eu sou. Dê minhas lembranças ao padre Fowler. Ele perdeu muito cabelo, desde a última vez em que nos vimos. E a senhorita me parece mais pálida.

Paola arregalou os olhos, surpresa.

— Onde você está, seu maldito filho-da-puta?

— Não é evidente? Atrás da senhorita.

Paola olhou os milhares de fiéis que abarrotavam a rua, cobertos por chapéus e gorros, agitando bandeiras, bebendo água, rezando, cantando.

— Por que não se aproxima, padre? Podemos conversar um pouquinho.

— Não, Paola, infelizmente vou ter de ficar longe dos senhores um pouco mais. Não pensem, nem por um segundo, que fizeram algum avanço descobrindo o bom irmão Francesco. A vida dele já estava esgotada. Enfim, vou me afastar. Em breve terá notícias minhas, pode deixar. E não se preocupe, já perdoei sua pequena descortesia de há pouco. A senhorita é importante para mim.

E desligou.

Dicanti lançou-se de cabeça à multidão. Ia puxando homens a esmo, procurando os de uma certa altura, segurando-os pelo braço, virando os que olhavam para outro lado, arrancando chapéus e gorros. As pessoas se afastavam dela. Estava fora de si, com o olhar perdido, disposta a examinar um a um todos os peregrinos, se preciso fosse.

Fowler abriu caminho no meio da aglomeração e segurou Paola pelo braço.

— Não adianta, *ispettrice.*

— Solte-me!

— Paola. Pare. Ele foi embora.

Dicanti começou a chorar. Fowler a abraçou. Ao seu redor, a gigantesca serpente humana avançava, lentamente, em direção ao corpo insepulto de João Paulo II. E levava um assassino em seu interior.

Instituto Saint Matthew
Silver Spring, Maryland

Janeiro de 1996

TRANSCRIÇÃO DA ENTREVISTA NÚMERO 72 ENTRE O PACIENTE NÚMERO 3.643 E O DOUTOR CANICE CONROY. ASSISTEM A ELA O DOUTOR FOWLER E SALHER FANABARZRA

Dr. Conroy:	Boa-tarde, Viktor.
#3.643:	Olá, de novo.
Dr. Conroy:	Dia de terapia de regressão, Viktor.

(COMO EM RELATÓRIOS ANTERIORES, OMITIMOS NOVAMENTE O PROCEDIMENTO DE HIPNOSE)

Sr. Fanabarzra:	Estamos em 1973, Viktor. A partir de agora, você só escutará a minha voz, nenhuma outra, certo?
#3.643:	Sim.
Sr. Fanabarzra:	Agora ele já não pode ouvi-los, cavalheiros.
Dr. Conroy:	Dias atrás, nós o submetemos a um teste de Rorschach. Viktor participou normalmente, apontando os habituais pássaros e flores. Somente em dois me disse que não via nada. O senhor tome nota, padre Fowler: quando Viktor parece não demonstrar interesse por alguma coisa, é porque essa coisa o afeta profundamente. Pretendo provocar essa resposta durante o estado de regressão, para conhecer a origem dela.

Dr. Fowler:	Discordo da utilidade do método, por mais que ele seja empiricamente possível. Em estado regressivo, o paciente não dispõe de tantos recursos defensivos como em seu estado normal. O risco de lhe causar um trauma é alto demais.
Dr. Conroy:	Esses mesmos recursos tornam impraticável o cérebro dele. O senhor sabe que este paciente sofre de uma profunda rejeição a determinados episódios de sua vida. Precisamos remover as barreiras, descobrir a origem do seu mal.
Dr. Fowler:	A qualquer preço?
Sr. Fanabarzra:	Cavalheiros, não discutam. Seja como for, é impossível mostrar as imagens ao paciente, já que ele não pode abrir os olhos.
Dr. Conroy:	Mas podemos descrevê-las. Comece, Fanabarzra.
Sr. Fanabarzra:	Pois não. Viktor, você está em 1973. Vamos a um lugar de que você goste. Qual escolheremos?
#3.643:	A escada de incêndio.
Sr. Fanabarzra:	Você passa muito tempo na escada?
#3.643:	Sim.
Sr. Fanabarzra:	Explique por quê.
#3.643:	É bem arejada. Não fede. E dentro de casa o cheiro é de coisa podre.
Sr. Fanabarzra:	Podre?
#3.643:	Como de fruta estragada. O cheiro vem da cama de Emil.
Sr. Fanabarzra:	Seu irmão está doente?
#3.643:	Está doente. Não sabemos de quê. Ninguém cuida dele. Minha mãe diz que Emil está possuído. Ele não suporta a luz e tem tremedeira. Seu pescoço dói.
Dr. Conroy:	São os sintomas de meningite. Fotofobia, pescoço rígido, convulsões.
Sr. Fanabarzra:	Ninguém cuida do seu irmão?
#3.643:	Só minha mãe, quando se lembra. Dá a ele maçã raspada. Ele tem diarréia e meu pai não quer saber de nada. Eu odeio meu pai. Ele me olha e me manda

	limpar Emil. Eu não quero, tenho nojo. Minha mãe me diz para fazer alguma coisa. Eu não quero e ela me empurra contra o radiador.
DR. CONROY:	Já documentamos os maus-tratos. Vamos averiguar o que ele sente com as imagens do teste de Rorschach. Esta aqui me preocupa especialmente.
SR. FANABARZRA:	Voltemos à escada de incêndio. Sente-se lá. Diga o que está sentindo.
#3.643:	Ar. O metal embaixo dos pés. O cheiro das comidas dos judeus do edifício em frente.
SR. FANABARZRA:	Agora, quero que você imagine uma coisa. Uma grande mancha negra, muito grande. Ocupa tudo o que está à sua frente. Na parte inferior da mancha há uma pequena forma ovalada, branca. Isso lhe sugere algo?
#3.643:	A escuridão. Sozinho no armário.
DR. CONROY:	Atenção, creio que temos alguma coisa.
SR. FANABARZRA:	O que você está fazendo no armário?
#3.643:	Trancaram-me. Estou sozinho.
DR. FOWLER:	Pelo amor de Deus, doutor Conroy, veja o rosto do paciente. Ele está sofrendo.
DR. CONROY:	Cale-se, Fowler. Chegaremos aonde tivermos de chegar. Fanabarzra, vou escrever minhas perguntas nesta lousa. Leia todas textualmente, certo?
SR. FANABARZRA:	Viktor, lembra-se do que aconteceu antes de trancarem você no armário?
#3.643:	Muitas coisas. Emil morreu.
SR. FANABARZRA:	Como ele morreu?
#3.643:	Trancaram-me. Estou sozinho.
SR. FANABARZRA:	Eu sei, Viktor. Diga-me como Emil morreu.
#3.643:	Ele estava em nosso quarto. Papai via televisão, mamãe tinha saído. Eu estava na escada. Ouvi um ruído.
SR. FANABARZRA:	Que tipo de ruído?
#3.643:	Como uma bola de onde o ar escapa. Meti a cabeça no quarto. Emil estava muito branco. Fui até a sala. Falei com meu pai e ele me atirou uma lata de cerveja.
SR. FANABARZRA:	E o atingiu?

#3.643: Na cabeça. Sangra. Eu choro. Meu pai se levanta, ergue um braço. Eu falo de como está Emil. Ele se aborrece muito. Diz que é culpa minha. Que eu estava encarregado de Emil. Que mereço um castigo. E começa de novo.

Sr. Fanabarzra: É o castigo de sempre? Ele toca você naquele lugar?

#3.643: E dói. Sangro pela cabeça e pelo cu. Mas ele pára.

Sr. Fanabarzra: Por que ele pára?

#3.643: Escuto a voz de mamãe. Ela grita coisas terríveis a papai. Coisas que eu não entendo. Meu pai diz que ela já sabia. Minha mãe grita e chama Emil, aos berros. Eu sei que Emil não pode ouvi-la e me alegro muitíssimo. Então ela me agarra pelos cabelos e me joga dentro do armário. Eu grito e me assusto. Bato na porta um tempão. Ela abre e me mostra uma faca. Diz que, se eu abrir a boca, ela me enfia a faca até a garganta.

Sr. Fanabarzra: E você, o que faz?

#3.643: Fico calado. Estou sozinho. Escuto vozes do lado de fora. Vozes desconhecidas. Ficam ali várias horas. Eu continuo ali dentro.

Dr. Conroy: Deviam ser as vozes do pessoal de emergência retirando o cadáver do irmão.

Sr. Fanabarzra: Quanto tempo você fica dentro do armário?

#3.643: Muito tempo. Estou sozinho. Minha mãe abre a porta. Me diz que eu fui muito mau. Que Deus não gosta dos meninos maus, que provocam os pais. Que eu vou aprender o castigo reservado por Deus aos meninos que se comportam mal. Ela me dá uma lata velha. Me manda fazer minhas coisas ali. Toda manhã, me dá um copo d'água, pão e queijo.

Sr. Fanabarzra: Mas quantos dias você ficou lá dentro?

#3. 643: Foram muitas manhãs.

Sr. Fanabarzra: Você não tinha um relógio? Não podia contar o tempo?

#3.643: Eu tento contar, mas é demais. Se eu grudar bem o ouvido à parede, posso escutar o transistor da senhora

	Berger. Ela é um pouco surda. Às vezes transmitem beisebol.
Sr. Fanabarzra:	Quantas partidas você escutou?
#3.643:	Onze.
Dr. Fowler:	Meu Deus, o menino ficou trancado quase dois meses!
Sr. Fanabarzra:	E não saía nunca?
#3.643:	Uma vez.
Sr. Fanabarzra:	Por que saiu?
#3.643:	Cometo um erro. Bato com o pé na lata e ela vira. O armário está fedendo muito. Eu vomito. Mamãe vem e fica furiosa. Mete minha cara na porcaria. Depois me tira do armário para limpá-lo.
Sr. Fanabarzra:	Você não tenta fugir?
#3.643:	Não tenho para onde ir. Mamãe faz isso para o meu bem.
Sr. Fanabarzra:	E quando o deixou sair?
#3.643:	Um dia. Ela me leva até o banheiro, me limpa. Diz que espera que eu tenha aprendido a lição. Que o armário é o inferno, e este é o lugar para onde eu vou se não me comportar bem, só que não sairei nunca. Ela me veste com a roupa dela. Diz que eu deveria ter nascido menina, mas que ainda temos tempo de resolver isso. Toca minhas partes. Diz que é tudo inútil. Que de qualquer modo eu irei para o inferno. Que não há remédio para mim.
Sr. Fanabarzra:	E seu pai?
#3.643:	Papai não está. Foi embora.
Dr. Fowler:	Conroy, pare com isso imediatamente. Veja o rosto dele. O paciente está muito mal.
#3.643:	Ele foi embora, foi embora, foi embora...
Dr. Fowler:	Conroy!
Dr. Conroy:	Está bem. Fanabarzra, interrompa a gravação e tire-o do transe.

Igreja de Santa Maria in Traspontina
Via della Conciliazione, 14

Quarta-feira, 6 de abril de 2005. 15h21

Pela segunda vez naquela semana, os peritos de Análise da Cena do Crime transpuseram as portas de Santa Maria in Traspontina. Entraram discretamente, vestidos com roupas comuns, para não alertar os peregrinos. Dentro, a *ispettrice* vociferava ordens pelo celular e pelo *walkie-talkie*, em partes iguais. O padre Fowler abordou um dos peritos da UACV.

— Já terminaram na cena do crime?

— Sim, padre. Vamos remover o cadáver e examinar a sacristia.

Fowler interrogou Dicanti com o olhar.

— Vou descer com o senhor.

— Tem certeza?

— Não quero que nada me escape. O que é isso?

O sacerdote trazia na mão direita um estojo pequeno e negro.

— Contém os santos óleos. É para dar a ele a extrema-unção.

— Acha que vai ter alguma utilidade?

— Para a nossa investigação, não. Mas para ele, sim. Era um católico devoto, não era?

— Era. Coisa que também não o ajudou muito.

— Bom, *dottoressa*, com todo o meu respeito... isso a senhora não sabe.

Desceram a escada com cuidado, para não pisar na inscrição que havia na entrada da cripta. Percorreram o curto corredor até a câmara. Os peritos da UACV haviam instalado dois potentes geradores que agora iluminavam o lugar.

Pontiero pendia inerte entre as duas colunas que se erguiam, truncadas, no meio do quartinho. Estava nu da cintura para cima. Karoski lhe havia pregado os braços à pedra com fita isolante, aparentemente do mesmo rolo que havia usado com Robayra. O cadáver não tinha olhos nem língua. O rosto estava horrivelmente desfigurado, e tiras de pele ensangüentada lhe pendiam do tórax, como macabras condecorações.

Paola baixou a cabeça enquanto o padre administrava o último sacramento. Os sapatos do sacerdote, pretos e imaculados, pisavam um charco de sangue pastoso. A inspetora engoliu em seco e fechou os olhos.

— Dicanti.

Ela os abriu de novo. Dante estava ali ao lado. Fowler já terminara e se dispunha a sair, educadamente.

— Aonde vai, padre?

— Lá para fora. Não quero ser um estorvo.

— Não está sendo, padre. Se metade do que afirmam a seu respeito for verdade, o senhor é uma pessoa muito inteligente. Foi enviado para ajudar, não? Então ajude-nos.

— Com muito prazer, *ispettrice.*

Paola engoliu saliva e começou a falar.

— Ao que parece, Pontiero entrou pela porta dos fundos. Seguramente, bateu e o falso frade abriu normalmente. Pontiero conversou com Karoski e este o atacou.

— Mas onde? — perguntou Dante.

— Só pode ter sido aqui embaixo. Do contrário, haveria sangue lá em cima.

— Por que o fez? Pontiero teria farejado alguma coisa?

— Duvido — disse Fowler. — Acho que Karoski viu a oportunidade e aproveitou-a. Inclino-me a pensar que ele mostrou o caminho da cripta a Pontiero e que este desceu sozinho, deixando o outro às suas costas.

— Faz sentido. Provavelmente, logo de saída ele descartou o irmão Francesco. Não só porque este parecia um ancião aleijado...

— ... mas também porque era um frade. Pontiero não desconfiava dos frades, certo? Coitado, que ilusão — lamentou-se Dante.

— Ora, por favor, superintendente.

Fowler o recriminou com uma expressão acusadora. Dante desviou o olhar.

— Desculpe. Continue, Dicanti.

— Uma vez aqui embaixo, Karoski o golpeou com um objeto contundente. Acreditamos ter sido um candelabro de bronze. Os rapazes da UACV já o levaram para análise. Estava jogado junto do cadáver. Depois o amarrou e fez... isto. Pontiero deve ter sofrido horrivelmente.

A voz de Paola vacilou. Os outros dois fingiram não perceber a momentânea debilidade da criminologista. Ela tossiu para disfarçar e recuperar o tom, antes de voltar a falar.

— Um lugar escuro, muito escuro. Ele estaria repetindo o trauma de sua infância, o tempo que passou encerrado no armário?

— Pode ser. Encontraram alguma pista intencional?

— Achamos que só houve a mensagem lá fora: "*Vexilla regis prodeunt inferni.*"

— "Avançam os estandartes do rei dos infernos" — traduziu novamente o sacerdote.

— O que significa, Fowler? — perguntou Dante.

— O senhor deveria saber.

— Se pretende me expor ao ridículo, não vai conseguir, padre.

Fowler sorriu com tristeza.

— Nada mais distante da minha intenção. Trata-se de uma citação de um antepassado seu, Dante Alighieri.

— Não é meu antepassado. O meu Dante é sobrenome, e o dele, primeiro nome. Não temos nada a ver.

— Ah, desculpe. Como todos os italianos afirmam descender de Dante ou de Júlio César...

— Pelo menos sabemos de quem descendemos.

Os dois se encararam fixamente. Paola os interrompeu.

— Se já tiverem terminado os comentários xenófobos, podemos continuar.

Fowler pigarreou antes de prosseguir.

— Como eu dizia, "*Vexilla regis prodeunt inferni*" é uma citação de *A Divina Comédia.* De quando Dante e Virgílio vão entrar no inferno. Trata-se de uma paráfrase de uma oração litúrgica cristã, só que dedicada ao demônio, e não a Deus. Muitos quiseram ver heresia nessa frase, mas, na realidade, a única intenção de Dante era assustar seus leitores.

— É isso que o assassino quer? Nos assustar?

— Ele nos avisa de que o inferno está perto. Não creio que a interpretação de Karoski vá além disso. Ele não é um homem tão culto assim, embora goste de aparentar cultura. Não havia outras mensagens?

— Não no corpo — respondeu Paola. — Ele percebeu que vínhamos e se assustou. E percebeu por culpa minha, porque eu liguei insistentemente para o celular de Pontiero.

— Conseguimos localizar o aparelho? — perguntou Dante.

— A companhia telefônica foi consultada. O sistema de localização por células indica que o aparelho está desligado ou fora da área de cobertura. O último lugar em que a companhia o situou foi em cima do hotel Atlante, a menos de trezentos metros daqui — respondeu Dicanti.

— Justamente onde eu estou hospedado — informou Fowler.

— Ora veja, eu imaginava o senhor numa pensão para sacerdotes. Sabe como é, algo mais humilde.

Fowler não se deu por achado.

— Amigo Dante, na minha idade a pessoa aprende a desfrutar as coisas da vida. Sobretudo quando são pagas pelo Tio Sam. Já estive em lugares vagabundos suficientes.

— Sei disso, padre. Sei disso.

— Posso saber o que o senhor está insinuando?

— Não insinuo nada. Simplesmente, estou convencido de que o senhor pernoitou nos piores lugares, por causa do seu... ministério.

Dante estava muito mais hostil do que de costume, e parecia que o alvo de sua hostilidade era o padre Fowler. A criminologista não compreendia o motivo, mas se deu conta de que era algo que teria de ser resolvido só pelos dois, cara a cara.

— Já chega. Vamos subir, estamos todos precisando de ar fresco.

Ambos seguiram Dicanti de volta à igreja. A *ispettrice* indicou aos enfermeiros que já podiam retirar o corpo de Pontiero. Um dos peritos da UACV aproximou-se dela e comentou alguns dos achados da equipe. Paola assentiu com a cabeça. E virou-se para Fowler.

— Podemos refletir um pouco, padre?

— Sem dúvida, *dottoressa.*

— Dante?

— Mas é claro.

— Certo. Bem, o que averiguamos é isto: no alojamento paroquial havia um kit de maquilagem profissional e umas cinzas sobre uma mesa, que acreditamos corresponderem a um passaporte. Como ele o queimou com uma boa quantidade de álcool, não restou quase nada. O pessoal da UACV levou as cinzas para ver se elas revelam alguma coisa. As únicas impressões digitais encontradas lá não são de Karoski, e precisaremos procurar o dono. Dante, o senhor tem trabalho para esta tarde. Investigue quem era o padre Francesco e há quanto tempo estava aqui. Procure saber entre os freqüentadores habituais da igreja.

— Certo, *ispettrice.* Farei uma imersão na terceira idade.

— Chega de brincadeiras. Karoski nos passou a perna, mas deve estar nervoso. Correu a se esconder, e durante certo tempo não saberemos nada dele. Se nas próximas horas conseguirmos averiguar onde ele esteve, talvez venhamos a descobrir onde pode estar.

Paola cruzava os dedos secretamente no bolso do blazer, tentando ela mesma acreditar no que estava dizendo. Os outros fizeram uma cara impassível e também fingiram que aquela possibilidade era algo mais do que um sonho remoto.

Dante voltou duas horas depois. Com ele vinha uma senhora de meia-idade, que repetiu sua história a Dicanti. Quando morrera o pároco anterior, o irmão Dario Basano, aparecera o irmão Francesco. Isso, uns três anos atrás. Desde aquele dia, a senhora ajudara a limpar a igreja e o alojamento paroquial. Segundo ela, o irmão Francesco Toma era um exemplo de humildade e fé cristã. Havia conduzido a paróquia com firmeza, e ela nada tinha a objetar em relação a ele.

Em conjunto, foi um depoimento bastante frustrante, mas forneceu um dado claro. O irmão Basano falecera em novembro de 2001, o que pelo menos situava a entrada de Karoski no país.

— Dante, faça-me um favor. Verifique o que os carmelitas sabem de Francesco Toma — pediu Dicanti.

— Vou dar uns telefonemas. Mas desconfio que conseguiremos bem pouco.

Dante saiu pela porta principal, em direção ao seu gabinete na *Vigilanza Vaticana.* Fowler se despediu da inspetora.

— Vou trocar de roupa no hotel e depois encontro a senhorita.

— Estarei no necrotério.

— Não tem de fazer isso, *ispettrice.*

— Tenho, sim.

Houve um silêncio incômodo entre os dois, sublinhado por uma melodia religiosa que algum peregrino começou a cantar e que várias centenas acompanharam em coro. O sol se escondia atrás das colinas e Roma ia submergindo na escuridão, embora, nas ruas, o movimento fosse incessante.

— Seguramente, um desses cânticos foi o último que o subinspetor escutou.

Paola continuou calada. Fowler já assistira várias vezes ao processo que a criminologista atravessava nesse momento, o processo posterior à morte de um colega. No início, agitação e desejo de vingança. Aos poucos, à medida que tomasse consciência do ocorrido e que o choque cobrasse um preço ao seu corpo, ela mergulharia no esgotamento e na tristeza. E finalmente restaria um sentimento surdo, uma mescla de ira, culpa e rancor, que só se extinguiria quando Karoski estivesse atrás das grades ou morto. E, talvez, nem mesmo quando isso acontecesse.

O sacerdote ia colocando a mão no ombro de Dicanti, mas se conteve no último instante. Embora não o tivesse visto, pois estava de costas, a inspetora deve ter intuído alguma coisa. Virou-se e encarou Fowler com preocupação.

— Tome muito cuidado, padre. Agora ele sabe que o senhor está aqui, o que pode mudar tudo. Além disso, ainda não estamos bastante seguros quanto ao aspecto que tem atualmente. Ele já provou ser muito hábil na hora de se camuflar.

— Será que mudou tanto assim, em cinco anos?

— Padre, eu vi a foto de Karoski que o senhor me mostrou e vi o irmão Francesco. Não tinham a menor semelhança.

— A igreja estava muito escura e a senhorita não prestou muita atenção num velho carmelita.

— Padre, acredite. Sou boa fisionomista. Ele podia estar usando peruca e uma barba que lhe encobria metade da cara, mas parecia um autêntico ancião. Sabe se disfarçar muito bem, e agora poderia ser outra pessoa.

— Bom, eu o fitei nos olhos, *dottoressa.* Se ele cruzar meu caminho, saberei quem é. E não lhe valerão seus subterfúgios.

— Ele não conta apenas com subterfúgios, padre. Agora também tem uma 9 milímetros e trinta balas. A arma de Pontiero e o carregador sobressalente desapareceram.

Necrotério municipal

Quinta-feira, 7 de abril de 2005. 01h32

Paola assistiu à autópsia com expressão pétrea. Esgotada a adrenalina dos primeiros instantes, começou a se sentir cada vez mais deprimida. Ver o bisturi do legista dissecando seu colega foi uma situação que quase superou as suas forças, mas ela conseguiu. O médico informou que Pontiero havia sido golpeado 43 vezes com um objeto rombudo, provavelmente o candelabro ensangüentado que mais tarde fora encontrado na cena do crime. Sobre o que havia causado os cortes no corpo do subinspetor, inclusive o talho na garganta, ele preferiu aguardar que o pessoal do laboratório trouxesse moldes das incisões.

Paola escutou o laudo através de uma neblina sensorial, que de modo algum atenuou seu sofrimento. Ficou ali olhando durante horas, impondo-se um castigo desumano. Dante apareceu na sala de autópsias, fez umas tantas perguntas e saiu em seguida. Boi também marcou presença, mas foi meramente testemunhal. Saiu logo, aturdido e incrédulo, comentando que poucas horas antes havia falado com Pontiero.

Acabado o trabalho, o legista deixou o cadáver sobre a mesa de metal. Ia cobrir o rosto dele quando Paola disse:

— Não.

E o legista compreendeu, e também saiu sem dizer palavra.

O corpo estava lavado, mas ainda assim desprendia um leve odor de sangue. Sob a luz direta, branca e fria, o pequeno subinspetor parecia minúsculo. Os golpes cobriam seu corpo como medalhas de dor, e dos ferimentos, enormes como bocas obscenas, ainda emanava o cheiro metálico do sangue.

Paola pegou o envelope com o conteúdo dos bolsos de Pontiero. Um terço, umas chaves, a carteira. Uma esferográfica, um isqueiro, um maço recém-aberto. Ao ver este último objeto, ao se dar conta de que ninguém iria fumar aqueles cigarros, sentiu-se muito triste e sozinha. E começou a entender verdadeiramente que seu colega, seu amigo, estava morto. Num gesto de negação, puxou do maço um cigarro. O isqueiro rasgou o pesado silêncio da sala de autópsias com uma chama viva.

A inspetora havia abandonado o hábito após a morte do pai. Reprimiu o impulso de tossir e deu uma tragada mais funda. Lançou a fumaça exatamente na direção do aviso de "proibido fumar", como Pontiero gostava de fazer.

E começou a se despedir dele.

Merda, Pontiero. É foda. Merda, merda e merda. Como você pôde ter sido tão babaca? Tudo isso é culpa sua. Olhe só para você. Nem deixamos sua mulher ver seu cadáver. Sorte sua, caralho, sorte sua. Ela não resistiria, não resistiria se o visse desse jeito. Que vexame. Acha normal que seja eu a última pessoa neste mundo a vê-lo nu? Garanto que não é esse o tipo de intimidade que eu queria ter com você. Não, de todos os tiras do mundo, você era o pior candidato a um caixão fechado, e mesmo assim ganhou um. Todinho seu. Pontiero, seu babaca, seu pateta, não dava para perceber? Como diabos você foi se meter naquele túnel? Não consigo acreditar. Você sempre flertou com o câncer de pulmão, como meu maldito pai. Deus do céu, você nem faz idéia do que eu imaginava, cada vez que o via fumando uma merda dessas. Voltava a ver meu pai na cama do hospital, cuspindo os pulmões nos lençóis. E eu ali estudando, a tarde toda. De manhã, na faculdade. De tarde, atochando os assuntos na cabeça debaixo de tosse. Sempre achei que ficaria grudada na sua cama também, segurando sua mão enquanto você passava desta para a melhor, entre ave-marias e padre-nossos, e de olho no rabo das enfermeiras. Era assim que devia ter sido, e não isto. Sujeitinho bronco, não podia ter me chamado? Merda, parece até que sorri, como se pedisse desculpas. Ou está pensando que a culpa é minha? Sua mulher e seus pirralhos não acham isso agora, mas vão achar logo, logo, quando alguém lhes contar a história toda. Mas não, Pontiero, a culpa não é minha. A culpa é toda sua e só sua, seu imbecil, imbecil ao quadrado. Cacete, como é que você foi se meter naquele túnel? Ai, maldita seja sua confiança idiota em todo mundo que usa batina. O veado do Karoski nos pregou uma bela peça. Quero dizer, pregou em mim e você pagou o pato. Aquela barba, aquele nariz. Colocou os óculos só para nos sacanear, para nos ridicularizar. O porco. Me olhou diretamente na cara, mas não pude ver os olhos dele atrás daqueles dois fundos de garrafa. Aquela barba, aquele nariz. Acredita que não sei se o reconheceria, se o visse de novo? Já sei o que você está pensando. Que é para eu olhar as fotos da cena do crime de Robayra para ver se ele aparece em alguma, mesmo que lá no fundo. E eu vou fazer isso, por Deus. Vou fazer isso. Mas pare de bancar o esperto. E não sorria, seu veado, não sorria. É apenas o *rigor mortis*, pelo amor de Deus. Mesmo morto, você quer me fazer carregar suas culpas. Não confie em ninguém, me dizia. Tome cuidado, me dizia. Posso saber para que tantos conselhos idiotas, se você mesmo não os seguia? Deus do céu, Pontiero. Bela confusão, essa que você me arrumou. Por causa de sua babaquice, fiquei sozinha diante daquele monstro. Caralho, se estamos seguindo um padre, as batinas são automaticamente suspeitas, Pontiero. Não me venha com essa. Não se desculpe com o argumento de que o padre Francesco parecia um velho desvalido e coxo. Cacete, ele lhe fez barba, cabelo e bigode. Merda, merda. Como eu odeio você, Pontiero. Sabe o que sua mulher disse, quando soube da sua morte? Disse: "Ele não pode morrer. Ele gosta de jazz." Não disse: "Tem dois filhos" ou "É meu marido e eu o amo". Não. Disse que você gostava de jazz. Como se Duke Ellington ou Diana Krall fossem uma porra de um colete à prova de balas. Merda, ela ainda sente você, ainda o sentia vivo, sente sua voz rascante e a música que você escuta. Ainda tem o cheiro dos cigarros que você fuma. Que você fumava. Ah, que ódio! Seu beato de merda... de que lhe vale agora tudo o que você rezou? Aqueles em quem confiava lhe deram as costas. Pois é, pois é, me lembro daquele dia em que comemos *pastrami* em plena Piazza Colonna. Você me disse que os padres são apenas homens com uma responsabilidade, e não anjos. Que a Igreja não se dá conta. E eu lhe juro que vou dizer isso na cara do próximo que aparecer na sacada de São Pedro, juro a você. Vou escrever num cartaz tão grande que ele vai ver, nem que esteja cego. Pontiero, maldito idiota. Esta luta não era nossa. Oh, merda, estou com medo, muito medo. Não quero acabar como você. Esta mesa parece muito fria. E se Karoski me seguir até a minha casa? Pontiero, seu panaca, esta luta não é nossa. É uma luta dos padres e da Igreja deles. E não me diga que ela também é minha. Eu não acredito mais em Deus. Ou melhor, acredito, sim. Mas acho que ele não é boa gente. Meu amor por Ele me deixou aos pés de um morto que devia ter vivido mais trinta anos e que se evaporou mais depressa do que um desodorante barato, Pontiero. E agora só resta o odor dos mortos, de todos os mortos que vimos durante esses anos. Corpos que cheiravam a podridão antes do tempo, porque Deus não soube fazer direito algumas de suas criaturas. E, de todos, seu cadáver é o que mais fede. Não me olhe desse jeito. Não venha me dizer que Deus acredita em mim. Um Deus bom não deixa essas coisas acontecerem, não deixa que um dos seus se transforme num lobo entre as ovelhas. Você ouviu junto comigo o que o padre Fowler contou. Prepararam direitinho aquele canalha, com toda a merda que lhe meteram, e agora ele procura emoções ainda mais fortes do que a de estuprar meninos. E quanto a você, o que me diz? Que espécie de Deus permite que um beato, um carola como você acabe na porra de uma geladeira de necrotério, com ferimentos nos quais caberia a mão inteira de sua companheira? Merda, antes essa luta não era minha, eu só queria me exibir um pouco para Boi e, por fim, pegar um desses degenerados. Mas está na cara que eu sou uma inútil. Não, cale a boca. Não diga nada. Pare de me proteger! Não sou criança! Sim, fui uma inútil. Qual é o problema em reconhecer isso? Não pensei com lucidez. Tudo isso me superou, claramente, mas já aconteceu. Acabou-se. Caralho, não era uma luta minha, mas agora é, sim. Agora é pessoal, Pontiero. Agora estou cagando para a pressão do Vaticano, de Cirin, de Boi e da puta que os pariu a todos. Agora eu vou fundo, e não me importa se rolarem cabeças pelo caminho. Eu vou pegar aquele animal, Pontiero. Por você e por mim. Por sua mulher, que está esperando aí fora, e por aqueles dois melequentos dos seus filhos. Mas principalmente por você, porque você está gelado e sua cara já não é sua cara. Meu Deus, como ele o deixou fodido! Como ele o deixou fodido, e como eu me sinto sozinha! Odeio você, Pontiero. Vou sentir muita saudade.

Paola saiu para o corredor. Fowler a esperava olhando fixamente a parede, sentado num banco de madeira. Ao vê-la, ficou de pé.

— *Dottoressa*, eu...

— Tudo bem, padre.

— Tudo bem, não. Eu sei o que a senhorita está passando. Não me parece nada bem.

— Claro que não estou bem. Merda, Fowler, não vou cair nos seus braços outra vez, arrasada de dor. Isso só acontece nos filmes.

Ela já ia saindo quando Boi apareceu junto dos dois.

— Precisamos conversar, Dicanti. Estou muito preocupado com a senhorita.

— O senhor também? Que novidade. Sinto muito, mas não tenho tempo para conversas.

O doutor Boi lhe cortou o caminho. A cabeça dela só chegava à altura do peito do cientista.

— Não entendeu, Dicanti. Vou tirá-la do caso. Agora as apostas são grandes demais.

Paola ergueu a vista. Encarou fixamente o diretor e, ignorando o tratamento cerimonioso, falou devagar, muito devagar, com voz gelada, inflexível.

— Escute bem, Carlo, porque eu só vou dizer uma vez. Vou pegar o desgraçado que fez isso com Pontiero. Nem você nem ninguém tem nada a dizer a respeito. Fui clara?

— Não parece estar claro para a senhorita quem é o chefe aqui, Dicanti.

— Pode ser. Mas para mim está claro, sim, o que eu tenho de fazer. Saia da minha frente, por favor.

Boi abriu a boca para responder, mas, em vez disso, afastou-se. Paola encaminhou seus furiosos passos para a saída.

Fowler sorria.

— O que é tão engraçado, padre?

— O senhor, ora. Não me engana. Não pensou em retirá-la do caso em nenhum momento, não é?

O diretor da UACV fingiu assombro.

— Paola é uma mulher forte e independente, mas precisa se centrar. Toda essa raiva que ela está sentindo agora pode ser focada, canalizada.

— Diretor... ouço palavras, mas não escuto verdades.

— De acordo. Reconheço. Eu temo por Paola. Precisava confirmar se ela tem a força interior necessária para continuar. Qualquer outra resposta que não fosse a que ela me deu me levaria a tirá-la do caso. Não estamos enfrentando uma pessoa normal.

— Agora, sim, o senhor está sendo sincero.

Fowler intuiu que, por trás do cínico político e administrador, havia um ser humano. E o viu tal como ele era naquele momento da madrugada, com a roupa amarfanhada e a alma dilacerada após a morte de um dos seus subordinados. Boi até podia dedicar muito tempo à autopromoção, mas quase sempre tinha dado cobertura a Paola. Ainda sentia uma forte atração por ela, isso era evidente.

— Padre Fowler, preciso lhe pedir um favor.

— Na verdade, não.

— Como assim? — espantou-se Boi.

— Não precisa me pedir. Vou olhar pela *dottoressa*, à revelia dela. Para o bem ou para o mal, só restamos três nesta história. Fabio Dante, Dicanti e eu mesmo. Teremos de formar uma só frente.

Sede central da UACV
Via Lamarmora, 3

Quinta-feira, 7 de abril de 2005. 08h15

— Não pode confiar em Fowler, Dicanti. Ele é um assassino.

Paola levantou da documentação sobre Karoski sua vista cercada de olheiras. Tinha dormido apenas algumas horas e voltara à sua escrivaninha ao raiar do dia. Coisa incomum: Paola era das que apreciavam fazer longos desjejuns e chegar ao trabalho com calma, para só ir embora tarde da noite. Pontiero insistia em que, com isso, ela perdia o amanhecer romano. Naquela manhã, a inspetora não apreciou esse momento porque estava honrando seu amigo de um modo bem diferente, mas, do seu gabinete, o alvorecer era particularmente belo. A luz se arrastava preguiçosa pelas colinas de Roma, enquanto os raios de sol se demoravam em cada edifício, em cada cornija, saudando a arte e a beleza da Cidade Eterna. As formas e cores do dia apareciam delicadamente, como se batessem à porta, pedindo licença. Mas quem entrou sem bater, e com uma acusação surpreendente, foi Fabio Dante. O superintendente se apresentou meia hora antes do combinado. Trazia um envelope na mão e serpentes na boca.

— Dante, o senhor bebeu?

— De jeito nenhum. É um assassino, estou lhe dizendo. Lembra-se de que eu a aconselhei a não confiar nele? Aquele sobrenome fez disparar um alarme no meu cérebro. Uma lembrança lá no fundo, sabe como é? Então investiguei um pouco sua suposta patente militar.

Paola sorveu um café cada vez mais frio. Estava intrigada.

— Ele não é militar?

— Ah, claro que é, sim. Capitão militar. Mas não está sob as ordens da Força Aérea. Ele é da CIA.

— Da CIA? O senhor está brincando.

— Não, Dicanti. Fowler não é um homem que se possa levar na brincadeira. Vá ouvindo. Ele nasceu em 1951, de uma família endinheirada. O pai tinha uma indústria farmacêutica ou algo assim. Estudou psicologia em Princeton. Concluiu o curso com 20 anos e *magna cum laude*.

— *Magna cum laude*. A qualificação máxima. Então ele mentiu para mim. Disse que não tinha sido um aluno especialmente brilhante.

— Mentiu nisso e em outras coisas. Não foi buscar o diploma universitário. Ao que parece, brigou com o pai e se alistou em 1971. Voluntário em plena Guerra do Vietnã. Passou cinco meses em instrução na Virginia e dez no Vietnã, com a patente de tenente.

— Não era um pouco jovem para ser tenente?

— Está brincando? Um jovem com curso superior, voluntário? Eles certamente o fariam general. Não se sabe o que lhe passou pela cabeça naqueles anos, mas ele não voltou aos Estados Unidos depois da guerra. Estudou num seminário na Alemanha Ocidental e se ordenou sacerdote em 1977. Depois, encontraram-se rastros dele em muitos lugares: Camboja, Afeganistão, Romênia. Sabemos que esteve na China, de visita, e teve de sair às pressas.

— Nada disso justifica que ele seja agente da CIA.

— Dicanti, está tudo aqui. — Enquanto falava Dante ia mostrando a Paola várias fotos, a maioria em preto e branco. Nelas, via-se um Fowler curiosamente jovem, que ia perdendo cabelo progressivamente, à medida que as imagens se aproximavam do presente. Ela viu Fowler em cima de uma pilha de sacos de terra numa selva, rodeado de soldados. Usava dragonas de tenente. Viu-o numa enfermaria, junto a um soldado sorridente. Viu-o no dia da ordenação, recebendo a investidura ali mesmo, em Roma, de Paulo VI em pessoa. Viu-o numa grande esplanada com aviões ao fundo, já vestido num *clergyman*, rodeado de soldados mais jovens...

— De quando é esta aqui?

Dante consultou suas anotações.

— De 1977. Depois da ordenação, Fowler voltou à Alemanha, para a base aérea de Spangdahlem. Como capelão militar.

— Então a história dele bate.

— Quase... mas não de todo. Um documento que não deveria estar aqui, mas está, diz que "John Abernathy Fowler, filho de Marcus e Daphne Fowler, tenente da USAF, recebe uma promoção e um aumento de soldo depois de completar com êxito o treinamento de campo e a especialização em contra-espionagem". Na Alemanha Ocidental. Em plena guerra fria.

Paola fez uma expressão ambígua. Não conseguia ver com clareza.

— Espere, Dicanti, a coisa não acaba aí. Como eu disse antes, ele viajou para muitos lugares. Em 1983, desaparece por uns meses. A última pessoa que sabe algo sobre ele é um sacerdote na Virginia.

A essa altura, Paola começou a se dar por vencida. Um militar que desaparece alguns meses na Virginia só pode ter ido a um lugar: a sede da CIA em Langley.

— Continue, Dante.

— Em 1984, Fowler reaparece rapidamente em Boston. Em julho, seus pais morrem num acidente de carro. Ele vai ao cartório e pede ao tabelião que distribua entre os pobres todo o seu dinheiro e suas propriedades. Assina os papéis necessários e vai embora. Segundo o tabelião, a soma dos bens dos pais dele e da empresa era de 80,5 milhões de dólares.

Dicanti soltou um assovio inarticulado e desafinado, de puro assombro.

É muito dinheiro, ainda mais em 1984.

— Pois ele se desfez de tudo. Uma pena, não o ter conhecido antes, hem, Dicanti?

— O que o senhor está insinuando?

— Nada, nada. Bom, para completar a loucura, Fowler se manda para o México e de lá para Honduras. É nomeado capelão da base militar de El Aguacate, já com a patente de major. E é aí que se transforma num assassino.

O bloco seguinte de fotografias deixou Paola gelada. Fileiras de cadáveres em poeirentas fossas comuns. Trabalhadores com pás e máscaras que mal podiam ocultar o horror dos seus rostos. Corpos desenterrados, apodrecendo ao sol. Homens, mulheres e crianças.

— Meu Deus, o que é isto?

— Como andam seus conhecimentos de história? Os meus são lamentáveis. Tive de pesquisar na internet como foi essa confusão toda.

Ao que parece, houve uma revolução sandinista na Nicarágua. A contrarrevolução, chamada a Contra nicaragüense, queria devolver o poder a um governo de direita. Por baixo do pano, o governo de Ronald Reagan apoiou os guerrilheiros rebeldes, guerrilheiros que, em muitas ocasiões, mereceriam o nome de terroristas. E sabe quem era o embaixador em Honduras naquela época?

Paola começava a juntar as pontas com grande velocidade.

— John Negroponte.

— Ponto para a bela de cabelo negro! Fundador da base aérea de El Aguacate, bem na fronteira com a Nicarágua, base para o treinamento de milhares de guerrilheiros da Contra. Segundo o *The Washington Post*, El Aguacate era "um centro clandestino de detenção e tortura, mais parecido com um campo de concentração do que com uma base militar de um país democrático". Essas fotos tão bonitas e tão detalhadas que lhe mostrei foram feitas há dez anos. Havia 185 homens, mulheres e crianças nessas fossas. E acredita-se que ainda haja um número indeterminado de corpos, que poderia chegar a trezentos, enterrados nas montanhas.

— Meu Deus, que coisa terrível. — O horror de ver aquelas fotos, no entanto, não impediu Paola de fazer um esforço por conceder a Fowler o benefício da dúvida. — Mas também não prova nada.

— Ele estava lá. Era o capelão de um campo de torturas, pelo amor de Deus! A quem a senhorita acha que os condenados recorreriam antes da morte? Como é que ele poderia não saber?

Dicanti o fitou em silêncio.

— Certo, *ispettrice*. Quer mais? Temos material de sobra. Uma documentação do Sant'Uffizio. Em 1993, Fowler foi chamado a Roma para depor sobre o assassinato de 32 freiras, sete anos antes. As religiosas fugiram da Nicarágua e acabaram em El Aguacate. Foram estupradas, levadas a passear de helicóptero e, finalmente, ploft, viraram pasta de freira. De quebra, ele também depôs sobre 12 missionários católicos desaparecidos. A base da acusação era que Fowler estava a par de todo o acontecido, mas não denunciou esses casos flagrantes de violação dos direitos humanos. Para todos os efeitos, seria tão culpado quanto se tivesse ele mesmo pilotado o helicóptero.

— E o que o Santo Ofício resolveu?

— Bem, não havia provas suficientes para condená-lo. Ele se livrou por um fio. Mas caiu em desgraça dos dois lados. Acho que saiu da CIA por decisão própria. Passou uns tempos quicando aqui e ali, e acabou no Instituto Saint Matthew.

Paola ficou um tempão olhando as fotografias.

— Dante, vou lhe fazer uma pergunta muito, muito séria. Como cidadão do Vaticano, o senhor diria que o Santo Ofício é uma instituição descuidada?

— Não, inspetora.

— Pode-se dizer que não faz acordos com ninguém?

Dante assentiu, a contragosto. Já percebia aonde Paola queria chegar.

— Portanto, superintendente, a instituição mais rigorosa do seu Estado Vaticano foi incapaz de encontrar indícios de culpa em Fowler. E o senhor entra no meu gabinete vociferando que Fowler é um assassino e sugerindo que eu não confie nele?

O interlocutor ficou de pé, furioso, e se inclinou sobre a escrivaninha de Dicanti.

— Escute aqui, minha linda... Não pense que eu não sei com que olhos a senhorita encara esse pseudopadre. Por uma infeliz brincadeirinha do destino, temos de caçar um monstro desgraçado sob as suas ordens, e eu não quero que a senhorita pense com as saias. Já perdeu um colega, e não quero que dê cobertura a esse americano quando estivermos diante de Karoski. Sabe-se lá como ele vai reagir. Parece que é uma pessoa muito leal ao seu país... Pode muito bem ficar do lado do compatriota.

Paola se levantou e, com total tranqüilidade, meteu-lhe duas vezes a mão na cara. Plaft, plaft. As duas bofetadas foram de campeonato, daquelas que ensurdecem. Dante ficou tão surpreso e humilhado que não soube reagir. Ficou ali plantado, com a boca aberta e as faces vermelhas.

— Agora é o senhor que vai me escutar, superintendente Dante. Se estamos somente três pessoas nesta porra de investigação, é porque sua Igreja não quer que venha à luz que um monstro violador de crianças, castrado num dos abrigos que vocês mantêm, anda matando cardeais, a poucos dias da eleição do novo manda-chuva. Essa, e não outra, é a razão pela qual Pontiero morreu. Quero lembrar que foram os senhores que vieram nos pedir ajuda. Ao que parece, sua organização funciona estupendamente na hora de cavar informação sobre as atividades de um padre numa selva do Terceiro Mundo, mas já não se dá tão bem na hora de controlar um delinqüente sexual que reincidiu dezenas de vezes em dez anos, à vista dos seus superiores e num país democrático. Portanto vá tirando imediatamente daqui esse seu focinho patético, antes que eu comece a pensar que seu problema é estar com ciúme de Fowler. E não me apareça antes de se dispor a trabalhar em equipe. Compreendeu?

Dante recuperou a compostura o suficiente para respirar fundo e se dirigir à saída. Nesse momento, Fowler vinha entrando no gabinete, e o superintendente descarregou sua frustração contra ele jogando-lhe na cara as fotos que ainda trazia nas mãos. Estava tão furioso que escapuliu sem sequer se lembrar de bater a porta com estrépito.

A inspetora se sentiu tremendamente aliviada por dois motivos: primeiro, por ter tido a oportunidade de fazer o que já havia imaginado várias vezes; e, segundo, por ter podido fazê-lo em privacidade. Se a mesma situação se apresentasse com mais alguém presente, ou em plena rua, Dante jamais esqueceria as bofetadas recebidas em público. Nenhum homem esquece uma coisa assim. Ainda havia maneiras de recompor a situação e estabelecer um pouco de paz. Ela olhou de esguelha para Fowler. Este continuava imóvel, junto à porta, com a vista fixada nas fotografias que agora cobriam o chão do gabinete.

Paola se sentou, tomou um gole de café e, sem levantar a cabeça da pasta sobre Karoski, disse:

— Acho que o senhor tem muito o que me contar, padre.

Instituto Saint Matthew
Silver Spring, Maryland

Abril de 1997

TRANSCRIÇÃO DA ENTREVISTA NÚMERO 11 ENTRE O PACIENTE NÚMERO 3.643 E O DOUTOR FOWLER

Dr. Fowler: Boa-tarde, padre Karoski.
#3.643: Entre, entre.
Dr. Fowler: Vim vê-lo porque o senhor se negou a falar com o padre Conroy.
#3.643: De fato, a atitude dele foi insultuosa e eu lhe pedi que saísse.
Dr. Fowler: O que exatamente lhe pareceu insultuoso na atitude dele?
#3.643: O padre Conroy questiona verdades imutáveis da nossa fé.
Dr. Fowler: Por exemplo?
#3.643: Ele afirma que o diabo é um conceito supervalorizado. Eu vou achar muito interessante ver esse conceito cravar um tridente na bunda dele.
Dr. Fowler: Acha que vai estar presente nesse momento?
#3.643: É um modo de falar.
Dr. Fowler: O senhor acredita no inferno, não?
#3.643: Com todas as minhas forças.
Dr. Fowler: Acha que o merece?
#3.643: Sou um soldado de Cristo.
Dr. Fowler: Isso não quer dizer nada.

#3.643:	Desde quando?
Dr. Fowler:	Um soldado de Cristo não tem garantido o céu ou o inferno, padre Karoski.
#3.643:	Se for um bom soldado, tem, sim.
Dr. Fowler:	Padre, vou deixar aqui um livro que certamente lhe será de grande ajuda. Foi escrito por Santo Agostinho. É um livro que trata da humildade e da luta interior.
#3.643:	Vou adorar ler isso.
Dr. Fowler:	O senhor acha que irá para o céu quando morrer?
#3.643:	Tenho certeza.
Dr. Fowler:	Pois, então, sabe mais do que eu.
#3.643:	(...)
Dr. Fowler:	Quero lhe apresentar uma hipótese. Suponhamos que o senhor se encontra às portas do céu. Deus sopesa seus atos bons e seus atos maus, e o fiel da balança está equilibrado. Ele então propõe que o senhor chame quem quiser, para ajudá-lo a resolver o impasse. Quem o senhor chamaria?
#3.643:	Não sei bem.
Dr. Fowler:	Permita-me sugerir alguns nomes: Leopold, Jamie, Lewis, Arthur...
#3.643:	Esses nomes não me dizem nada.
Dr. Fowler:	... Harry, Michael, Johnnie, Grant...
#3.643:	Cale-se.
Dr. Fowler:	... Paul, Sammy, Patrick...
#3.643:	Eu já disse para se calar!
Dr. Fowler:	... Jonathan, Aaron, Samuel...
#3.643:	Chega!!!

(*Ouve-se ao fundo um confuso e breve ruído de luta.*)

Dr. Fowler:	O que eu estou apertando entre o indicador e o polegar é sua traquéia, padre Karoski. Desnecessário dizer que vai doer ainda mais, se o senhor não se acalmar. Faça um gesto com a mão esquerda se tiver compreendido. Bom. Agora, faça de novo, se estiver mais tran-

	qüilo. Podemos esperar o tempo que for necessário. Já? Bem. Tome, beba um pouco d'água.
#3.643:	Obrigado.
Dr. Fowler:	Sente-se, por favor.
#3.643:	Já estou melhor. Não sei o que me aconteceu.
Dr. Fowler:	Ambos sabemos o que lhe aconteceu. Assim como sabemos que os meninos da lista que eu citei não falarão exatamente ao seu favor, quando o senhor se encontrar ante o Todo-Poderoso, padre.
#3.643:	(...)
Dr. Fowler:	Não vai dizer nada?
#3.643:	O senhor não sabe nada do inferno.
Dr. Fowler:	Acha mesmo? Pois está enganado: eu o vi com meus próprios olhos. Agora, vou desligar o gravador e lhe contar uma coisa que certamente o interessará.

Sede central da UACV
Via Lamarmora, 3

Quinta-feira, 7 de abril de 2005. 08h32

Fowler afastou o olhar das fotos espalhadas pelo chão. Não fez nenhuma menção de recolhê-las, simplesmente passou por cima delas com elegância. Paola se perguntou se aquilo significava uma resposta implícita às acusações de Dante. Ao longo dos dias seguintes, a inspetora experimentaria muitas vezes a sensação de estar diante de um homem tão insondável quanto educado, tão equívoco quanto inteligente. Fowler era por si mesmo uma contradição e um hieroglifo indecifrável. Mas, naquele momento, a essa sensação se acrescentava uma cólera surda, que assomava aos lábios dela em forma de tremor.

O sacerdote se sentou diante da inspetora, deixando a um lado da cadeira sua desgastada mochila preta. Trazia na mão esquerda uma sacola de papel com três cafés. Ofereceu um a Dicanti.

— *Cappuccino?*

— Odeio *cappuccino.* Me lembra o vômito de um cachorro que eu tive — disse Paola. — Mesmo assim, vou aceitar.

Fowler permaneceu em silêncio durante uns dois minutos. Finalmente, a inspetora parou de fingir que lia a documentação sobre Karoski e decidiu enfrentar o sacerdote. Tinha de saber.

— E então? Não vai me...?

E parou de repente. Desde que Fowler tinha entrado no gabinete, ela não o olhara na cara. Mas, ao fazer isso, descobriu que ele estava a milhares de quilômetros dali. As mãos levavam o café à boca trêmulas, vacilantes. Minúsculas gotas de suor perolavam a careca do sacerdote, embora não fizesse calor. E os olhos verdes proclamavam que seu dono havia contemplado horrores indeléveis e agora voltava a contemplá-los.

Paola não disse nada, dando-se conta de que a aparente elegância com que Fowler tinha passado por cima das fotos era só fachada. Esperou. O sacerdote levou mais alguns minutos para se recuperar, e, quando o fez, a voz lhe saiu distante e apagada.

— É duro. Você acha que superou, mas depois aquilo reaparece, como um pedaço de cortiça que se tenta inutilmente afundar numa banheira. Ele escorrega, flutua até a superfície. E ali está de novo, na sua frente...

— Falar vai ajudá-lo, padre.

— Pode acreditar, *dottoressa*... não ajuda. Não ajudou em nenhuma ocasião. Nem todos os problemas se resolvem falando.

— Curiosa expressão para um sacerdote. Inacreditável para um psicólogo. Mas bem apropriada para um agente da CIA treinado para matar.

Fowler reprimiu uma careta triste.

— Não me treinaram para matar, não mais que a qualquer outro soldado. Fui adestrado em táticas de contra-espionagem. Deus me deu o dom de uma pontaria infalível, é verdade, mas eu não solicitei esse dom. E, já me antecipando à sua próxima pergunta, não matei ninguém desde 1972. Matei 11 soldados do Vietcongue, pelo menos que eu saiba. Mas todas essas mortes foram em combate.

— Foi o senhor quem se alistou voluntariamente.

— *Dottoressa,* antes de me julgar, permita que eu lhe conte minha história. Eu nunca disse a ninguém o que vou lhe dizer. Portanto só peço que ouça minhas palavras. E não que acredite ou confie em mim, já que isso seria pedir demais.

Paola assentiu, devagar.

— Suponho que toda essa informação lhe chegou por cortesia do superintendente. Se for a documentação do Sant'Uffizio, a senhorita deve ter feito uma idéia muito aproximada do meu currículo. Eu me alistei como voluntário em 1971, por causa de certas... discrepâncias com meu pai. Não quero lhe fazer um relato aterrorizante do que a guerra significou para mim, porque as palavras não seriam capazes. Já viu *Apocalypse Now*, inspetora?

— Sim, tempos atrás. É de uma crueza assustadora.

— Uma pálida farsa. Isso é o que o filme é. Uma sombra na parede, comparado ao que aquilo realmente significou. Eu vi dor e crueldade suficientes para encher várias vidas. Foi lá que minha vocação surgiu diante de mim. Não numa trincheira em plena noite, com o fogo do inimigo assoviando nos ouvidos. Nem olhando o rosto de meninos de dez anos com colares feitos de orelhas humanas. Foi numa tarde tranqüila na retaguarda, junto ao capelão do meu regimento. Ali eu soube que devia dedicar minha vida a Deus e às Suas criaturas. E foi o que fiz.

— E a CIA?

— Calma, eu chego lá... Não quis voltar aos Estados Unidos, onde viviam meus pais. Então fui o mais longe que pude, até as franjas da cortina de ferro. Ali aprendi muitas coisas, mas algumas não fariam sentido na sua cabeça. A senhorita tem apenas 34 anos. Para compreender o que significava o comunismo para um católico alemão nos anos 70, é preciso tê-lo vivido. Respirávamos diariamente a ameaça da guerra nuclear. O ódio era uma religião para os americanos. Parecia que a cada dia estávamos mais perto de que alguém, eles ou nós, pulasse o muro. E então, tudo estaria acabado, eu lhe garanto. Antes ou depois, alguém apertaria o botão.

Fowler fez uma pequena pausa para tomar um gole de café. Paola acendeu um dos cigarros de Pontiero. Fowler estendeu a mão para o maço, mas Paola negou com a cabeça.

— São meus, padre. Só eu vou fumá-los.

— Ah, não se preocupe. Eu não pretendia pegar um. Só estava me perguntando por que, de repente, a senhorita voltou.

— Padre, se não se importa, prefiro que continue. Não quero falar disso.

O sacerdote intuiu uma grande dor nas palavras da inspetora e continuou sua história.

— Enfim... Eu queria continuar ligado à vida militar. Amo o companheirismo, a disciplina e o sentido da vida castrense. Pensando bem, não é muito diferente do conceito de sacerdócio: trata-se de dar a vida pelos outros. Os exércitos em si mesmos não são maus, as guerras é que são más. Pedi que me enviassem como capelão a uma base americana, e, como eu era sacerdote diocesano, meu bispo concordou.

— O que quer dizer diocesano, padre?

— Mais ou menos que eu sou um agente livre. Não estou subordinado a nenhuma congregação. Se quiser, posso pedir ao meu bispo que me atribua uma paróquia. Mas, se achar conveniente, posso iniciar meu trabalho pastoral onde considerar oportuno, sempre com o beneplácito do bispo, entendido como aquiescência formal.

— Compreendo.

— Ali, na base, convivi com vários membros da Agência que estavam participando de um programa especial de formação em atividades de contra-espionagem para militares da ativa que não pertencessem à CIA. Convidaram-me para me unir a eles, quatro horas por dia, cinco dias por semana, durante dois anos. Não era incompatível com minhas atividades pastorais, apenas me tirava umas horas de sono. Então aceitei. E acabei sendo um bom aluno. Uma noite, ao término das aulas, um dos instrutores se aproximou de mim e me propôs entrar para a Companhia. Assim se chama a Agência, nos círculos internos. Eu disse que era sacerdote e que isso seria impossível. Tinha um trabalho tremendo pela frente, com as centenas de jovens católicos da base. Os superiores deles dedicavam muitas horas por dia a lhes ensinar o ódio pelos comunistas. Eu dedicava uma hora por semana a lembrar a eles que somos todos filhos de Deus.

— Uma batalha perdida.

— Quase sempre. Mas o sacerdócio, *dottoressa*, é uma corrida de fundo.

— Acho que li essas palavras numa das entrevistas que fez com Karoski.

— É possível. Nós nos limitamos a ir registrando pequenos pontos. Pequenas vitórias. De vez em quando, consegue-se alguma das grandes, mas em ocasiões específicas. Vamos lançando pequenas sementes, na esperança de que uma parte delas frutifique. Muitas vezes, não somos nós que colhemos os frutos, e isso desanima.

— Deve ser mesmo terrível, padre.

— Certa vez, um rei passeava pelo bosque e viu um pobre velhinho que trabalhava duro num sulco. Aproximou-se e viu que o ancião estava plantando nogueiras. Perguntou por que ele fazia isso, e o velhinho respondeu: "Gosto muito de nozes." O rei então disse: "Ancião, não castigues tuas costas encurvadas sobre esse buraco. Por acaso não percebes que, quando a nogueira crescer, já não estarás vivo para colher os frutos?" E o ancião respondeu: "Se meus antepassados tivessem pensado como Vossa Majestade, eu nunca teria provado o sabor das nozes."

Paola sorriu, surpreendida ante a verdade absoluta daquelas palavras.

— Sabe o que essa historieta nos ensina, *dottoressa*? — continuou Fowler. — Que sempre se pode seguir adiante com vontade, amor a Deus e um empurrãozinho de Johnnie Walker.

Paola pestanejou ligeiramente. Não imaginava o correto e educado sacerdote diante de uma garrafa de uísque, mas era evidente que ele tinha estado muito sozinho em toda a sua vida.

— Quando o instrutor me disse que os jovens da base poderiam ser ajudados por outro sacerdote, ao passo que os milhares de jovens atrás da cortina de ferro não podiam ser ajudados por ninguém, compreendi que ele tinha toda a razão. Milhares de cristãos se acovardavam sob o comunismo, escondendo-se nos sanitários para rezar e ouvindo missa em porões lúgubres. Eles poderiam servir ao mesmo tempo aos interesses do meu país e aos da minha Igreja, nos pontos em que coincidissem. Sinceramente, pensei então que havia muitas outras coincidências.

— E agora, o que o senhor pensa? Afinal, voltou à ativa.

— Mais tarde responderei à sua pergunta. Eles me ofereceram ser um agente livre, aceitando somente as missões que eu considerasse justas. Viajei por muitos lugares. A alguns, fui como sacerdote. A outros, como cidadão comum. Arrisquei a vida algumas vezes, embora quase sempre isso tenha valido a pena. Ajudei pessoas que precisavam de mim, de uma forma ou de outra. Às vezes essa ajuda tomava a forma de um aviso a tempo, um envelope, uma carta. Outras vezes, era necessário organizar uma rede de informação. Ou tirar uma pessoa de uma embrulhada. Aprendi idiomas, e até me senti suficientemente bem para viajar de volta aos Estados Unidos. Até que aconteceu aquilo em Honduras...

— Espere, padre. O senhor pulou uma parte importante. O enterro dos seus pais.

Fowler fez um gesto de tédio.

— Não cheguei a ir. Simplesmente, resolvi umas pendências legais que ainda restavam.

— Padre Fowler, o senhor me surpreende. Oitenta milhões de dólares não são uma simples pendência legal.

— Então quer dizer que a senhorita sabe disso também... Pois é. Renunciei ao dinheiro. Mas não o doei, como muitos pensam. Destinei tudo à criação de uma fundação sem fins lucrativos que colabora ativamente em vários campos de interesse social, dentro e fora dos Estados Unidos. Tem o nome de Howard Eisner, o capelão que me inspirou no Vietnã.

— O senhor criou a Eisner Foundation? — assombrou-se Paola. — Bom, então é velho mesmo.

— Eu não a criei. Apenas lhe dei um empurrão e forneci os recursos financeiros. Na realidade, ela foi criada pelos advogados dos meus pais. A contragosto, devo acrescentar.

— Bem, padre, agora me conte sobre Honduras. E tome o tempo que for necessário.

O sacerdote fitou Dicanti com curiosidade. A atitude dela havia mudado repentinamente, de modo sutil mas significativo. Agora, a inspetora estava disposta a lhe dar crédito, e ele se perguntou o que podia ter provocado essa mudança.

— Não quero aborrecê-la com detalhes, *dottoressa*. A história de El Aguacate daria para encher um livro inteiro, mas vou me limitar ao essencial. O objetivo da CIA era favorecer uma revolução. O meu, ajudar os católicos que sofriam a opressão do regime sandinista. Formou-se e treinou-se um exército de voluntários, que deveriam empreender uma guerra de guerrilhas para desestabilizar o governo. Os soldados foram recrutados nas camadas mais pobres da Nicarágua. As armas foram vendidas por um antigo aliado do governo, de cujo futuro comportamento poucos suspeitavam então: Osama bin Laden. E o comando da Contra coube a um professor de bacharelado chamado Bernie Salazar, um fanático, como viríamos a saber depois. Nos meses de treinamento, acompanhei Salazar ao outro lado da fronteira, em incursões cada vez mais arriscadas. Ajudei na fuga de religiosos comprometidos, mas minhas discrepâncias com Salazar eram cada vez maiores. Ele começava a ver comunistas por toda parte. Embaixo de cada pedra havia um comunista, segundo ele.

— Eu li, num antigo manual de psiquiatria, que a paranóia aguda se desenvolve muito depressa entre os líderes fanáticos.

— Esse caso corrobora seu livro à perfeição, *dottoressa* Dicanti. Eu sofri um acidente, e só muito depois vim a saber que aquilo havia sido proposital. Quebrei uma perna e não pude mais participar das incursões. E os guerrilheiros começavam a retornar cada vez mais tarde. Não dormiam nos barracões do campo, mas em clareiras da selva, em tendas de campanha. À noite, faziam supostos exercícios de tiro, que depois se revelaram execuções sumaríssimas. Eu estava prostrado na cama, mas, na noite em que Salazar capturou as monjas e as acusou de comunismo, alguém me avisou. Quem o fez era um bom rapaz, semelhante a muitos dos que acompanhavam Salazar, embora o temesse um pouco menos que os outros. Só um pouco menos, porque me contou sob segredo de confissão. Ele sabia que, assim, eu não revelaria nada a ninguém, mas faria tudo o que fosse necessário para ajudar as irmãs. Fizemos o que pudemos...

O rosto de Fowler estava mortalmente pálido. Ele se interrompeu um pouco para engolir em seco. Não olhava para Paola, mas para um ponto além da janela.

— ... mas não foi suficiente. Hoje, tanto Salazar como o rapaz estão mortos, e todo mundo sabe que os guerrilheiros seqüestraram o helicóptero e lançaram as monjas sobre uma das aldeias dos sandinistas. Para isso, precisaram fazer três viagens.

— Por que ele mandou fazer isso?

— A mensagem deixava pouca margem de erro. Mataremos qualquer suspeito de se aliar aos sandinistas. Seja quem for.

Paola ficou alguns instantes em silêncio, refletindo sobre o que havia escutado.

— E o senhor se culpa, não é, padre?

— Seria difícil não me culpar. Não consegui salvar aquelas mulheres. Nem cuidei bem daqueles rapazes, que acabaram matando sua própria gente. A ânsia por fazer o bem me arrastou até lá, mas não foi isso o que consegui. Fui apenas uma peça a mais na engrenagem da fábrica de monstros. Meu país está tão habituado a isso que já não se assombra quando um dos que treinamos, ajudamos e protegemos se volta contra nós.

Embora a luz do sol começasse a lhe bater em cheio no rosto, Fowler não pestanejou. Limitou-se a apertar os olhos até transformá-los em duas finas linhas verdes, e continuou dirigindo a vista para o alto dos telhados.

— Na primeira vez em que vi as fotografias das fossas comuns — continuou —, me veio à memória o matraquear das submetralhadoras na noite tropical. Os "exercícios de tiro". Eu tinha me acostumado a esse ruído. A tal ponto que, uma noite, meio adormecido, acreditei ouvir uns gritos de dor entre os disparos e não prestei grande atenção neles. O sono me venceu. Na manhã seguinte, disse a mim mesmo que tudo havia sido produto da minha imaginação. Se, naquele momento, eu tivesse falado com o comandante do campo e tivéssemos investigado Salazar mais de perto, muitas vidas teriam sido salvas. Por isso sou responsável por todas aquelas mortes, por isso deixei a CIA e por isso fui chamado a depor no Santo Ofício.

— Padre... eu já não acredito em Deus. Agora sei que, quando morremos, acabou-se. Creio que todos voltamos à terra, depois de um breve trajeto pelo intestino de um verme. Mas, se o senhor realmente precisar de uma absolvição, eu lhe ofereço a minha. O senhor salvou os sacerdotes que pôde salvar, antes de ser apanhado numa armadilha.

Fowler se permitiu um meio sorriso.

— Obrigado, *dottoressa.* Não sabe como suas palavras são importantes para mim, embora eu lamente a profunda ruptura que vejo por trás de uma afirmação tão dura vinda de uma ex-católica.

— Mas o senhor ainda não me contou o motivo de sua volta.

— É muito simples. Um amigo me pediu. E eu nunca deixo meus amigos na mão.

— Ou seja, agora o senhor é... um espião de Deus.

Fowler sorriu.

— É, poderíamos chamar assim, suponho.

Dicanti se levantou e se dirigiu à estante próxima.

— Padre, isto é contra os meus princípios, mas, como diria minha mãe, só se vive uma vez.

Pegou um grosso livro de análise forense e o estendeu a Fowler. Este o abriu. Não havia páginas, mas três vãos, convenientemente ocupados por uma garrafa média de Dewar's e dois copinhos.

— Não são nem nove da manhã, *dottoressa.*

— Vai fazer as honras ou esperar o anoitecer, padre? Eu vou me sentir orgulhosa de beber com o homem que criou a Eisner Foundation. Entre outros motivos, padre, porque essa fundação pagou minha bolsa de estudos em Quantico.

Então foi a vez de Fowler se assombrar, embora não dissesse nada. Serviu duas doses iguais de uísque e ergueu seu copo.

— A quem estamos brindando?

— Aos que se foram.

— Aos que se foram, então.

E ambos esvaziaram os copos de um trago. O líquido rolou garganta abaixo, e para Paola, que não bebia nunca, foi como engolir pregos mergulhados em amoníaco. Ela sabia que teria azia o dia inteiro, mas ficou orgulhosa por ter brindado com aquele homem. Certas coisas, simplesmente, tinham de ser feitas.

— Agora, devemos nos preocupar em trazer o superintendente de volta à equipe. Como certamente já intuiu, o senhor deve a Dante esse presente inesperado — disse Paola, apontando as fotografias. — Eu me pergunto por que ele fez isso. Tem alguma espécie de ressentimento contra o senhor?

Fowler começou a rir. Seu riso surpreendeu Paola, que nunca havia escutado um som teoricamente alegre que, na prática, soasse tão dilacerado e triste.

— Não me diga que não percebeu.

— Desculpe, padre, mas não entendi.

— *Dottoressa*, para uma pessoa tão versada em aplicar engenharia inversa às ações das pessoas, a senhorita está demonstrando, neste caso, uma radical falta de perspicácia. É evidente que Dante alimenta um interesse romântico pela senhorita. E, por alguma razão absurda, acha que eu faço concorrência a ele.

Paola ficou absolutamente paralisada, com a boca entreaberta. Notava que um calor suspeito lhe subia às faces, e não se devia ao uísque. Era a segunda vez que aquele homem conseguia deixá-la ruborizada. Não sabia muito bem como ele a fazia sentir aquilo, mas desejava senti-lo com mais freqüência, assim como um menino de estômago fraco insiste em subir de novo na montanha-russa.

Naquele momento, soou o telefone, providencial para salvar uma situação embaraçosa. Dicanti atendeu imediatamente. Seus olhos se iluminaram de emoção.

— Vou descer agora mesmo.

Fowler olhou para ela, intrigado.

— Depressa, padre. Entre as fotos que os peritos da UACV fizeram na cena do crime de Robayra há uma em que se vê o irmão Francesco. Pode ser que tenhamos alguma coisa.

Sede central da UACV
Via Lamarmora, 3

Quinta-feira, 7 de abril de 2005. 09h15

Na tela, a imagem aparecia desfocada. O fotógrafo tinha captado uma vista geral do interior da capela, e ao fundo via-se Karoski, na pele do irmão Francesco. O perito havia ampliado aquela zona da imagem em 1.600 por cento, e o resultado não era lá muito bom.

— Não se percebe grande coisa — disse Fowler.

— Calma, padre — disse Boi, que vinha entrando com um monte de papéis nas mãos. — Angelo é nosso escultor forense. É especialista em otimização de imagens, e certamente vai conseguir nos dar uma perspectiva diferente, não é, Angelo?

Angelo Biffi, um dos peritos da UACV, raramente se levantava do seu computador. Exibia uns óculos de vidros grossos, o cabelo grudento, e aparentava uns 30 anos. Trabalhava numa sala grande, porém mal iluminada, com resíduos de cheiro de pizza, colônia barata e plástico queimado. Uns dez monitores de última geração faziam as vezes de janelas. Olhando ao redor, Fowler deduziu que ele provavelmente preferiria dormir ali, com seus computadores, a voltar para casa. Embora parecesse ter sido desde sempre um rato de biblioteca, Angelo tinha feições agradáveis e sorria timidamente a cada momento.

— O senhor vai ver, padre, nós, quero dizer, o departamento, ou seja, eu...

— Não se aflija, Angelo. Tome um café — disse Paola, dando a ele o copinho que Fowler tinha trazido para Dante.

— Obrigado, *dottoressa*. Ei, está gelado!

— Não reclame, que daqui a pouco vai fazer calor. De fato, quando for mais velho, você dirá: "Este mês de abril está quente, mas não tanto como quando o papa Wojtyla morreu." Não demora, você vai ver.

Fowler olhou surpreso para Dicanti, que apoiava uma mão tranqüilizadora no ombro de Angelo. A inspetora estava tentando brincar, apesar da tormenta que ele sabia que a arrasava por dentro. Quase não havia dormido, tinha mais olheiras do que um guaxinim e seu coração estava confuso, dolorido, cheio de raiva. Não era preciso ser psicólogo ou padre para ver isso. E, apesar de tudo, ela estava tentando ajudar o rapaz a se sentir mais seguro diante daquele sacerdote desconhecido que o intimidava um pouco. Nesse momento, Fowler a amou por isso, embora rapidamente afastasse esse pensamento. Não esquecia a vergonha que a fizera passar minutos antes, no próprio gabinete dela.

— Explique seu método ao padre Fowler — pediu Paola. — Ele certamente o achará interessante.

O rapaz se animou ao ouvir isso.

— Observe a tela. Temos, tenho, isto é, eu desenhei um *software* especial de interpolação de imagens. Como o senhor sabe, cada imagem se compõe de pontos coloridos, chamados *pixels*. Se uma imagem normal tem, por exemplo, 2.500 x 1.750 *pixels*, mas nós só queremos um cantinho da foto, no final teremos umas manchinhas coloridas sem importância. Ao ampliá-la, o resultado é esta imagem sem nitidez que o senhor está olhando. Veja bem: normalmente, um programa convencional, ao ampliar uma imagem, faz isso pelo método bicúbico, ou seja, levando em conta a cor dos oito *pixels* adjacentes àquilo que ele tenta multiplicar. Por isso, no final temos a mesma manchinha, só que grande. No entanto com meu programa...

Paola olhava de esguelha para Fowler, que se inclinava sobre a tela com interesse. O sacerdote procurava prestar atenção à explicação de Angelo, apesar da dor que sofrera momentos antes. Contemplar aquelas fotografias tinha sido uma provação muito dura, que o deixara muito abalado. Não era preciso ser uma psiquiatra ou uma criminologista para se dar conta disso. E, apesar de tudo, ele se esforçava por ser simpático a um jovem tímido, a quem não voltaria a ver jamais. Naquele momento, ela o amou por isso, embora rapidamente afastasse esse pensamento. Não esquecia a vergonha que acabara de passar em seu gabinete.

— ... e considerando as variáveis dos pontos de luz, traz-se ao programa uma informação tridimensional que ele pode considerar. É baseado num logaritmo complexo, que demora várias horas para rodar.

— Que droga, Angelo, e foi para isso que você nos fez descer aqui?

— Isso. É que...

— Tudo bem, Angelo. *Dottoressa*, acho que este jovem inteligente quer nos dizer que o programa leva várias horas trabalhando e está prestes a nos dar o resultado.

— Exato, padre. Aliás, está saindo naquela impressora.

O zumbido da impressora a laser junto a Dicanti deu como resultado um papel no qual se viam uns traços de ancião e uns olhos em sombra, porém muito mais focados do que na imagem original.

— Bom trabalho, Angelo. Não que seja válido para uma identificação, mas é um ponto de partida. Dê uma olhada, padre.

O sacerdote estudou atentamente os traços da foto. Boi, Dicanti e Angelo o observavam, ansiosos.

— Eu juraria que é ele. Mas, sem ver os olhos, é complicado. O formato das órbitas e alguma coisa indefinível me dizem que é ele. Mas, se cruzássemos na rua, eu não lhe teria lançado um segundo olhar.

— Então este é mais um beco sem saída?

— Não necessariamente — observou Angelo. — Tenho um programa que é capaz de obter uma imagem tridimensional mediante certos dados. Acho que poderíamos deduzir bastante a partir do que temos. Andei trabalhando na foto do engenheiro.

— Engenheiro? — surpreendeu-se Paola.

— Claro, do engenheiro Karoski, que está se fazendo passar por carmelita. Que cabeça, a sua, Dicanti...

O doutor Boi arregalava muito os olhos, fazendo gestos ostensivos de alarme por cima do ombro de Angelo. Finalmente, Paola compreendeu que este não tinha sido informado sobre os detalhes do caso. Paola sabia que o diretor proibira de voltar para casa os quatro peritos da UACV que haviam trabalhado recolhendo indícios nos cenários de Robayra e Pontiero. Ele os autorizara a dar um telefonema às respectivas famílias para explicar a situação e os mantinha "em quarentena" numa das salas de repouso. Boi podia ser muito duro quando queria, mas também era um homem justo: pagava-lhes em triplo as horas extras.

— Ah, pois é, sei lá no que eu estava pensando. Continue, Angelo.

Seguramente, Boi estava fragmentando a informação em todos os níveis, para que ninguém tivesse todas as peças do quebra-cabeça. Ninguém devia saber que eles estavam investigando a morte de dois cardeais. Coisa que, evidentemente, complicava o trabalho de Paola e lhe suscitava sérias indagações no sentido de que talvez nem mesmo ela dispusesse de todas as peças.

— Como eu dizia, estive trabalhando na foto do engenheiro. Acho que, dentro de uns trinta minutos, teremos uma imagem tridimensional de sua foto de 1995, que poderemos comparar com a imagem tridimensional que estamos obtendo de 2005. Se os senhores voltarem daqui a um tempinho, eu lhes darei algo mais consistente.

— Perfeito. Se estiverem de acordo, padre, *ispettrice*... gostaria que recapitulássemos tudo na sala de reunião. Daqui a pouco estaremos de volta, Angelo.

— Certo, diretor Boi.

Os três se dirigiram à sala de reunião, situada dois andares acima. Assim que entrou, Paola foi assaltada pela terrível sensação de que, na última vez em que estivera ali, tinha sido em companhia de Pontiero.

— Posso saber o que os senhores fizeram ao superintendente Dante?

Paola e Fowler trocaram um rápido olhar e balançaram a cabeça ao mesmo tempo.

— Absolutamente nada.

— Melhor assim. Espero não ter sido por causa de algum problema com os senhores que ele passou por mim como uma fúria. Será melhor que ele esteja apenas preocupado com os resultados do *calcio* de domingo, porque não quero Cirin ou o ministro do Interior me rondando.

— Não creio que o senhor deva se preocupar. Dante está perfeitamente integrado à equipe — mentiu Paola.

— Por que será que eu não acredito? Ontem à noite, a senhorita se safou por muito pouco, Dicanti. Quer me dizer onde está Dante?

Paola ficou calada. Não podia contar a Boi os problemas internos que o grupo estava tendo. Finalmente, abriu a boca, mas uma voz conhecida falou por ela.

— Eu saí para comprar cigarros, diretor.

A jaqueta de couro e o sorriso malicioso de Dante estavam na porta da sala de reunião. Boi o estudou devagar, incrédulo.

— É um dos vícios mais horrendos, Dante.

— De alguma coisa nós temos de morrer, diretor.

Paola ficou observando Dante, enquanto este se sentava junto a Fowler como se nada tivesse ocorrido. Mas bastou uma troca de olhares entre os dois para que ela percebesse que a coisa não ia tão bem como eles queriam dar a entender. Desde que se comportassem civilizadamente durante alguns dias, tudo poderia se resolver. O que ela não entendia era a rapidez com que havia passado o aborrecimento do seu colega do Vaticano. Algo tinha acontecido.

— Bem — disse Boi. — Este maldito caso está se complicando cada vez mais. Ontem, perdemos em ato de serviço e em pleno dia um dos melhores policiais que eu conheci em muitos anos, e ninguém sabe que ele está numa geladeira. Nem sequer podemos lhe fazer um funeral público, pelo menos até podermos dar uma explicação razoável para sua morte. Por isso quero que pensemos juntos. Diga-me o que sabe, Paola.

— A partir de quando?

— Do princípio. Um resumo do caso.

Paola se levantou e se dirigiu à lousa para escrever. Pensava muito melhor de pé e com algo nas mãos.

— Vejamos: Viktor Karoski, sacerdote com histórico de abuso sexual, fugiu de uma instituição particular de baixa segurança onde fora submetido a quantidades excessivas de um fármaco que o castrou quimicamente e aumentou seus níveis de agressividade. De junho de 2000 até o final de 2001, não há registro de suas atividades. Em 2001, substitui ilicitamente, e com nome falso, um carmelita descalço à frente da igreja de Santa Maria in Traspontina, a poucos metros da praça de São Pedro.

Paola traçou umas linhas no quadro e começou a fazer um calendário:

— Sexta, 1º de abril, 24 horas antes da morte de João Paulo II: Karoski seqüestra o cardeal italiano Enrico Portini na residência Madri Pie. Confirmamos a presença do sangue dos dois cardeais na cripta? — Boi fez um gesto afirmativo. — Karoski leva Portini para Santa Maria, tortura-o e o devolve finalmente ao último lugar em que o cardeal foi visto com vida: a capela da residência. Sábado, 2 de abril: o cadáver de Portini é encontrado na mesma noite da morte do papa, mas a *Vigilanza*

Vaticana decide "limpar" as evidências, acreditando tratar-se do ato isolado de um louco. Por pura sorte o assunto não vaza, em boa medida graças aos responsáveis pela residência. Domingo, 3 de abril: o cardeal argentino Emilio Robayra chega a Roma com passagem só de ida. Acreditamos que alguém o aborda no aeroporto ou no trajeto para a residência de sacerdotes Santo Ambrogio, onde o esperavam na noite de domingo. Sabemos que ele nunca chegou. Descobrimos alguma coisa a partir das câmeras do aeroporto?

— Ninguém verificou. Não temos pessoal suficiente — desculpou-se Boi.

— Temos, sim.

— Não posso envolver mais detetives nisto. O mais importante é manter esta história abafada, cumprindo o desejo da Santa Sé. Tocaremos de ouvido, Paola. Vou pedir as fitas pessoalmente.

Dicanti fez um gesto de decepção, mas já esperava aquela resposta.

— Ainda no domingo, 3 de abril: Karoski seqüestra Robayra e o conduz à cripta. Tortura-o ali, durante mais de um dia, e inclui mensagens no corpo do cardeal e na cena do crime. A mensagem no corpo diz: "Mt 16, Undeviginti". Graças ao padre Fowler, sabemos que a mensagem remete a uma frase do Evangelho: "Eu te darei as chaves do reino dos céus", que faz referência ao momento da escolha do primeiro Sumo Pontífice da Igreja católica. Isso, a mensagem escrita com sangue na parede e as graves mutilações no cadáver nos fazem pensar que o assassino tem em mente o conclave. Terça, 5 de abril: o suspeito leva o corpo até uma das capelas da igreja e depois, em seu personagem de irmão Francesco Toma, chama tranqüilamente a polícia. Para maior zombaria, usa o tempo todo os óculos dessa segunda vítima, o cardeal Robayra. Os agentes chamam a UACV, e o diretor Boi chama Camilo Cirin.

Paola fez uma breve pausa e depois fitou Boi diretamente.

— Na hora em que o senhor o chama, Cirin já sabe o nome do criminoso, embora de modo algum espere que este seja um assassino serial. Refleti muito sobre isso, e creio que Cirin sabe o nome do assassino de Portini desde a noite de domingo. Provavelmente, teve acesso à base de dados do Vicap, e a entrada "mãos amputadas" deve listar poucos casos. Sua rede de influências aciona o nome do major Fowler, que chega aqui na noite de 5 de abril. Provavelmente, a idéia original não era contar conosco, diretor Boi. Foi Karoski quem nos meteu no jogo, deliberadamente. O motivo disso é uma das grandes incógnitas deste caso.

Paola traçou uma última linha.

— Quarta, 6 de abril: enquanto Dante, Fowler e eu tentamos averiguar, dentro da administração do Vaticano, alguma coisa sobre as vítimas, Viktor Karoski assassina a pancadas o subinspetor Maurizio Pontiero na cripta de Santa Maria in Traspontina.

— Temos a arma homicida? — perguntou Dante.

— Não há impressões digitais, mas nós a temos, sim — respondeu Boi. — Karoski fez em Maurizio vários cortes com o que poderia ser uma faca de cozinha muito amolada e o golpeou várias vezes com um candelabro que foi encontrado no local. Mas não tenho muitas esperanças nessa linha de investigação.

— Por que, diretor?

— Isso se afasta muito dos nossos métodos normais, Dante. Nós nos dedicamos a averiguar *quem* é o assassino. Normalmente, nossa tarefa se conclui com a certeza do nome. Mas agora devemos usar nossos conhecimentos para discernir *onde* está o assassino. A certeza do nome foi nosso ponto de partida. Por isso o trabalho da *ispettrice* é mais importante do que nunca.

— Quero aproveitar para dar meus parabéns à *dottoressa*. A cronologia me parece brilhante — disse Fowler.

— Extremamente — gracejou Dante.

O ressentimento dele era palpável, mas Paola decidiu que, por enquanto, seria melhor ignorá-lo.

— Um bom resumo, Dicanti — felicitou-a Boi. — Qual é o passo seguinte? Já entrou na cabeça de Karoski? Estudou semelhanças?

A criminologista pensou por alguns instantes antes de responder.

— Todas as pessoas sensatas se parecem, mas cada um desses filhos-da-puta alucinados o é à sua própria maneira.

— E isso demonstra o quê, *dottoressa*, além de comprovar que a senhorita leu Tolstoi?* — perguntou Boi.

* O diretor Boi se dá conta de que Dicanti parafraseia o início de *Ana Karenina*, de Tolstoi: "Todas as famílias felizes se parecem entre si, e as infelizes o são cada uma à sua maneira." (N. do A.)

— Que cometeríamos um erro se achássemos que um assassino serial é igual a outro. Pode-se tentar buscar padrões, encontrar equivalências, tirar conclusões de semelhanças, mas, na hora da verdade, cada um desses merdas é uma mente solitária que vive a milhões de anos-luz do resto da humanidade. Não há nada ali dentro. Eles não são seres humanos. Não sentem empatia. Suas emoções estão adormecidas. O que leva esse sujeito a matar, a acreditar que seu egoísmo é mais importante do que as pessoas, as razões pelas quais ele justifica sua irracionalidade, nada disso é válido para mim. Não tento entendê-lo além do estritamente necessário para detê-lo.

— Para isso, precisamos saber qual será o próximo passo dele.

— Evidentemente, matar de novo. Provavelmente, buscará uma nova identidade, ou então já tem uma predefinida. Mas não pode estar tão aperfeiçoada como a do irmão Francesco, já que a essa ele dedicou vários anos. Talvez, nesse ponto, o padre Fowler possa nos dar uma ajuda.

Preocupado, o sacerdote meneou a cabeça.

— Tudo o que eu sei está no dossiê que lhe entreguei, *dottoressa.* Mas há uma coisa que quero lhe mostrar.

Numa mesinha auxiliar havia uma jarra de água e uns copos. Fowler encheu um até a metade e depois meteu um lápis dentro.

— Para mim, é tremendamente difícil pensar como ele. Observe este copo. É claro como a água, mas, quando eu introduzo nele um lápis aparentemente reto, este parece partido aos meus olhos. Do mesmo modo, a monolítica atitude de Karoski muda em pontos fundamentais, como uma linha reta que se quebra e acaba em algum lugar incógnito.

— Esse ponto de quebra é a chave da questão.

— Talvez. Não invejo sua tarefa, *dottoressa.* Karoski é um homem que se enoja ante a iniqüidade em um minuto e, no minuto seguinte, comete iniqüidades ainda maiores. No entanto o que está claro para mim é que devemos procurá-lo perto dos cardeais. Ele vai tentar matar de novo, e o fará logo. O conclave está cada vez mais próximo.

Voltaram ao laboratório de Angelo um tanto confusos. O jovem técnico se apresentou a Dante, que mal lhe prestou atenção. Paola não pôde evitar atentar para essa grosseria. Aquele homem tão atraente era, no fundo, uma pessoa má. Seus gracejos ácidos não escondiam nada: na verdade, eram o que havia de melhor no superintendente.

Angelo os aguardava com os resultados prometidos. Apertou várias teclas e mostrou em duas telas as respectivas imagens tridimensionais, compostas por delgados fios verdes sobre um fundo preto.

— Você pode acrescentar a elas uma textura?

— Sim. Aqui, por exemplo, os senhores têm uma pele. Rudimentar, mas, em todo caso, pele.

A tela da esquerda mostrou um modelo tridimensional da cabeça de Karoski tal como era em 1995. A tela da direita exibia a metade superior da cabeça tal como fora vista em Santa Maria in Traspontina.

— Não modelei a metade inferior porque, com a barba, seria impossível. Os olhos também não apareciam claramente. Na foto que me deram, ele caminhava com os ombros curvados.

— Pode copiar a mandíbula do primeiro modelo e colocá-la sobre o modelo atual?

Angelo respondeu com um veloz movimento de teclas e cliques de *mouse*. Em menos de dois minutos, o pedido de Fowler foi satisfeito.

— Em que medida o senhor julgaria confiável este segundo modelo? — inquiriu o sacerdote.

O jovem técnico hesitou.

— Bem, vejamos... Sem levar em conta as condições adequadas de iluminação *in situ*...

— Isso está descartado, Angelo. Já conversamos a respeito — interveio Boi.

Com voz lenta e tranqüilizadora, Paola disse:

— Vamos, Angelo, ninguém está julgando se você fez um bom modelo. Só queremos saber até que ponto podemos nos basear nele.

— Bom... entre 75 e 85 por cento. Não mais do que isso.

Fowler observou atentamente a tela. Os dois rostos eram muito distintos. Diferentes demais. O nariz mais largo, os pômulos mais destacados. Mas seriam traços naturais do indivíduo ou simples maquilagem?

— Angelo, por favor, desloque as duas imagens para um plano horizontal e faça uma medição dos pômulos. Assim. Isso mesmo. É o que eu temia.

Os outros quatro o fitaram ansiosos.

— Como assim, padre? Diga logo, pelo amor de Deus.

— Este não é o rosto de Viktor Karoski. Essas diferenças de tamanho são irreprodutíveis mediante uma maquilagem de amador. Talvez um profissional de Hollywood as conseguisse usando moldes de látex, mas o resultado seria óbvio demais para quem olhasse de perto. Não seria possível manter o engano por muito tempo.

— E então?

— Só há uma explicação. Karoski se submeteu a uma cirurgia de reconstrução facial completa. Agora é que estamos de fato procurando um fantasma.

INSTITUTO SAINT MATTHEW
Silver Spring, Maryland

Maio de 1998

TRANSCRIÇÃO DA ENTREVISTA NÚMERO 14 ENTRE O PACIENTE NÚMERO 3.643 E O DOUTOR FOWLER

DR. FOWLER: Olá, padre Karoski. Dá licença?

#3.643: Entre, padre Fowler.

DR. FOWLER: Gostou do livro que lhe emprestei?

#3.643: Ah, claro. *As Confissões* de Santo Agostinho. Já terminei. Achei muito interessante. É inacreditável até onde pode chegar o otimismo humano.

DR. FOWLER: Não entendi, padre Karoski.

#3.643: Pois neste lugar, o senhor, e somente o senhor, é quem pode me compreender, padre Fowler. O único que não me chama pelo meu primeiro nome, buscando uma familiaridade vulgar e desnecessária, que ofende a dignidade de ambos os interlocutores.

DR. FOWLER: Está falando do padre Conroy, não?

#3.643: Ah, esse homem. Ele se empenha em afirmar várias vezes que eu sou um paciente normal que precisa de tratamento. Eu sou um sacerdote, tanto quanto ele, e é essa dignidade que ele esquece constantemente, insistindo em que eu o chame de doutor.

DR. FOWLER: Eu achava que esse ponto já havia ficado esclarecido na semana passada, padre Karoski. É bom que a relação com Conroy seja exclusivamente de médico e paciente. O senhor precisa de ajuda para superar algumas deficiências de sua psique maltratada.

#3.643: Maltratada? Maltratada por quem? O senhor também quer submeter à prova meu amor pela minha santa mãe? Peço-lhe que não siga o mesmo caminho que o padre Conroy. Ele inclusive afirmou que me faria escutar umas fitas que tirariam minhas dúvidas.

DR. FOWLER: Umas fitas.

#3.643: Foi o que ele disse.

DR. FOWLER: Acho que o senhor não deveria ouvir essas fitas, padre Karoski. Não seria saudável. Vou falar a respeito com o padre Conroy.

#3.643: Como queira. Mas eu não tenho nenhum temor.

DR. FOWLER: Escute, padre, eu gostaria de aproveitar ao máximo esta sessão, e há uma coisa que me interessou muito no que o senhor disse há pouco. Sobre o otimismo de Santo Agostinho nas *Confissões.* A que se referia?

#3.643: "E, ainda que eu pareça risível aos teus olhos, tu te voltarás para mim cheio de misericórdia."

DR. FOWLER: Não compreendo o que lhe parece tão otimista nessa frase. Por acaso o senhor não confia na bondade e na misericórdia infinitas de Deus?

#3.643: O Deus misericordioso é uma invenção do século XX, padre Fowler.

DR. FOWLER: Santo Agostinho viveu no século IV.

#3.643: Santo Agostinho estava horrorizado pelo seu próprio passado pecaminoso e passou a escrever uma série de mentiras otimistas.

DR. FOWLER: Mas, padre, essa é a base da nossa fé. A idéia de que Deus nos perdoa.

#3.643: Nem sempre. Aqueles que se dirigem à confissão como quem vai lavar o carro... uh, me dão náuseas.

DR. FOWLER: É o que o senhor sente quando administra a confissão? Asco?

#3.643: Repugnância. Muitas vezes vomitei dentro do confessionário, pelo nojo que a pessoa do outro lado da treliça me provocava. As mentiras. A fornicação. O adultério. A pornografia. A violência. O roubo. Todos eles entrando nesse estreito habitáculo cheios de porcaria. Defecam tudo, derramam tudo em cima de mim...!

DR. FOWLER: Mas, padre, não é a nós que eles contam essas coisas. Contam a Deus. Somos apenas os transmissores. Quando colocamos a estola, nós nos transformamos em Cristo.

#3.643: Defecam tudo. Chegam sujos e acreditam sair limpos. "Abençoe-me, padre, porque pequei. Roubei 10 mil dólares do meu sócio." "Abençoe-me, padre, porque pequei. Estuprei minha irmã menor." "Abençoe-me, padre, porque pequei. Fiz umas fotos do meu filho e coloquei-as na internet." "Abençoe-me, padre, porque pequei. Jogo água sanitária na comida do meu marido para que ele não exerça o direito matrimonial, porque não agüento seu cheiro de cebola e suor." E assim vai, dia após dia.

DR. FOWLER: Mas, padre Karoski, a confissão é algo maravilhoso, se houver arrependimento e autêntico propósito de se emendar.

#3.643: Coisa que nunca se produz. Sempre, sempre lançam seus pecados em cima de mim. Deixam-me sozinho diante do rosto impassível de Deus. Sou o único que se interpõe entre as iniqüidades deles e a vingança do Altíssimo.

DR. FOWLER: O senhor realmente vê Deus como um ser de vingança?

#3.643: *Seu coração é duro como sílex,*
duro como uma pedra de moinho.
As vagas temem sua majestade,
as ondas do mar se recolhem.
A espada que o toca não se crava,
nem a lança, nem a flecha, nem o dardo.
Ele encara todos com orgulho
porque é o rei das feras!

DR. FOWLER: Devo reconhecer, padre, que me surpreende seu conhecimento da Bíblia em geral e do Antigo Testamento em particular. Mas o Livro de Jó fica obsoleto ante a verdade do Evangelho de Jesus Cristo.

#3.643: Jesus Cristo é apenas o Filho, mas o Juízo é realizado pelo Pai. E o Pai tem uma face de pedra.

DR. FOWLER: Lamento que o senhor tenha subido à sentinela de suas próprias convicções. Dessa altura, a queda é necessariamente mortal, padre Karoski. E, se escutar as fitas de Conroy, pode ter certeza de que isso se dará.

Hotel Raphael
Largo Febo, 2

Quinta-feira, 7 de abril de 2005. 14h25

— Residência Santo Ambrogio.

— Boa-tarde. Eu gostaria de falar com o cardeal Robayra — disse a jovem jornalista, num péssimo italiano.

A voz do outro lado do telefone vacilou.

— Posso perguntar da parte de quem?

Não foi muito, o tom não chegou a variar uma oitava. Mas foi o suficiente para alertar a jornalista.

Andrea Otero trabalhava havia quatro anos para o jornal *El Globo*. Quatro anos durante os quais tinha peregrinado por salas de imprensa chinfrins, entrevistado personagens chinfrins e escrito reportagens chinfrins. Tinha 25 anos quando entrou para o jornal, e conseguira o emprego mediante pistolão. Começou na editoria de Cultura, cujo editor nunca a levou a sério. Continuou na de Sociedade, cujo editor jamais confiou nela. E agora estava na Internacional, cujo editor não a considerava à altura. Ela, porém, estava, sim. Nem tudo eram as matérias. Nem o currículo. Também contavam o senso comum, a intuição, o faro jornalístico. E se, dessas qualidades, tivesse 10 por cento do que acreditava ter, Andrea Otero seria uma jornalista merecedora do Pulitzer. Não lhe faltava confiança em si mesma, em seu 1,70 metro de altura, em seus traços angelicais, em seu cabelo castanho e em seus olhos azuis. Atrás deles se escondia uma mulher inteligente e decidida. Por isso, quando a colega que deveria cobrir a morte do papa sofreu um acidente de carro a caminho do aeroporto e quebrou as duas pernas, a Andrea não faltou ousadia para aceitar a proposta de seu chefe para substituí-la. Entrou no avião em cima da hora levando seu *laptop* como única bagagem.

Por sorte, havia umas lojinhas muito charmosas perto da Piazza Navona, que ficava a 30 metros do hotel. E Andrea Otero se arranjou (por conta do jornal, claro) com um vestuário prático, roupa íntima e um celular, o mesmo que estava usando ao ligar para a residência Santo Ambrogio a fim de conseguir uma entrevista com o papável cardeal Robayra. Mas...

— Aqui é Andrea Otero, do *El Globo*. O cardeal me prometeu uma entrevista para hoje. Infelizmente, ele não está atendendo ao celular. Poderia transferir esta ligação para o quarto dele, por favor?

— Senhorita Otero, infelizmente não podemos transferir a ligação, porque o cardeal não chegou.

— E quando vai chegar?

— Bem, na verdade, ele não virá.

— Como assim? Não chegou ou não virá?

— Não chegou porque não virá.

— Vai se hospedar em outro lugar?

— Não creio. Ou melhor, suponho que sim.

— Com quem estou falando?

— Preciso desligar.

O subseqüente sinal de ocupado anunciava duas coisas: o corte da comunicação e um interlocutor muito nervoso. E que estava mentindo. Disso Andrea tinha certeza. Era muito boa mentirosa para não reconhecer alguém de sua classe.

Não havia tempo a perder. Em menos de dez minutos ela conseguiu o telefone do gabinete do cardeal em Buenos Aires. Lá eram quase 9h50 da manhã, um horário prudente para telefonar. Andrea se deleitou com a conta de celular que ia ser cobrada do jornal. Já que lhe pagavam uma miséria, pelo menos que se fodessem com as despesas.

O telefone tocou durante um minuto e depois a ligação caiu.

Era estranho que não houvesse ninguém. Ela tentou outra vez.

Nada.

Experimentou o número da central telefônica. Uma voz de mulher logo atendeu.

— Arcebispado, bom-dia.

— O cardeal Robayra, por favor? — disse Andrea em castelhano.

— Ih, senhorita, ele viajou.

— Viajou para onde?

— Para o conclave, senhorita. Roma.

— Sabe onde está hospedado?

— Não, senhorita. Vou lhe passar o padre Serafín, secretário dele.

— Obrigada.

Música dos Beatles enquanto deixam você esperando. Muito apropriado. Andrea decidiu mentir um pouco, para variar. O cardeal tinha família na Espanha. Talvez colasse, quem sabe?

— Alô?

— Alô, eu queria falar com o cardeal. Sou sobrinha dele, Asunción. A espanhola.

— Muito prazer, Asunción. Sou o padre Serafín, secretário do cardeal. Sua Eminência nunca me falou da senhora. É filha de Angustias ou de Remedios?

Aquilo soava a armadilha. Andrea cruzou os dedos. Cinqüenta por cento de possibilidade de dizer a coisa errada. Andrea também era especialista em dizer a coisa errada. Sua lista de mancadas era mais longa do que suas próprias (e esbeltas) pernas.

— De Remedios.

Claro, que idiota que eu sou. Agora lembrei que Angustias não tem filhos. Infelizmente, o cardeal não está.

— Quando eu poderia falar com ele?

Houve uma pausa. A voz do padre se mostrou cautelosa. Andrea quase pôde vê-lo do outro lado da linha, apertando o fone e torcendo o fio do aparelho com o indicador.

— Qual é o assunto?

— Pois é, eu moro em Roma há anos, e ele prometeu que me visitaria na próxima vez que viesse.

A voz se tornou mais cautelosa ainda. O secretário falava devagar, como quem teme se enganar.

— Ele foi a Córdoba, para resolver uns assuntos naquela diocese. Não vai poder assistir ao conclave.

— Mas se a telefonista me disse que o cardeal viajou para Roma!

O padre Serafín deu uma resposta atropelada e evidentemente falsa.

— Ah, pois é, essa telefonista é nova aqui e ainda não conhece muito bem o funcionamento do arcebispado. Peço-lhe que me desculpe.

— Está desculpado. Pode dizer ao meu tio que eu liguei?

— Claro. Poderia me dar seu número de telefone, Asunción? É para anotar na agenda do cardeal. Pode ser que precisemos contactar a senhora...

— Ah, ele já tem. Desculpe, mas meu marido está me chamando. Até logo.

Deixou o secretário com a palavra na boca. Agora estava certa de que algo não ia bem. Mas precisava confirmar. Por sorte, no hotel havia conexão para a internet. Ela demorou seis minutos para localizar os números de telefone das três principais companhias aéreas da Argentina. Teve sorte logo na primeira.

— Aerolíneas Argentinas.

Devia disfarçar seu sotaque madrilenho até transformá-lo num passável sotaque argentino. Não se deu mal. Para ela, muito pior era falar em italiano.

— Bom-dia. Aqui é do arcebispado. Com quem tenho o prazer de falar?

— Verona.

— Verona, meu nome é Asunción. Estou ligando para confirmar o retorno do cardeal Robayra a Buenos Aires.

— Em que data?

— No dia 19 do mês que vem.

— E o nome completo?

— Emilio Robayra.

— Aguarde um momento, por favor. Vou checar.

Andrea mordiscou, nervosa, a esferográfica que segurava, conferiu o estado do seu cabelo no espelho do quarto, desabou na cama, agitou freneticamente os dedos dos pés.

— Alô? É o seguinte, minhas colegas me informaram que os senhores só compraram a passagem de ida, em aberto. O cardeal já viajou, e com isso os senhores têm direito a comprar uma volta com 10 por cento de desconto, pela promoção que estamos fazendo agora em abril. Tem à mão o número do cliente?

— Um momento, vou checar.

E desligou, contendo o riso. Mas a hilaridade logo cedeu a vez a uma eufórica sensação de triunfo. O cardeal Robayra havia embarcado num avião com destino a Roma. Mas não aparecia em lugar nenhum. Poderia ter decidido se hospedar em outro lugar. Mas, nesse caso, por que mentiam na residência e no escritório do cardeal?

— Ou eu estou maluca, ou temos aqui uma boa história. Uma tremenda história — disse Andrea ao seu reflexo no espelho.

Faltavam poucos dias para eleger quem se sentaria na cadeira de Pedro. E o grande candidato da Igreja dos pobres, o guia do Terceiro Mundo, o homem que flertava descaradamente com a teologia da libertação, havia desaparecido.

Domus Sanctæ Marthæ
Piazza Santa Marta, 1

Quinta-feira, 7 de abril de 2005. 16h14

Antes de entrar no edifício, Paola se surpreendeu com o grande número de carros que aguardavam sua vez no posto de gasolina em frente. Dante lhe explicou que os preços ali eram 30 por cento mais baixos do que na Itália, porque o Vaticano não cobrava impostos. Era preciso ter um cartão especial para abastecer em algum dos sete postos da cidade, e ainda assim as filas eram intermináveis. Tiveram de esperar alguns minutos do lado de fora, enquanto os guardas suíços que vigiavam a porta da Domus Sanctæ Marthæ informavam alguém lá dentro sobre a presença dos três. Paola teve tempo de pensar nos acontecimentos da manhã. Menos de duas horas antes, ainda na sede da UACV, ela havia puxado Dante de lado, assim que conseguiu se livrar de Boi.

— Superintendente, quero falar com o senhor.

Dante evitou o olhar de Paola, mas seguiu a criminologista até o gabinete dela.

— Sei o que vai me dizer, Dicanti. Tudo bem, estamos juntos nisto, certo?

— Isso eu já percebi. Também notei que, assim como Boi, o senhor me chama de *ispettrice*, e não *dottoressa*. Porque *ispettrice* é um nível inferior ao de superintendente. Seu sentimento de inferioridade não me preocupa em absoluto, desde que o senhor não invada minhas atribuições. Como sua cena de hoje de manhã, com as fotografias.

Dante ficou vermelho.

— Eu só queria informá-la. Não é nada pessoal.

— Queria me deixar de sobreaviso em relação a Fowler? Já o fez. Minha postura ficou clara ou eu devo ser ainda mais explícita?

— Já tive bastante de sua clareza, *ispettrice* – disse Dante com inflexão ressentida, enquanto passava a mão pela face. — Minhas obturações até saíram do lugar. O que eu não sei é como a senhorita não quebrou a mão.

— E eu tampouco, porque o senhor tem uma cara muito dura.

— Sou um sujeito duro, em vários sentidos.

— Não tenho interesse em conhecer mais nenhum. Espero que isso também fique claro.

— Isso é um não de mulher, *ispettrice*?

Paola estava voltando a ficar muito nervosa.

— Como assim, um não de mulher?

— Daqueles que se soletram S-I-M.

— O meu se soletra N-Ã-O, seu corno machista.

— Sossegue, não há necessidade de se excitar, minha linda.

A criminologista se maldisse mentalmente. Estava caindo na armadilha de Dante, deixando que ele jogasse com suas emoções. Mas tudo bem. Adotaria um tom mais formal, para que ele notasse seu frio desprezo. Decidiu imitar Boi, que nesse tipo de confronto se dava muito bem.

— Bem, agora que esclarecemos esse ponto, devo lhe dizer que falei com nosso colega americano, o padre Fowler. Expressei meus receios sobre o currículo dele. Fowler me expôs argumentos muito convincentes e, na minha opinião, suficientemente confiáveis. Quero lhe agradecer o trabalho de coletar informações sobre o padre Fowler. Foi uma gentileza de sua parte.

Dante se surpreendeu com o tom gélido de Paola. Não disse nada. Sabia que havia perdido a parada.

— Como responsável pela investigação, devo lhe perguntar formalmente se o senhor está disposto a nos dar seu pleno apoio para capturar Viktor Karoski.

— Claro, *ispettrice.* — Dante mastigou as palavras como se fossem pregos em brasa.

— Por fim, só me resta perguntar o motivo de seu rápido regresso.

— Telefonei aos meus superiores para me queixar, mas não me deram opção. Ordenaram que eu passasse por cima de rixas pessoais.

Essa última frase deixou Paola em alerta. Fowler tinha negado que Dante tivesse algo contra ele, mas as palavras do superintendente diziam o contrário. A criminologista já havia notado em certas ocasiões que os dois pareciam se conhecer de antes, embora, até o momento, tivessem agido de forma contrária. Decidiu perguntar diretamente a Dante.

— O senhor já conhecia o padre Anthony Fowler?

— Não, *ispettrice* — disse Dante, com voz firme e segura.

— A documentação sobre ele apareceu muito depressa.

— No *Corpo di Vigilanza* somos muito organizados.

Paola decidiu parar por ali. Quando já ia saindo, Dante lhe disse três frases que a lisonjearam profundamente.

— Só uma coisa, *ispettrice*. Se a senhorita sentir de novo a necessidade de me chamar à ordem, prefiro o método das bofetadas. Não me dou nada bem com formalismos.

Paola solicitou a Dante conhecer pessoalmente o lugar onde iam se hospedar os cardeais. E ali estavam os três. Na Domus Sanctæ Marthæ, a Casa de Santa Marta. Situada a oeste da basílica de São Pedro, embora dentro dos muros vaticanos.

Era um edifício de aparência austera por fora. Linhas retas e elegantes, sem molduras, adornos ou estátuas. Em comparação com as maravilhas que a rodeavam, a Domus se destacava tão pouco quanto uma bola de golfe num balde de neve. Teria sido difícil que um turista ocasional (não os havia naquela zona do Vaticano, que era restrita) dedicasse duas olhadelas àquela construção.

Mas, quando chegou a autorização e os guardas suíços lhes franquearam a entrada, Paola descobriu que, por dentro, o aspecto era bem diferente do exterior. O lugar parecia um hotel moderníssimo, com pisos de mármore e carpintaria de jatobá. Um levíssimo perfume de lavanda pairava no ambiente. Enquanto esperavam no vestíbulo, a criminologista relanceou a vista. Das paredes pendiam quadros nos quais Paola acreditou reconhecer o estilo dos grandes mestres italianos e holandeses do século XVI. E nenhum deles parecia ser uma reprodução.

— Caramba! — assombrou-se Paola, que estava tentando limitar sua abundante emissão de palavrões. Só conseguia quando estava tranqüila.

— Conheço o efeito disto aqui — disse Fowler, pensativo.

A criminologista recordou que o sacerdote, quando estivera hospedado na Domus, passara por circunstâncias pessoais nada agradáveis.

— É um grande choque, diante dos outros edifícios do Vaticano. Pelo menos dos que eu conheço. O novo e o velho.

— Conhece a história desta residência, *dottoressa*? Como sabe, em 1978 houve dois conclaves seguidos, separados por menos de dois meses.

— Eu era muito pequena, mas conservo na memória umas imagens esparsas daqueles dias — disse Paola, submergindo no passado por um momento.

> Tomamos uns *gelati* na praça de São Pedro. Mamãe e papai, de limão; e eu, de chocolate e morango. Os peregrinos cantam, há alegria no ambiente. A mão de papai, forte e rugosa. Adoro me segurar nos dedos dele e caminhar enquanto a tarde cai. Olhamos para a chaminé e vemos a fumaça branca. Papai me ergue acima de sua cabeça e ri, e seu riso é o melhor do mundo. Meu sorvete cai e eu choro, mas papai ri ainda mais e promete que vai me comprar outro. "Vamos tomá-lo à saúde do bispo de Roma", diz.

— Em breve espaço de tempo, elegeram-se dois papas, já que o sucessor de Paulo VI, João Paulo I, morreu repentinamente, 33 dias após sua eleição. Houve um segundo conclave, no qual foi escolhido João Paulo II. Naquela época, os cardeais se alojavam em minúsculas celas ao redor da capela Sistina. Sem conforto e sem ar-condicionado. Com o verão romano como convidado inamovível, alguns dos cardeais mais velhos sofreram um verdadeiro calvário. Um deles precisou de pronto-socorro. Depois de calçar as sandálias do pescador, Wojtyla jurou a si mesmo que deixaria preparado o terreno para que, após sua morte, nada disso acontecesse de novo. E o resultado é este edifício. *Dottoressa*, está me escutando?

Paola retornou de seu devaneio com expressão culpada.

— Desculpe, eu estava perdida nas minhas recordações. Isso não vai se repetir.

Naquele momento voltou Dante, que se adiantara para procurar o responsável pela Domus. Paola notou que ele evitava o sacerdote, possivelmente fugindo do confronto. Os dois se falavam com naturalidade fingida, mas agora ela duvidava bastante de que Fowler tivesse dito a verdade, quando sugerira que a rivalidade se restringia ao ciúme de Dante.

Por enquanto, e embora a equipe se mantivesse unida só por alfinetes, o melhor que ela podia fazer era aderir à farsa e ignorar o problema — algo em que Paola nunca fora muito competente.

O superintendente vinha acompanhado de uma religiosa baixinha, sorridente e suarenta, metida num hábito preto, que se apresentou como irmã Helena Tobina, da Polônia. Era a diretora do centro, e fez para os três um diligente resumo da reforma ali realizada. Tinha sido feita em várias etapas, a última das quais se concluíra em 2003. Subiram uma escadaria ampla, de degraus reluzentes. O edifício se distribuía em andares de longos corredores e espessos carpetes. Dos lados ficavam os quartos.

— São 106 suítes e 22 quartos individuais — informou a irmã, ao chegar ao primeiro piso. — Todo o mobiliário data de vários séculos atrás e consiste em valiosos móveis doados por famílias italianas ou alemãs.

A religiosa abriu a porta de um dos quartos. Era um espaço amplo, de uns 20 metros quadrados, com piso de parquê e um belo tapete. A cama também era de madeira e tinha uma linda cabeceira trabalhada. Um armário embutido, uma escrivaninha e um banheiro completavam as instalações.

— Este é o alojamento de um dos seis cardeais que ainda não chegaram. Os outros 109 já estão ocupando os deles — esclareceu a irmã.

A inspetora pensou que pelo menos dois dos ausentes não iam aparecer nunca.

— Os cardeais estão seguros aqui, irmã Helena? — inquiriu Paola com precaução. Não sabia até que ponto a freira estava ciente do perigo que espreitava os purpurados.

— Muito seguros, minha filha, muito seguros. O edifício tem somente um acesso, vigiado permanentemente por dois guardas suíços. Mandamos retirar os telefones dos quartos, e também os televisores.

Paola estranhou a medida.

— Durante o conclave, os cardeais estão incomunicáveis. Sem telefone, sem celular, sem rádio, sem televisão, sem jornais, sem internet. Nenhum contato com o exterior, sob pena de excomunhão — esclareceu Fowler. — Ordens de João Paulo II, antes de morrer.

— Mas não será nada fácil conseguir isolá-los completamente, não é, Dante?

O superintendente inflou o peito. Adorava se vangloriar das façanhas de sua organização, como se as realizasse pessoalmente.

— Pois saiba, *ispettrice*, que nós contamos com a mais nova tecnologia em inibidores de sinal.

— Não estou familiarizada com o jargão dos espiões. Explique-se.

— Dispomos de equipamentos eletrônicos que criaram dois campos eletromagnéticos. Um aqui e outro na Capela Sistina. Na prática, são como dois guarda-chuvas invisíveis. Embaixo deles não funciona nenhum dispositivo que requeira contato com o exterior. Também não podem ser atravessados por um microfone direcional nem por nenhum aparelho espião. Experimente usar seu celular.

Paola tentou e viu que, efetivamente, não tinha cobertura. Saíram para o corredor. Nada, não havia sinal.

— E quanto à comida?

— É preparada aqui mesmo, em nossa cozinha — disse a irmã Helena, com orgulho. — O pessoal é constituído por dez religiosas, que no turno do dia executam os diversos serviços da Domus Sanctæ Marthæ. À noite, só fica o pessoal da recepção, para o caso de alguma emergência. À exceção dos cardeais, ninguém está autorizado a permanecer no interior da Domus.

Paola abriu a boca para fazer uma pergunta, mas esta lhe ficou na garganta. Foi interrompida por um grito horrível, vindo do andar de cima.

Domus Sanctæ Marthæ
Piazza Santa Marta, 1

Quinta-feira, 7 de abril de 2005. 16h31

Ganhar sua confiança para entrar no quarto havia sido fácil. Agora, o cardeal tinha tempo para lamentar esse erro, e seu lamento se escrevia com letras de dor. Karoski lhe fez mais um corte com a navalha no peito nu.

— Calma, Eminência. Falta pouco.

A vítima se debatia com movimentos cada vez mais débeis. O sangue que ensopava a colcha e que gotejava, pastoso, sobre o tapete persa esvaía suas forças. Mas em nenhum momento o cardeal perdeu a consciência. Sentiu todos os golpes e todos os cortes.

Karoski terminou sua obra no peito. Com orgulho de artesão, contemplou o que havia escrito. Segurou a câmera com pulso firme e flagrou o momento. Era imprescindível ter uma recordação. Lamentavelmente, ali não podia usar a videocâmera digital, mas aquela máquina descartável, de mecanismo puramente mecânico, era totalmente satisfatória. Enquanto rodava o filme com o polegar para fazer outra foto, ele zombou do cardeal Cardoso.

— Saúde, Eminência. Ah, claro, o senhor não pode. Vou lhe tirar a mordaça, pois necessito do seu "dom de línguas".

Karoski riu sozinho de sua piada macabra. Deixou a câmera e exibiu a lâmina para o cardeal, enquanto, com expressão galhofeira, mostrava sua própria língua. E cometeu seu primeiro erro. Começou a desatar a mordaça. O purpurado estava aterrorizado, mas não tão desfalecido quanto as outras vítimas. Reuniu as poucas forças que lhe restavam e soltou um berro terrível, que ressoou pelos corredores da Domus Sanctæ Marthæ.

DOMUS SANCTÆ MARTHÆ
Piazza Santa Marta, 1

Quinta-feira, 7 de abril de 2005. 16h31

Quando escutou o grito, Paola reagiu imediatamente. Com um gesto, indicou à monja que permanecesse onde estava e subiu os degraus de três em três, enquanto sacava a pistola. Fowler e Dante a seguiam um degrau atrás, e as pernas dos três quase se chocaram no esforço de subir com toda a velocidade. Ao alcançarem o andar de cima, pararam, desconcertados. Estavam no centro de um corredor comprido, cheio de portas.

— Em que quarto foi? — inquiriu Fowler.

— Merda, é o que eu gostaria de saber. Não se separem, cavalheiros — disse Paola. — Pode ter sido ele, e esse veado é muito perigoso.

Paola escolheu a esquerda, o lado contrário ao do elevador. Acreditou ouvir um ruído no quarto 56. Colou o ouvido à madeira, mas Dante lhe pediu com a mão que se afastasse. O robusto superintendente fez um aceno a Fowler e ambos investiram contra a porta, que se abriu sem dificuldade. Os dois policiais entraram de chofre, Dante apontando a arma para a frente e Paola para os lados. Fowler ficou na soleira, com as mãos à altura do peito.

Sobre a cama havia um cardeal. Estava muito pálido e morto de medo, mas intacto. Olhou para eles assustado, levantando as mãos.

— Não me machuquem, por favor.

Dante olhou por toda parte e baixou a pistola.

— Onde foi?

— Acho que no quarto ao lado — disse o cardeal estendendo um dedo, mas sem baixar as mãos.

Saíram de volta para o corredor. Paola se colocou a um lado da porta 57, enquanto Dante e Fowler repetiam a cena do aríete humano. Na primeira vez, os ombros dos dois deram uma boa pancada, mas a fechadura não cedeu. Na segunda investida, saltou com um estalido tremendo.

Sobre a cama havia um cardeal. Estava muito pálido e muito morto, mas o quarto estava vazio. Dante o atravessou em dois passos e foi olhar no banheiro. Balançou a cabeça. Nesse momento, soou outro grito.

— Socorro! Ajudem-me!

Os três saíram atropeladamente do quarto. No fundo do corredor, do lado do elevador, um cardeal estava caído no chão, com a roupa toda enrolada. Correram em disparada até lá. Paola chegou primeiro e se ajoelhou ao lado do religioso, mas este já se levantava.

— Cardeal Shaw! — exclamou Fowler, reconhecendo seu compatriota.

— Estou bem, estou bem. Ele apenas me empurrou. Foi embora por ali — disse o purpurado, apontando uma porta metálica, diferente das dos quartos.

— Fique aqui com ele, padre.

— Sosseguem, eu estou bem. Peguem esse frade impostor — disse o cardeal.

— Volte para o seu quarto e tranque a porta! — gritou-lhe Fowler.

Os três cruzaram a porta do fundo do corredor e deram numa escada de serviço. Cheirava a umidade e a mofo por baixo da pintura das paredes. O vão da escada era mal iluminado.

"Perfeito para uma emboscada", pensou Paola. "Karoski ainda tem a arma de Pontiero. Pode estar nos esperando em algum canto para explodir a cabeça de pelo menos dois de nós, antes de nos darmos conta."

Apesar do risco, desceram atropeladamente os degraus, não sem tropeçar mais de uma vez. Seguiram pela escada até o porão, um nível abaixo da rua, mas ali a porta estava fechada por um grosso cadeado.

— Por aqui ele não saiu.

Voltaram sobre os próprios passos. No andar anterior, ouviram ruídos. Cruzaram a porta e saíram diretamente na cozinha. Dante se adiantou à criminologista e entrou primeiro, com o dedo no gatilho e o cano apontando para a frente. Três freiras pararam de circular entre as panelas e os contemplaram com olhos do tamanho de pratos.

— Passou alguém por aqui? — gritou-lhes Paola.

Elas não responderam. Continuaram olhando inexpressivamente à sua frente. Uma delas até continuou picando vagens numa caçarola, ignorando a inspetora.

— Perguntei se alguém passou por aqui! Um frade! — repetiu a criminologista.

As monjas deram de ombros. Fowler pousou a mão no braço de Paola.

— Esqueça. Elas não falam italiano.

Dante atravessou a cozinha até o final e deu com uma porta metálica de uns dois metros de largura e aspecto muito sólido. Tentou abri-la, sem sucesso. Apontou a porta para uma das irmãs, mostrando ao mesmo tempo sua identificação do Vaticano. A religiosa se aproximou do superintendente e introduziu uma chave numa caixeta dissimulada na parede. A porta se abriu com um zumbido. Dava para a rua lateral da praça de Santa Marta. Diante deles estava o palácio de São Carlos.

— Merda! A monja não disse que a Domus só tinha um acesso?

— Pois é, *ispettrice.* Como vê, são dois — disse Dante.

— Vamos voltar.

Correram escadas acima, do vestíbulo até o último andar. Ali encontraram uns degraus que levavam ao terraço. Mas, ao alcançarem a porta, descobriram que ela estava trancada a sete chaves.

— Por aqui também, ninguém pode ter saído.

Rendidos, sentaram-se ali mesmo, na imunda e estreita escada que dava no terraço. Respiravam como foles.

— Será que ele se escondeu num dos quartos? — disse Fowler.

— Não creio. Certamente escapuliu — afirmou Dante.

— Mas por onde?

— Sem dúvida pela cozinha, num descuido das monjas. Não há outra explicação. As outras portas têm cadeados ou estão protegidas, como a entrada principal. Pelas janelas é impossível, seria arriscado demais. Os agentes da *Vigilanza* patrulham a zona com intervalos de poucos minutos. E estamos em plena luz do dia, santo Deus!

Paola estava furiosa. Se não estivesse tão cansada depois da correria escada acima e escada abaixo, se atracaria com as paredes a pontapés.

— Dante, peça ajuda. Que eles interditem a praça.

Desanimado, o superintendente negou com a cabeça. Tinha a testa empapada de suor, que caía em gotas turvas sobre sua velha jaqueta de couro. O cabelo, sempre bem penteado, estava sujo e eriçado.

— Como quer que eu os chame, meu anjo? Nesta porcaria de edifício nada funciona. Não há câmeras nos corredores, nada pega, nem os telefones, nem os celulares, nem os *walkie-talkies*, nada mais complicado do que a droga de uma lâmpada, nada que precise de ondas ou de dígitos para funcionar. Só mesmo com pombo-correio...

— Ele já deve estar longe. No Vaticano, um frade não chama a atenção de ninguém, Dicanti — disse Fowler.

— Alguém pode me explicar como diabos ele fugiu daquele quarto? É o terceiro andar, as janelas estavam fechadas e tivemos de arrombar a porra da porta. Todos os acessos ao edifício estavam vigiados ou trancados! — explodiu Paola, dando vários tapas na porta do terraço, que produziu um ruído surdo e uma nuvenzinha de poeira.

— Chegamos tão perto — disse Dante.

— Droga. Droga, droga e droga. Tínhamos aquele demônio nas mãos!

Foi Fowler quem constatou a terrível verdade, e suas palavras ressoaram nos ouvidos de Paola como uma pá que raspasse uma lápide.

— Agora, o que temos é outro morto, *dottoressa.*

Domus Sanctæ Marthæ
Piazza Santa Marta, 1

Quinta-feira, 7 de abril de 2005. 17h15

— Temos de fazer as coisas com discrição — disse Dante.

Paola estava lívida de fúria. Se naquele momento tivesse Cirin diante de si, não conseguiria se conter. Pensou que aquela era a terceira vez que desejava arrebentar a socos os dentes daquele corno, para comprovar se ele continuaria com sua atitude indolente e sua voz monocórdia.

Depois de toparem com o obstáculo do terraço, tinham descido a escada, cabisbaixos. Dante teve de ir até o outro lado da praça para conseguir que seu celular funcionasse, e falou com Cirin para solicitar reforços e pedir que analisassem a cena do crime. A resposta do inspetor geral da *Vigilanza* era que somente um técnico poderia comparecer, e vestido à paisana. Os instrumentos de que necessitasse, ele deveria levá-los numa maleta comum de viagem.

— Não podemos permitir que tudo isso vaze ainda mais. Entenda, Dicanti.

— Não entendo merda nenhuma. Temos de capturar um assassino! É preciso esvaziar o edifício, averiguar como ele entrou, reunir provas...

Dante a fitava como se ela estivesse louca. Fowler meneava a cabeça, sem querer se intrometer. Paola sabia que estava deixando aquele caso se infiltrar pelos recônditos de sua alma, envenenando sua tranqüilidade. Procurava sempre ser excessivamente racional, porque conhecia a sensibilidade do seu caráter. Quando algo entrava nela, sua dedicação se transformava em obsessão. Naquele momento, notava que a fúria lhe corroía o espírito, como uma gota de ácido que cai intermitentemente sobre um pedaço de carne crua.

Estavam no corredor do terceiro andar, onde tudo havia acontecido. O quarto 56 já estava vazio. Seu ocupante, o homem que lhes sugerira procurar no quarto 57, era o cardeal belga Petfried Haneels, de 73 anos. Este, que ficara muito alterado com o ocorrido, estava sendo examinado por um médico no andar superior, onde seria alojado por algum tempo.

— Por sorte, a maioria dos cardeais estava na capela, fazendo a meditação vespertina. Somente cinco ouviram os gritos, e já lhes foi dito que um maluco entrou e começou a berrar pelos corredores — informou Dante.

— E só? É esse o controle de danos? — enfureceu-se Paola. — Conseguir que nem os próprios cardeais saibam que um dos seus foi assassinado?

— É fácil. Diremos que ele estava indisposto e foi transferido para o Gemelli com uma gastrenterite.

— E, com isso, fica tudo resolvido — replicou a inspetora, irônica.

— Bem, há algo mais. A senhorita não pode falar com nenhum dos cardeais sem minha autorização, e a cena do crime tem de ser limitada ao quarto.

— O senhor não pode estar falando sério. Temos de procurar impressões digitais nas portas, nos pontos de acesso, nos corredores... Não pode estar falando sério.

— Queria o quê, *bambina*? Uma frota de radiopatrulhas na porta? Milhares de flashes dos fotógrafos? Acha que gritar aos quatro ventos é o melhor meio para pegar seu degenerado? — disse Dante, em tom prepotente. — Ou apenas quer agitar diante das câmeras seu diploma de licenciada em Quantico? Se é tão boa assim, é melhor que o demonstre.

Paola não se deixou provocar. Dante apoiava totalmente a tese de priorizar a ocultação. Ela devia escolher: ou perdia tempo se chocando contra aquela parede granítica e milenar, ou cedia e tentava se apressar para aproveitar ao máximo os pouquíssimos meios disponíveis.

— Ligue para Cirin. Peça que Boi envie o melhor perito. E que os homens da *Vigilanza* fiquem alertas para o caso de aparecer um carmelita no Vaticano.

Fowler tossiu para chamar a atenção de Paola. Levou-a para um lado e falou em voz baixa, com a boca muito próxima do ouvido dela. Paola não pôde evitar que o roçar da respiração dele a deixasse arrepiada, e se alegrou por estar usando um conjunto com blazer: ninguém perceberia. Ainda recordava o forte e sólido contato de Fowler, no dia anterior, quando ela se lançara como louca para a multidão e ele a segurara, chamando-a à razão. Ansiava por receber de novo um abraço dele, mas, naquela situação, seu anseio ficava totalmente deslocado. As coisas estavam bastante complicadas.

— Seguramente, essas ordens já foram dadas e estão sendo executadas agora mesmo, *dottoressa.* E esqueça uma operação policial padrão, porque, no Vaticano, jamais a conseguiria. Temos de nos resignar a jogar com as cartas que o destino distribuiu, por mais pobres que sejam. Nesta situação, vem muito ao caso o velho ditado do meu país: "Em terra de cego, quem tem um olho é rei."

Paola compreendeu de imediato a que ele se referia.

— Também usamos esse ditado em Roma. O senhor tem razão, padre... pela primeira vez neste caso, temos uma testemunha. Já é alguma coisa.

Fowler baixou o tom ainda mais.

— Converse com Dante. Seja diplomática, ao menos desta vez. Que ele nos dê acesso livre a Shaw. Talvez possamos obter uma descrição razoável.

— Mas sem um desenhista forense...

— Isso virá depois, *dottoressa.* Se o cardeal Shaw o viu, conseguiremos um retrato falado. O mais importante, porém, é ter acesso ao depoimento dele.

— Conheço esse sobrenome. Esse Shaw é o que aparece nos relatórios sobre Karoski?

— Ele mesmo. É um homem duro e inteligente. Esperemos que possa nos ajudar com a descrição. Não mencione o nome do nosso suspeito: veremos se ele o reconheceu.

Paola assentiu e retornou para junto de Dante.

— E então, os dois pombinhos já terminaram com os segredinhos?

A criminologista decidiu ignorar o comentário.

— O padre Fowler me recomendou calma, e acho que vou seguir o conselho.

Dante a fitou com receio, surpreendido por essa atitude. Decididamente, aos seus olhos, aquela mulher era muito estranha.

— Muito sábio de sua parte, *ispettrice.*

— *Noi abbiamo dato nella croce,** não é, Dante?

— É uma forma de ver as coisas. Outra, muito diferente, é tomar consciência de que a senhorita é uma convidada num país que não é o seu. Esta manhã, era à sua maneira, *ispettrice.* Agora, é à nossa. Não é nada pessoal.

Paola respirou fundo.

— Tudo bem, Dante. Preciso falar com o cardeal Shaw.

— Está no quarto dele, recuperando-se do choque sofrido. Negativo.

— Superintendente, faça a coisa certa, só desta vez. Talvez assim possamos pegá-lo.

O policial esticou seu pescoço de touro com uma espécie de rangido. Primeiro para a esquerda, depois para a direita. Era claro que estava pensando nisso.

— De acordo, *ispettrice.* Com uma condição.

— Qual?

— Que a senhorita utilize as palavras mágicas.

— Vá à merda.

Paola se voltou, deu com o olhar reprovador de Fowler, que assistia à conversa a uma certa distância, e logo se voltou de novo para Dante.

— Por favor.

— Por favor o quê, *ispettrice*?

Aquele porco estava se divertindo com sua humilhação. Pois então, tudo bem, continuemos.

— Por favor, superintendente Dante, solicito sua permissão para falar com o cardeal Shaw.

Dante deu um largo sorriso. Agora estava por cima. De repente, porém, ficou muito sério.

— Cinco minutos, cinco perguntas. Nada mais. Eu também estou me arriscando nisso, Dicanti.

Dois membros da *Vigilanza*, ambos de terno e gravata pretos, saíram do elevador e ladearam a porta 57, em cujo interior jazia o cadáver da mais recente vítima de Karoski. Guardariam a entrada até a chegada do perito da UACV. Dicanti resolveu aproveitar a espera entrevistando a testemunha.

---

* Dicanti cita *Dom Quixote* na versão italiana. A frase original, muito conhecida na Espanha, é: "*Con la Iglesia hemos dado*", "Topamos com a Igreja no caminho". (N. do A.)

— Qual é o quarto de Shaw?

Ficava naquele mesmo andar. Dante os conduziu até o 42, o último quarto antes da porta que dava para a escada de serviço. O superintendente bateu com delicadeza, usando só dois dedos.

A irmã Helena veio abrir. Havia perdido o sorriso. Ao vê-los, o alívio se estampou no seu rosto.

— Ai, pelo menos os senhores estão bem. Sei que perseguiram o lunático pela escada. Conseguiram pegá-lo?

— Infelizmente, não, irmã — respondeu Paola. — Achamos que fugiu pela cozinha.

— Ai, meu Deus, pela entrada de mercadorias? Santa Virgem das Oliveiras, que desastre!

— Irmã, a senhora não disse que só havia um acesso?

— Só há um, a porta principal. Essa outra não é um acesso, é uma entrada para a garagem. É bem pesada e tem uma chave especial.

Paola começava a perceber que a irmã Helena e eles não falavam o mesmo italiano. A freira tomava os substantivos muito literalmente.

— O assass... digo, o assaltante poderia ter entrado por lá, irmã?

A monja negava com a cabeça.

— Só quem tem a chave somos eu e a irmã ecônoma. E ela só fala polonês, como muitas das outras que trabalham aqui.

A criminologista deduziu que a irmã ecônoma devia ser a que abrira a porta para Dante. Só duas cópias da chave. O mistério se complicava.

— Podemos entrar para ver o cardeal?

A irmã Helena negou com a cabeça, energicamente.

— Impossível, *dottoressa*. Ele está... como se diz?... *zdenerwowany*. Muito nervoso.

— Só por um momento — disse Dante.

A freira ficou ainda mais séria.

— *Zaden*. Não e não.

Parecia preferir se refugiar em seu idioma natal para dar a negativa. Já ia fechando a porta quando Fowler pôs um pé na soleira, impedindo que esta se fechasse de todo. E disse, com voz vacilante, mastigando as palavras:

— *Spraviać przyjemność, potrzebujemy żeby widzieć kardynalny Shaw, siostra Helena.*

A monja arregalou os olhos.

— *Wasz język polski nie jest dobry.*[*]

— Eu sei. Deveria visitar mais freqüentemente seu belo país. Mas não vou lá desde os tempos em que nasceu o Solidariedade.[**]

A religiosa balançou a cabeça, de cenho franzido, mas era evidente que o sacerdote ganhara sua confiança. Embora a contragosto, abriu totalmente a porta, afastando-se para o lado.

— Desde quando o senhor fala polonês? — cochichou Paola, enquanto entravam.

— Só tenho breves noções, *dottoressa.* Como sabe, viajar alarga a mente.

Dicanti se permitiu fitá-lo, assombrada, um segundo antes de dedicar toda a sua atenção ao homem que estava deitado na cama. Com a persiana quase inteiramente baixada, o quarto estava mergulhado na penumbra. O cardeal Shaw tinha um lenço ou talvez uma toalha molhada sobre a testa; com tão pouca luz, não se podia distinguir bem. Quando eles se aproximaram dos pés da cama, o purpurado se soergueu num cotovelo, ofegando, e a toalha lhe resvalou pelo rosto. Era um homem de traços firmes, de compleição algo robusta. O cabelo, completamente branco, estava emplastrado na testa, onde a toalha o molhara.

— Desculpem, eu...

Dante se inclinou para beijar o anel cardinalício, mas Shaw o deteve.

— Não, por favor. Agora não.

O superintendente recuou um passo, meio encabulado. Precisou pigarrear antes de tomar a palavra.

— Cardeal Shaw, lamentamos a intromissão, mas precisamos lhe fazer umas perguntas. Sente-se com forças para responder?

— Claro, meus filhos, claro. Eu só estava descansando um momento. Foi uma impressão terrível, me ver assaltado assim neste lugar santo. Na verdade, dentro de poucos minutos tenho uma reunião para resolver uns assuntos. Sejam breves, por favor.

---

[*] O padre Fowler pede, por favor, permissão para ver o cardeal Shaw, e a monja lhe responde que o polonês dele está um pouco enferrujado. (N. do A.)

[**] Solidariedade é o nome do sindicato polonês criado em 1980 pelo eletricista Lech Walesa, prêmio Nobel da Paz. A relação entre Walesa e João Paulo II foi sempre muito estreita, e há indícios de que, em parte, o dinheiro para a criação do Solidariedade tenha saído do Vaticano. (N. do A.)

Dante olhou para a irmã Helena e depois para Shaw. Este compreendeu. Sem testemunhas.

— Irmã Helena, por favor, faça a gentileza de avisar ao cardeal Pauljic que eu vou me atrasar um pouco.

A monja saiu do aposento, resmungando maldições certamente impróprias para uma religiosa.

— Como aconteceu tudo? — perguntou Dante.

— Eu tinha subido até meu quarto para pegar o breviário quando escutei um grito terrível. Fiquei paralisado por alguns segundos, suponho que tentando averiguar se aquilo tinha sido produto da minha imaginação. Achei que ouvira o ruído de alguém subindo a escada às pressas, e depois um rumor. Saí para o corredor, intrigado. Na porta do elevador havia um frade carmelita, que se escondia no pequeno vão formado pela parede. Olhei para ele, ele se voltou e também me olhou. Havia muito ódio em seu olhar, santa mãe de Deus. Nesse momento, soou outro rumor e o carmelita me empurrou. Eu caí no chão e gritei. O resto os senhores já sabem.

— Conseguiu ver bem a cara dele? — interveio Paola.

— Estava quase toda coberta por uma barba cerrada. Não recordo grande coisa.

— Poderia nos descrever o rosto e a compleição física?

— Acho que não. Só o vi por um segundo, e minha vista já não é o que era. No entanto lembro que o cabelo era grisalho. Mas logo percebi que ele não era um frade.

— O que o induziu a pensar isso, Eminência? — inquiriu Fowler.

— A maneira de agir, claro. Ali, colado à porta do elevador, não parecia em absoluto um servo de Deus.

Nesse momento, reapareceu a irmã Helena, pigarreando nervosa.

— Cardeal Shaw, o cardeal Pauljic disse que a comissão o espera assim que for possível, para começar a organizar as missas novendiais. Preparei para os senhores a sala de reunião do primeiro andar.

— Obrigado, irmã. Vá adiantando com Antun, porque vou precisar de algumas coisas. Diga a eles que em cinco minutos estarei lá.

Com isso, Dante entendeu que Shaw dava por encerrada a reunião.

— Obrigado por tudo, Eminência. Já vamos nos retirar.

— Não sabem quanto eu lamento. As missas novendiais serão rezadas em todas as igrejas de Roma e em milhares de outras pelo mundo afora, rogando pela alma do nosso Santo Padre. É um trabalho enorme, e eu não vou atrasá-lo por causa de um simples empurrão.

Paola ia dizer alguma coisa, mas Fowler lhe apertou discretamente o cotovelo e a criminologista engoliu a pergunta. Com um aceno, também se despediu do purpurado. Quando já estavam saindo do quarto, o cardeal lhes fez uma pergunta muito comprometedora.

— Esse homem tem algo a ver com os desaparecimentos?

Dante se voltou muito devagar e respondeu com palavras que destilavam calda de açúcar em todas as suas vogais e consoantes.

— De maneira alguma, Eminência. Trata-se apenas de um provocador. Provavelmente, um desses jovens antiglobalização. Como sabe, eles costumam se disfarçar, para chamar atenção.

O cardeal se soergueu um pouco mais, até se sentar na cama. Dirigiu-se à monja.

— Entre alguns dos meus irmãos cardeais corre o boato de que duas das figuras mais preeminentes da Cúria não vão assistir ao conclave. Espero que ambos estejam bem.

— Onde Vossa Eminência ouviu isso?

Paola se surpreendeu. Em toda a sua vida, nunca havia escutado uma voz tão suave, doce e humilde como aquela com que Dante havia formulado essa pergunta.

— Ai, meus filhos, na minha idade a pessoa esquece muitas coisas. Por exemplo, quem sussurrou o quê, entre o café e a sobremesa. Mas posso lhes assegurar que não sou o único a saber.

— Eminência, trata-se com certeza de um boato sem fundamento. Se nos der licença, temos de ir procurar o agitador.

— Espero que o encontrem logo. Estão acontecendo distúrbios demais no Vaticano, e talvez seja a hora de uma mudança de rumo em nossa política de segurança.

A ameaça velada de Shaw, tão recoberta de glacê quanto a pergunta de Dante, não passou despercebida a nenhum dos três. Paola, inclusive, embora detestasse todos os membros da *Vigilanza* que conhecia, sentiu o sangue congelar em suas veias.

A irmã Helena saiu do quarto com eles e seguiu adiante pelo corredor. No patamar, era aguardada por um cardeal um tanto corpulento, seguramente Pauljic, com quem desceu a escada.

Assim que viu as costas da irmã Helena desaparecerem degraus abaixo, Paola se voltou para Dante com uma careta amarga no rosto.

— Parece que seu controle de danos não funciona tão bem quanto o senhor acreditava, superintendente.

— Juro que não compreendo. — Dante trazia o pesar estampado no rosto. — Pelo menos, esperemos que não conheçam a verdadeira razão. Não me parece possível, é claro. E, do jeito que estão as coisas, Shaw até pode ser o próximo a calçar as sandálias vermelhas.

— No mínimo, os purpurados sabem que algo estranho está acontecendo — disse a criminologista. — Sinceramente, eu adoraria que essa maldita coisa explodisse no nariz deles, para podermos trabalhar como o caso exige.

Dante ia replicar, indignado, quando alguém apareceu na escadaria de mármore. Carlo Boi havia decidido enviar o perito que ele considerava o melhor e mais discreto da UACV.

— Boa-tarde a todos.

— Boa-tarde, diretor Boi — respondeu Paola.

Tinha chegado a hora de enfrentar o novo cenário de Karoski.

Academia do FBI
Quantico, Virginia

22 de agosto de 1999

— Entre, entre. Suponho que a senhorita sabe quem sou eu, não?

Para Paola, conhecer Robert Weber era o equivalente ao que um egiptólogo sentiria se Ramsés II o convidasse para um cafezinho. Ela entrou na sala de reunião, onde o famoso criminologista estava entregando as avaliações aos quatro alunos que haviam acompanhado o curso. Weber se aposentara havia dez anos, mas seus passos firmes ainda impunham um respeito reverencial nos corredores do FBI. Aquele homem tinha revolucionado a ciência forense, ao criar um novo método para localizar os criminosos: o perfil psicológico. No curso absolutamente elitista que o FBI ministrava para formar novos talentos ao redor do globo, ele era sempre o encarregado de dar as notas. Os jovens ficavam encantados, porque assim podiam ver cara a cara alguém a quem admiravam muito.

— Claro que sei, senhor. Devo dizer...

— Sim, já sei, é uma honra me conhecer, e blablablá. Se me dessem um dólar cada vez que me dizem essa frase, eu agora seria um homem rico.

O criminologista tinha o nariz mergulhado numa volumosa pasta. Paola meteu a mão no bolso da calça, puxou um papel amassado e o entregou a Weber.

— É uma honra conhecê-lo, senhor.

Weber olhou o papel e começou a rir. Era uma nota de um dólar. Ele estendeu a mão e a recolheu. Alisou-a e a guardou no bolso do paletó.

— Não amasse as notas, Dicanti. Elas são propriedade do Tesouro dos Estados Unidos da América.

Mas sorriu, comprazido ante a oportuna resposta da jovem:

— Vou levar isso em conta, senhor.

Weber endureceu a expressão. Era o momento da verdade, e cada palavra das que se seguiram foi como uma paulada para Paola.

— A senhorita é frágil, Dicanti. Aproxima-se do mínimo nas provas físicas e nas de pontaria. E não tem caráter. Desaba logo. Bloqueia-se muito facilmente diante da adversidade.

Paola estava arrasada. É muito difícil suportar que uma lenda viva nos deixe envergonhados em poucos segundos. E pior ainda quando sua voz roufenha não revela o mínimo resquício de simpatia.

— A senhorita não raciocina. É boa, mas precisa trazer para fora o que traz dentro. E, para isso, precisa inventar. Invente, Dicanti. Não siga os manuais ao pé da letra. Improvise e verá. E seja mais diplomática. Aqui estão suas notas finais. Só as olhe quando sair desta sala.

Com mãos trêmulas, Paola recebeu de Weber o envelope e abriu a porta, agradecida por poder fugir dali.

— Mais uma coisa, Dicanti. Qual é o verdadeiro motivo de um assassino serial?

— A fome de matar, que ele não consegue conter.

O velho criminologista negou com descontentamento.

— Está perto de onde deveria estar, mas ainda não chegou lá. Voltou a pensar segundo a lógica dos livros, senhorita. Consegue compreender a ânsia de matar?

— Não, senhor.

— Às vezes, convém esquecer os tratados de psiquiatria. O verdadeiro motivo é o corpo. Analise a obra e conhecerá o artista. Que isso seja a primeira coisa a vir à sua cabeça, quando a senhorita entrar numa cena de crime.

Dicanti correu para seu quarto e se trancou no banheiro. Quando conseguiu a serenidade suficiente, abriu o envelope. Demorou um bom tempo até compreender o que via.

Tinha obtido notas máximas em todas as matérias, e uma lição valiosa: nada é o que parece ser.

DOMUS SANCTÆ MARTHÆ
Piazza Santa Marta, 1

Quinta-feira, 7 de abril de 2005. 17h49

Passara-se pouco mais de uma hora desde que o assassino havia fugido daquele quarto. Paola ainda podia sentir a presença dele no aposento, como quem respira uma fumaça penetrante e invisível. Ela sempre se mostrava racional quando falava sobre os assassinos seriais. Era fácil fazêlo, quando emitia (na maioria das vezes) suas opiniões dentro de um confortável gabinete atapetado.

Era muito diferente, porém, entrar no quarto dessa maneira, tomando cuidado para não pisar no sangue. Não só para não alterar a cena do crime. O motivo principal era que o maldito sangue liquidava para sempre um bom par de sapatos.

E também a alma.

Fazia quase três anos que o diretor Boi não vistoriava pessoalmente uma cena de crime. Paola suspeitava que Boi estava chegando àquele grau de envolvimento para ganhar pontos ante as autoridades do Vaticano. Sem dúvida, não podia ser para progredir politicamente ante seus superiores italianos, porque todo aquele maldito assunto tinha de ser mantido em segredo.

Ele tinha entrado primeiro, com Paola atrás. Os outros esperaram no corredor, olhando para a frente e sentindo-se constrangidos. A criminologista escutou Dante e Fowler trocarem umas palavras — até juraria que algumas tinham sido pronunciadas num tom de voz muito pouco educado —, mas fez um esforço para concentrar toda a sua atenção no que havia dentro do quarto, e não no que ficara lá fora.

Paola estacou junto da porta, deixando Boi seguir sua rotina. Primeiro as fotografias forenses, uma a partir de cada canto do quarto, outra na vertical sobre o cadáver, outra de cada um dos possíveis lados, e uma de cada elemento que o investigador considerasse relevante. Em suma, mais de sessenta clarões de flash iluminando a cena com tons irreais, esbranquiçados e intermitentes. O ruído e o excesso de luz tampouco a distraíram.

Ela respirou fundo, procurando ignorar o cheiro de sangue e o gosto metálico que ele deixava na garganta. Fechou os olhos e contou mentalmente de cem a zero, muito devagar, tentando regular pelas batidas do seu coração o ritmo da contagem decrescente. O desenfreado galope do cem era apenas um trote suave no cinqüenta, e um tambor contundente e preciso ao chegar a zero.

Abriu os olhos.

Sobre a cama jazia o cardeal Geraldo Cardoso, de 71 anos. Cardoso estava preso à cabeceira ornamentada da cama por duas toalhas fortemente amarradas. Trazia ainda o capelo cardinalício totalmente caído para um lado, o que lhe dava um ar perversamente cômico.

Paola recitou devagarinho o mantra de Weber: "Se quiser conhecer um artista, contemple sua obra." Repetiu-o várias vezes, movendo os lábios em silêncio até apagar o significado dele nas palavras em sua boca, mas imprimindo-o em seu cérebro, como quem molha um carimbo em tinta e o deixa seco depois de estampá-lo compulsivamente em um papel.

— Vamos começar — disse Paola em voz alta, puxando do bolso um gravador.

Boi nem sequer olhou para ela. Nesse momento, estava concentrado em coletar indícios e em estudar a forma dos respingos de sangue.

A criminologista começou a falar ao gravador, tal como lhe haviam ensinado em Quantico: fazendo uma observação e uma dedução imediata. O resultado daquelas conclusões se pareceria bastante com uma reconstituição de como tudo acontecera.

Observação: O cadáver está atado pelas mãos em seu próprio quarto, sem nenhum sinal de violência no mobiliário.

Inferência: Karoski se introduziu no aposento mediante algum subterfúgio e dominou a vítima com rapidez e em silêncio.

Observação: No chão há uma toalha com sangue. Parece torcida.
Inferência: Com toda a probabilidade, Karoski colocou na vítima uma mordaça e depois tirou-a para continuar o seu macabro *modus operandi*: cortar a língua.

Observação: Ouvimos um berro.
Inferência: O mais provável é que, ao ser-lhe retirada a mordaça, Cardoso tenha conseguido gritar. Portanto a língua é a última coisa que o assassino corta, antes de passar aos olhos.

Observação: A vítima conserva os olhos e tem a garganta seccionada. O corte parece apressado e cheio de sangue. As mãos permanecem em seus lugares.
Inferência: O ritual de Karoski, neste caso, começou por torturar o corpo, para depois continuar com a mutilação ritual: primeiro a língua, depois os olhos, em seguida as mãos.

Paola abriu a porta do quarto e pediu a Fowler que entrasse por um momento. Fowler fez uma careta ao contemplar o macabro espetáculo, mas não afastou o olhar. A criminologista rebobinou a fita do gravador, e ambos escutaram o último item.

— Acha que existe algo especial na ordem em que ele realiza o ritual?

— Não sei, *dottoressa*. A fala é o que um padre tem de mais importante: por sua voz se administram os sacramentos. Os olhos não definem em absoluto o ministério sacerdotal, pois não intervêm de maneira crítica em nenhuma de suas funções. Já as mãos, sim: elas são sagradas, uma vez que tocam o corpo de Cristo na Eucaristia. As mãos de um sacerdote são sagradas sempre, independentemente do que ele fizer.

— O que quer dizer isso?

— Até um monstro como Karoski continua tendo as mãos sagradas. Sua capacidade para ministrar os sacramentos é a mesma que a do mais puro e santo dos sacerdotes. É um contra-senso, mas é assim que é.

Paola estremeceu. A idéia de que um ser tão abjeto pudesse ter um contato direto com Deus lhe parecia repugnante e terrível. Tentou lembrar a si mesma que aquele era mais um dos motivos que a tinham levado a renegar Deus, a encará-lo como um tirano insuportável em seu céu de algodão. Mas aprofundar-se no horror, na depravação daqueles como Karoski, que supostamente deviam realizar Sua obra, estava produzindo nela um efeito muito diferente. Sentiu a traição que Ele devia sentir e, por alguns instantes, colocou-se no Seu lugar. Recordou Maurizio mais do que nunca e lamentou que ele não estivesse ali para tentar dar um sentido a toda aquela maldita loucura.

— Santo Deus.

Fowler encolheu os ombros, sem saber muito bem o que dizer, e saiu do quarto. Paola voltou a ligar o gravador.

Observação: A vítima está vestida com o traje talar completamente aberto. Por baixo traz uma camiseta de algodão e uma cueca samba-canção. A camiseta foi rasgada, provavelmente com um instrumento afiado. Sobre o peito há vários cortes que formam as palavras EGO TE ABSOLVO.

Inferência: As palavras EGO TE ABSOLVO foram encontradas também nos cenários de Portini — segundo as fotos apresentadas por Dante — e Robayra. A variação, neste caso, é estranha.

Observação: Há uma grande quantidade de respingos pelas paredes. E também uma pegada incompleta no chão, junto à cama. Parece sangue.

Inferência: Tudo nesta cena do crime é muito estranho. Não podemos deduzir que o estilo de Karoski evoluiu, ou que já se adaptou ao ambiente. Seu *modus operandi* é anárquico, e...

A criminologista apertou o botão de *stop* no gravador. Ali havia algo que não se encaixava, algo que estava terrivelmente mal.

— E então, como vamos, diretor?

— Mal. Muito mal. Colhi impressões digitais na porta, no criado-mudo e na cabeceira da cama, mas pouca coisa. Há vários conjuntos de impressões, mas acho que um deles corresponde às de Karoski.

Nesse momento, Boi segurava uma lâmina de plástico na qual se via impressa uma marca de indicador bastante clara, que ele acabava de obter na cabeceira da cama. Estava comparando-a na contraluz com aquela que Fowler copiara da ficha de Karoski (e fora obtida pelo próprio Fowler na cela do criminoso após a fuga deste, já que, no Saint Matthew, tomar as impressões digitais dos pacientes não era prática habitual).

— É só uma possibilidade a confirmar, mas creio que há coincidência em vários pontos. Esta forquilha ascendente é bastante característica, e este apêndice deltóide... — dizia Boi, mais para si mesmo do que para Paola.

A inspetora sabia que, quando Boi reconhecia como boa uma impressão digital, esta o era de fato. Boi era famoso como técnico datiloscopista. Ao vê-lo ali, ela lamentou a lenta ruína que havia transformado um excelente perito criminal num burocrata.

— Nada mais, doutor?

— Nada mais. Nem pêlos, nem fibras, nada. Esse homem é realmente um fantasma. Se ele tivesse usado luvas, eu poderia crer que Cardoso foi morto por um espírito.

— Não há nada de espiritual nessa traquéia arrebentada, doutor.

O diretor olhou o cadáver com pasmada estranheza, talvez refletindo sobre as palavras de sua subordinada ou extraindo suas próprias conclusões. Finalmente, respondeu:

— Não, não muito, na verdade.

Paola saiu do quarto, deixando Boi se encarregar do trabalho dele. Mas sabia que o diretor ia encontrar muito pouco, ou talvez nada. Karoski era mortalmente esperto e, apesar da pressa, não tinha deixado nada atrás de si. Na cabeça da inspetora, uma inquietante suspeita continuava rondando. Ela olhou ao redor. Camilo Cirin tinha chegado, acompanhado de outra pessoa, um homenzinho magricela e frágil na aparência, mas de olhar tão aguçado quanto seu nariz. Cirin se aproximou de Paola e o apresentou como o magistrado Gianluigi Varone, juiz único da Cidade do Vaticano. Paola não simpatizou com o sujeito: ele parecia uma versão macilenta de um abutre com paletó.

O juiz redigiria um atestado para a remoção do cadáver, que seria feita dentro do mais absoluto sigilo. Os dois agentes do *Corpo di Vigilanza* que antes se haviam encarregado de guardar a porta tinham trocado de roupa. Usavam agora macacões de trabalho de cor preta e luvas de látex.

Seriam eles os encarregados de limpar e lacrar o quarto, após a saída de Boi e sua equipe. Fowler se instalara num banquinho no final do corredor e lia calmamente seu breviário. Paola, quando se viu livre de Cirin e do magistrado, aproximou-se do sacerdote e se sentou ao lado dele. Fowler não pôde evitar uma sensação de *déjà vu.*

— Bom, *dottoressa.* Agora a senhorita conhece mais alguns cardeais.

Paola riu tristemente. Quantas coisas haviam mudado em menos de 24 horas, desde que ambos tinham esperado à porta do gabinete do camerlengo! Só que eles não estavam nem sequer um passo mais perto de pegar Karoski.

— Eu achava que as brincadeiras macabras eram território do superintendente Dante.

— Ah, e são, *dottoressa.* Eu estou só de visita.

A inspetora abriu a boca e fechou-a de novo. Queria falar com Fowler daquilo que lhe rondava a cabeça sobre o ritual de Karoski, mas ainda não sabia o que a preocupava tanto. Decidiu esperar até pensar nisso o suficiente.

Como Paola teria oportunidade de comprovar amargamente mais tarde, essa decisão foi um tremendo erro.

Domus Sanctæ Marthæ
Piazza Santa Marta, 1

Quinta-feira, 7 de abril de 2005. 19h53

Dante e Paola embarcaram no carro que havia trazido Boi. O diretor os deixaria no necrotério antes de seguir para a UACV, para tentar determinar qual havia sido a arma homicida em cada um dos cenários. Fowler ia entrar também no veículo quando uma voz o chamou da porta da Domus Sanctæ Marthæ.

— Padre Fowler!

O sacerdote se voltou. Era o cardeal Shaw. Fazia gestos com a mão, e Fowler se aproximou.

— Espero que já esteja melhor, Eminência.

O cardeal sorriu com afetação.

— Aceitamos com resignação as provações que o Senhor nos manda. Meu caro Fowler, faço questão de lhe agradecer pessoalmente pelo seu oportuno resgate.

— Quando nós chegamos, Vossa Eminência já estava a salvo.

— Mas, quem sabe, quem sabe o que poderia fazer aquele lunático, se voltasse? O senhor conta com toda a minha gratidão. Vou me encarregar pessoalmente de que na Cúria fiquem cientes de quão bom soldado o senhor é.

— Realmente, é desnecessário, Eminência.

— Meu filho, nunca se sabe quando se vai precisar de um favor. Quando alguém vai dizer coisas inoportunas. Como sabe, é importante obter pontos.

Fowler o fitou, imperscrutável. Shaw continuou:

— É claro, meu filho, que... o agradecimento da Cúria poderia ser ainda mais completo. Poderíamos até reclamar sua presença aqui, no Vaticano. Camilo Cirin parece estar perdendo os reflexos. Talvez o posto dele pudesse ser ocupado por alguém que garantisse que o escândalo fosse apagado totalmente. Que desaparecesse.

Fowler começava a entender.

— Vossa Eminência me solicita que eu perca alguma *pasta de documentos*?

O cardeal fez um gesto de cumplicidade bastante infantil e bastante incongruente, sobretudo considerando-se o tema do qual estavam tratando. Ele acreditava estar conseguindo o que queria.

— Exato, meu filho, exato. Os cadáveres não vingam injúrias.

O sacerdote sorriu maliciosamente.

— Quem diria, uma citação de Blake. Eu jamais tinha ouvido um cardeal recitar os "Provérbios do Inferno".

Shaw se empertigou e engrossou a voz. Não tinha gostado do tom do sacerdote.

— Os caminhos do Senhor são misteriosos.

— Os caminhos do Senhor são contrários aos do Inimigo, Eminência. Isso me foi ensinado na escola, quando eu era criança. E ainda não perdeu a validade.

— Os instrumentos de um cirurgião às vezes se mancham. E o senhor é como um bisturi bem afiado, meu filho. Digamos que eu sei que representa mais de um interesse neste caso.

— Eu sou apenas um humilde sacerdote — disse Fowler, fingindo estranheza.

— Não tenho dúvida. Mas, em certos círculos, fala-se de suas... habilidades.

— E nesses círculos não se fala também do meu problema com a autoridade, Eminência?

— Há também um pouco disso. Mas não tenho dúvida de que, quando chegar o momento, o senhor agirá como é devido. Não permita que o bom nome da sua Igreja se veja arrastado pelas manchetes dos jornais, filho.

O sacerdote respondeu com um silêncio frio e depreciativo. O cardeal deu uns tapinhas paternalistas na ombreira do impecável paletó do *clergyman* de Fowler e baixou o tom de voz até transformá-lo num sussurro.

— Nos tempos que correm, quem não tem um ou outro segredinho? Seu nome poderia aparecer em outros papéis. Por exemplo, nas intimações do Sant'Uffizio. Mais uma vez.

E, sem dizer mais nada, o cardeal virou-se e entrou de volta na Domus Sanctæ Marthæ. Fowler entrou no carro, onde seus companheiros o esperavam com o motor ligado.

— Tudo bem, padre? O senhor não está com boa cara — interessou-se Dicanti.

— Perfeitamente, *dottoressa.*

Paola o estudou com atenção. A mentira era evidente: Fowler estava pálido como um saco de farinha. Naquele momento, aparentava dez anos mais do que sua idade real.

— O que o cardeal Shaw queria?

Fowler dirigiu a Paola um arremedo de sorriso despreocupado, que só piorou o conjunto.

— Sua Eminência? Ah, nada. Apenas que eu desse lembranças a um amigo comum.

Necrotério municipal

Sexta-feira, 8 de abril de 2005. 01h25

— Está começando a ser um costume, isso de recebê-los de madrugada, *dottoressa* Dicanti.

Paola replicou algo entre cortês e ausente. Fowler, Dante e o legista se encontravam ao lado da mesa de autópsias. Ela, em frente. Os quatro usavam os jalecos azuis e as luvas de látex próprios daquele lugar. Estar ali pela terceira vez, em tão poucos dias, fez a jovem recordar algo que havia lido. Algo sobre a recorrência do inferno. Sobre como este consiste na repetição. Talvez, naquele momento, eles não tivessem à sua frente o inferno, mas sem dúvida contemplavam as provas de sua existência.

O cadáver de Cardoso dava mais medo assim, em cima da mesa. Lavado do sangue que o cobria horas antes, era um manequim branco com terríveis ferimentos secos. O cardeal fora um homem magro, e depois da perda de sangue seu rosto era uma máscara encovada e acusadora.

— O que sabemos sobre ele, Dante? — perguntou Dicanti.

O superintendente leu numa caderneta que sempre trazia num bolso do paletó.

— Geraldo Claudio Cardoso, nascido em 1934, cardeal desde 2001. Conhecido defensor dos trabalhadores, sempre esteve ao lado dos pobres e dos desabrigados. Antes de ser cardeal, ganhou ampla reputação na diocese de São José dos Campos. É onde ficam as fábricas mais importantes da América do Sul. — Aqui, Dante citou as duas marcas de veículos mais famosas do mundo. — Sempre atuou como ponte entre o operário e a empresa. Era amado pelos trabalhadores, que o denominavam "o bispo sindicalista". Fazia parte de várias congregações na Cúria romana.

Desta vez, até o legista guardou silêncio. Havia trinchado o corpo de Robayra com um sorriso nos lábios, zombando da fraqueza de Pontiero. Horas depois, o homem de quem ele havia zombado estava sobre sua mesa. E, no dia seguinte, outro dos purpurados. Um homem que, pelo menos no papel, fazia sempre o bem. O médico se perguntava se haveria coerência entre a biografia oficial e a oficiosa, mas foi Fowler quem finalmente dirigiu a pergunta a Dante.

— Superintendente, sabe-se de mais alguma coisa, além do que diz o *release*?

— Padre Fowler, não cometa o erro de pensar que todos os homens de nossa Santa Madre Igreja levam uma vida dupla.

— Procurarei me lembrar. — Fowler tinha uma expressão rígida. — E agora, por favor, responda.

Dante fingiu pensar, enquanto alongava o pescoço para a esquerda e para a direita, em seu gesto característico. Paola teve a sensação de que ele conhecia a resposta, ou então já esperava pela pergunta.

— Dei alguns telefonemas. Quase todo mundo confirma a versão oficial. Ele teve alguns deslizes sem importância, nada que merecesse registro, ao que parece. Uma ou outra experiência com maconha, antes de ser sacerdote. Filiações políticas um tanto duvidosas na universidade, e só. Já como cardeal, alguns embates com certos colegas da Cúria, já que ele era defensor de um grupo não muito bem-visto ali: os carismáticos. Em linhas gerais, era um bom sujeito.

— Como os outros dois — disse Fowler.

— É o que parece.

— O que pode nos dizer da arma homicida, doutor? — interveio Paola.

O médico-legista apontou o pescoço da vítima e os cortes no peito.

— É um objeto cortante de borda lisa, provavelmente uma faca de cozinha não muito grande, porém muito afiada. Nos casos anteriores, evitei opinar sobre isso, mas, depois de ver os moldes das incisões, creio que ele usou o mesmo instrumento nas três ocasiões.

Paola atentou bem para essa conclusão.

— *Dottoressa* — disse Fowler. — Acha que existe alguma possibilidade de Karoski tentar algo durante o funeral de Wojtyla?

— O diabo é que eu não sei. A segurança ao redor da Domus Sanctæ Marthæ deve ter sido reforçada...

— Claro — vangloriou-se Dante. — Eles estão tão confinados que nem sequer saberão se é dia ou noite sem olhar a hora.

— ... embora a segurança também fosse bem elevada antes, e pouco tenha adiantado. Karoski demonstrou recursos e sangue-frio inacreditáveis. Sinceramente, não faço idéia. Não sei se vai tentar alguma coisa, mas duvido. Neste último crime, ele não pôde completar seu ritual nem nos deixar uma mensagem sangrenta, como fez nos outros dois casos.

— O que significa que perdemos uma pista — lamentou Fowler.

— Sim, mas ao mesmo tempo essa circunstância deveria deixá-lo nervoso e vulnerável. Só que, com esse veado, nunca se sabe.

— Teremos de estar muito atentos para proteger os cardeais — disse Dante.

— Não só para protegê-los, mas para procurá-lo. Mesmo que não tente nada, ele estará ali, olhando para nós e rindo. Eu apostaria meu próprio pescoço nisso.

Praça de São Pedro

Sexta-feira, 8 de abril de 2005. 10h15

O funeral de João Paulo II transcorreu com tediosa normalidade. Foi tão normal quanto pode ser o funeral do líder religioso de mais de 1 bilhão de pessoas, ao qual assistem vários chefes de Estado e algumas das cabeças coroadas mais importantes da Terra. Mas não só eles estavam ali. Centenas de milhares de pessoas abarrotavam a praça de São Pedro, e atrás de cada um daqueles rostos havia uma história que tremeluzia nos olhos do dono como um fogo atrás das grades da lareira.

Um deles era o de Andrea Otero. Ela não viu Robayra em parte alguma. Do terraço onde se encarapitou, junto com outros colegas de uma equipe de tevê alemã, a jornalista descobriu três coisas. Uma, que, olhando fixamente com binóculo, em meia hora ganha-se uma terrível dor de cabeça. Duas, que as nucas de todos os cardeais parecem iguais. E três, que só havia 112 purpurados sentados naquelas cadeiras. Andrea conferiu várias vezes. E a lista de eleitores que ela mantinha aberta em cima dos joelhos proclamava que deviam ser 115.

Se conhecesse os pensamentos que ocupavam Andrea Otero, o inspetor geral Camilo Cirin não ia gostar nem um pouco. Mas já lhe bastavam seus próprios (e graves) problemas. Viktor Karoski, o assassino serial de cardeais, era um deles. No entanto Karoski não lhe causou nenhum problema durante o funeral: quem o fez foi um avião não identificado, ao invadir o espaço aéreo do Vaticano em plena celebração. A angústia que durante alguns momentos dominou Cirin, quando ele recordou os atentados de 11 de setembro, não foi menor que a dos pilotos dos três caças que saíram em perseguição ao invasor. Por sorte, o alívio chegou minutos depois, quando se descobriu que o piloto do avião não identificado era um macedônio que havia cometido um engano. O episódio levou ao limite os nervos do inspetor geral. Mais tarde, um subordinado comentaria que pela primeira vez, em 15 anos sob as ordens de Cirin, havia escutado o chefe levantar a voz.

Outro subordinado de Cirin, Fabio Dante, estava em meio ao público. Amaldiçoava sua sorte, porque as pessoas se apinhavam à passagem do féretro do papa Wojtyla, e muitas gritavam: "*Santo subito!* ", bem nos seus ouvidos. Desesperadamente, ele tentava ver acima dos cartazes e das cabeças, procurando um frade carmelita com barba abundante. Não foi Dante quem mais se alegrou com o fim da cerimônia, mas quase.

O padre Fowler foi um dos muitos sacerdotes que distribuíram a comunhão entre o público, e, em mais de uma ocasião, acreditou ver a cara de Karoski na pessoa que ia receber de suas mãos o corpo de Cristo. Enquanto centenas de pessoas desfilavam à sua frente para receber Deus, Fowler rezava por dois motivos: um era a causa que o levara a Roma; outro, pedir luz e força ao Todo-Poderoso ante o que ele havia encontrado na Cidade Eterna.

Ignorando que Fowler pedia ajuda ao Criador em boa parte por causa dela, Paola perscrutava, da escadaria de São Pedro, os rostos da multidão. Colocara-se num canto, mas não rezou. Nunca o fazia. Também não olhava as pessoas com muita atenção: depois de algum tempo, todos os rostos lhe pareciam iguais. O que ela fazia era pensar nos motivos de um monstro.

O doutor Boi se situou diante de vários monitores de tevê junto com Angelo, o escultor forense da UACV. Recebiam ao vivo, antes da edição, as imagens captadas pelas câmeras da RAI instaladas acima da praça. Ali montaram os dois sua própria caçada, da qual obtiveram uma dor de cabeça semelhante à de Andrea Otero. Do "engenheiro", como Angelo continuava a chamá-lo em sua afortunada ignorância, nem rastro.

Na esplanada, agentes do serviço secreto de George Bush se atracaram com agentes da *Vigilanza*, quando estes não lhes permitiram entrar na praça. Para quem conhece, ainda que somente de ouvido, o trabalho do serviço secreto, soará insólito que durante aquele dia eles ficassem de fora. Ninguém, nunca, em lugar algum, lhes havia negado passagem tão categoricamente. Lá da *Vigilanza*, a permissão lhes foi recusada. E, por mais que insistissem, eles realmente ficaram de fora.

Viktor Karoski assistiu ao funeral de João Paulo II com suma devoção, rezando em voz alta. Cantou com voz bela e profunda, nos momentos apropriados. Derramou uma lágrima muito sincera. Fez planos para o futuro.

Ninguém atentou para ele.

Sala de imprensa do Vaticano

Sexta-feira, 8 de abril de 2005. 18h25

Andrea Otero chegou com a língua de fora à coletiva de imprensa. Não só pelo calor, mas também porque, tendo esquecido a credencial no hotel, para buscá-la tivera de pedir ao espantado taxista que desse meia-volta. O descuido não chegou a ser crítico, porque ela havia saído com uma hora de antecedência. Queria chegar antes do tempo para poder falar com o porta-voz do Vaticano, Joaquín Balcells, sobre a "evaporação" do cardeal Robayra. Todas as tentativas que fizera para localizá-lo tinham sido infrutíferas.

A sala de imprensa ficava num anexo ao grande auditório construído durante o papado de João Paulo II. Um edifício moderníssimo, com mais de 6 mil assentos de capacidade, e que às quartas-feiras, dia da audiência do Santo Padre, estava sempre lotado. A porta de entrada dava diretamente para a rua e ficava bem ao lado do palácio do Sant'Uffizio.

A sala em si era um aposento com assentos para 185 pessoas. Andrea havia imaginado que, chegando 15 minutos antes da hora, conseguiria um bom lugar para se sentar, mas era evidente que mais de trezentos jornalistas tinham tido a mesma idéia. Também não era muito surpreendente que a sala ficasse pequena. Havia 3.042 veículos de comunicação, de noventa países, credenciados para cobrir o funeral, celebrado naquela manhã, e o conclave. Mais de 2 bilhões de seres humanos, metade deles constituída de católicos, haviam se despedido do falecido papa no conforto de suas salas de estar. "E eu estou aqui. Eu, Andrea Otero." Ah, se suas colegas da faculdade de jornalismo pudessem vê-la agora!

Bom, estava na coletiva na qual iriam explicar como transcorreria o conclave. Mas sem lugar para se sentar. Encostou-se como pôde, perto da porta. Aquela era a única entrada. Portanto, quando Balcells chegasse, ela poderia abordá-lo.

Repassou calmamente suas anotações sobre o porta-voz. Era um médico transformado em jornalista. Numerário do Opus Dei, nascido em Cartagena e, segundo todos os dados, um indivíduo sério e muito frio. Estava prestes a completar 70 anos, e as fontes extra-oficiais (nas quais Andrea confiava de pés juntos) o apontavam como uma das pessoas mais poderosas do Vaticano. Havia anos, recebia dos próprios lábios do papa as informações e lhes dava forma perante o grande público. Se decidisse que uma coisa era secreta, secreta ela seria. Com Balcells, não havia margem para vazamentos. Seu currículo era impressionante. Andrea leu a relação de prêmios e medalhas que lhe haviam outorgado: comendador disto, condecoração daquilo, grã-cruz daquilo outro... As distinções, uma por linha, preenchiam duas páginas. Balcells não parecia um osso fácil de roer.

"Mas eu tenho dentes duros, ora se tenho." Estava ocupada, tentando escutar seus pensamentos por cima do burburinho crescente, quando a sala explodiu numa cacofonia atroz.

Primeiro foi um só, como a gota solitária que anuncia o chuvisco. Em seguida, três ou quatro. Depois, veio o grande concerto de zumbidos e toques diferentes.

Parecia que dezenas de celulares soavam ao mesmo tempo. O estrépito durou apenas 40 segundos. Todos os jornalistas puxaram seus aparelhos e balançaram a cabeça. Ouviram-se algumas reclamações em voz alta.

— Quinze minutos de atraso, rapazes. Nesse ritmo, não teremos tempo de editar.

Andrea escutou umas palavras em castelhano a poucos metros dali. Abriu caminho a cotoveladas e comprovou que a voz era de uma colega de pele bronzeada e traços delicados. Pelo sotaque, deduziu que a moça era mexicana.

— Oi, como vai? Sou Andrea Otero, de *El Globo*. Poderia me dizer por que todos os celulares tocaram ao mesmo tempo?

A mexicana sorriu e mostrou seu telefone.

— Olhe aqui: mensagem da assessoria de imprensa do Vaticano. Eles nos enviam um SMS sempre que há uma notícia importante.

O único problema é que isso incomoda, quando estamos todos juntos. Desta vez, estão avisando que o senhor Balcells vai demorar um pouco.

Andrea se admirou com a inteligência da medida. Transmitir informação a milhares de jornalistas não podia mesmo ser algo simples.

— Não me diga que não se registrou no serviço de celulares — admirou-se a mexicana.

— Pois é... ainda não. Ninguém me avisou de nada.

— Bom, não se preocupe. Está vendo aquela moça ali?

— A ruiva?

— Não, a de blazer cinza, com uma pasta na mão. Vá falar com ela e peça que anote seu nome no serviço de celulares. Em menos de meia hora você estará na base de dados deles.

Andrea assim o fez. Aproximou-se da jovem e, num italiano capenga, passou-lhe todos os seus dados. A moça lhe pediu a credencial e inseriu o número do celular de Andrea numa agenda eletrônica.

— Está conectada com a central — explicou, exibindo, com um sorriso cansado, seu conhecimento em tecnologia. — Em que idioma prefere receber as comunicações do Vaticano?

— Em espanhol.

— Espanhol tradicional ou variante de algum país de fala hispânica?

— O de toda a vida — retrucou Andrea em castelhano.

— *Scusi?* — estranhou a outra, em perfeito (e desdenhoso) italiano.

— Desculpe. Em espanhol tradicional, por favor.

— Daqui a uns cinqüenta minutos a senhorita estará incluída no serviço. Só é preciso que assine este impresso, por gentileza, autorizando-nos a lhe enviar a informação.

A jornalista rabiscou seu nome no final da folha que a moça havia tirado da pasta, quase sem olhar para ela, agradeceu e se despediu.

Voltou ao seu lugar e tentou ler mais alguma coisa sobre Balcells, mas um rumor anunciou a chegada do porta-voz. Andrea dirigiu sua atenção para a porta principal, mas o espanhol tinha entrado por uma porta pequena, oculta atrás do estrado sobre o qual se encontrava agora. Com expressão calma, ele fingia organizar suas anotações, dando tempo a que os operadores de câmera o enquadrassem e os jornalistas se acomodassem.

Andrea amaldiçoou sua má sorte e abriu caminho a cotoveladas até o estrado, onde o porta-voz aguardava atrás de uma bancada. A duras penas, conseguiu alcançá-lo. Enquanto os outros colegas se sentavam, ela se aproximou de Balcells.

— Senhor Balcells, eu sou Andrea Otero, do jornal *El Globo*. Tentei localizá-lo a semana inteira, sem sucesso...

— Depois.

O porta-voz nem sequer a olhou.

— O senhor não entendeu, eu preciso confirmar uma informação...

— Eu disse depois, senhorita. Já vamos começar.

Andrea estava atônita. Em nenhum momento Balcells lhe dirigira o olhar, e aquilo a enfurecia. Estava por demais acostumada a subjugar os homens com o brilho de seus dois faróis azuis.

— Mas, senhor Balcells, quero lhe lembrar que pertenço a um importante jornal espanhol...

Ao dizer que representava um veículo espanhol, ela tentava ganhar tempo, mas de nada adiantou. O outro fitou-a pela primeira vez, e em seus olhos havia gelo.

— Como disse que se chama?

— Andrea Otero.

— De que publicação?

— *El Globo.*

— E onde está Paloma?

Paloma, a correspondente oficial para assuntos vaticanos. Aquela que casualmente fora passar uns dois dias na Espanha e fizera a gentileza de sofrer um acidente de carro, não mortal, para ceder seu lugar a Andrea. Mau sinal, isso de Balcells perguntar por ela. Mau sinal.

— Bem... Paloma não veio, teve um problema...

Balcells franziu o cenho como só um ancião numerário do Opus Dei é fisicamente capaz de fazer. Andrea recuou um pouco, surpreendida.

— Jovenzinha, observe essas pessoas que estão aí atrás, por favor — disse Balcells, apontando as abarrotadas filas de cadeiras. — São seus colegas da CNN, da BBC, da Reuters e de mais uns cem veículos de comunicação. Alguns deles já eram jornalistas credenciados no Vaticano antes de a senhorita nascer. E todos aguardam que a coletiva comece. Faça o favor de ocupar seu lugar agora mesmo.

Andrea se voltou, encabulada, as faces em brasa. Os repórteres da primeira fila sorriam com ironia. Alguns pareciam tão velhos como a tal colunata de Bernini. Enquanto tentava retornar ao fundo da sala, onde havia deixado a pasta que continha seu *laptop*, ouviu Balcells gracejar em italiano com alguém da primeira fila. Às suas costas soaram umas gargalhadas ocas, quase desumanas. Andrea não teve a menor dúvida de que era o alvo da brincadeira. Mais rostos se voltaram para olhá-la e ela enrubesceu até as orelhas. De cabeça baixa, braços estendidos para abrir caminho pelo estreito corredor até a porta, parecia estar nadando num mar de corpos. Quando finalmente chegou ao seu lugar, não se limitou a pegar o *laptop* e retornar: simplesmente esgueirou-se pela saída. A moça que havia anotado seus dados segurou-a um instante pelo braço e avisou:

— Não esqueça que, se sair, não poderá entrar de novo, até a coletiva acabar. A porta fica fechada. Como sabe, essa é a norma.

"Como no teatro", pensou Andrea. "Exatamente como no teatro."

Soltou-se do puxão da moça e saiu sem dizer palavra. A porta se fechou às suas costas com um som que não serviu para expulsar a vergonha da alma de Andrea, mas pelo menos aliviou-a em parte. Ela sentia uma necessidade desesperada de um cigarro e o procurou como louca nos bolsos de sua elegante jaqueta, até que seus dedos toparam com a caixinha de pastilhas de menta que lhe serviam de consolo na falta de sua amiga nicotina. Então se lembrou de que havia abandonado o cigarro na semana anterior.

"Excelente momento para deixar de fumar."

Puxou a caixa de pastilhas de menta e pegou logo três. Tinham sabor de vômito fresco, mas pelo menos mantinham a boca ocupada. Contra o vexame, no entanto, de nada adiantavam.

Muitas vezes, no futuro, Andrea Otero recordaria aquele momento. Recordaria estar naquela porta, apoiada contra o umbral, tentando se tranqüilizar e maldizendo a si mesma por ser tão estúpida, por ter-se deixado envergonhar como uma adolescente.

Mas não o recordaria por esse detalhe. E sim porque a terrível descoberta, que por um triz não causou sua morte, e que a colocou em contato com o homem que mudaria sua vida, aconteceu porque, antes de sair correndo, ela decidiu esperar que as pastilhas de menta se dissolvessem em sua boca. Simplesmente para se acalmar um pouco. Quanto tempo demora uma pastilha de menta para se dissolver? Não muito. Para Andrea, no entanto, foi uma eternidade, porque todo o seu corpo lhe pedia para voltar ao quarto do hotel e meter-se embaixo dos lençóis. Ela, porém, obrigou-se a isso, ainda que fosse só para não ver a si mesma fugindo vencida, de rabo entre as pernas.

Mas aquelas três pastilhas de menta viriam a mudar sua vida (e, muito provavelmente, a história do mundo ocidental, mas disso nunca se poderá ter certeza, não é mesmo?), pelo simples fato de ela se encontrar no lugar certo.

Restavam apenas vestígios de menta, uma fina lâmina contra o céu da boca, quando um mensageiro dobrou a esquina da rua. Usava macacão laranja e boné, carregava uma bolsa e tinha muita pressa. Foi diretamente até Andrea.

— Desculpe, com licença, é aqui a sala de imprensa?

— Sim, aqui mesmo.

— Tenho uma entrega urgente para as seguintes pessoas: Michael Williams, da CNN, Bertie Hegrend, da RTL...

Andrea o interrompeu com voz de tédio.

— Não esquente, amigo. A coletiva já começou. O senhor vai ter de esperar uma hora.

O mensageiro olhou para ela com cara de alucinada incompreensão.

— Mas não pode ser. Disseram que eu...

A jornalista descobriu uma espécie de satisfação maligna em transferir seus problemas para outra pessoa.

— Sabe como é. São as normas.

O mensageiro passou a mão pelo rosto, em autêntico desespero.

— A senhorita não está entendendo. Eu já tive vários atrasos este mês. As entregas urgentes devem ser efetuadas dentro da hora seguinte à da coleta, ou não são cobradas. São dez envelopes, a 30 euros cada um. Se eu falhar nesta tarefa, minha agência poderá perder a rota do Vaticano, e certamente vou ser demitido.

Andrea amoleceu no ato. Ela era uma boa pessoa. Impulsiva, inconseqüente e caprichosa, certo. Às vezes obtinha seus propósitos com mentiras (e toneladas de sorte), certo. Mas era uma boa pessoa. Atentou para o nome do mensageiro, escrito num crachá que ele trazia pendurado no macacão. Essa era outra característica de Andrea. Ela sempre se dirigia às pessoas pelo nome.

— Escute, Giuseppe, lamento, mas, mesmo que quisesse, eu não poderia abrir para você. A porta só se abre por dentro. Se você olhar bem, vai ver que, deste lado, ela não tem maçaneta nem fechadura.

O outro soltou um bramido aflito e plantou os braços na cintura, um de cada lado da barriga proeminente, perceptível até sob o macacão. Estava tentando pensar. Olhou-a por baixo das pestanas. Andrea achou que o mensageiro lhe espiava os seios — como mulher, tinha essa desagradável experiência quase todo dia, desde que alcançara a puberdade —, mas logo percebeu que ele estava lendo a credencial que ela trazia pendurada ao pescoço.

— Escute, já sei. Vou deixar os envelopes com a senhorita, e pronto.

A credencial trazia o escudo do Vaticano, e o mensageiro devia estar pensando que ela trabalhava ali.

— Olhe, Giuseppe...

— Nada de Giuseppe, pode me chamar de Beppo — disse o outro, mexendo na bolsa.

— Beppo, eu realmente não posso...

— A senhorita tem de me fazer este favor. Não se preocupe em assinar, pode deixar que eu mesmo assino as entregas. Faço um rabisco diferente para cada um e pronto. Basta a senhorita me prometer que vai entregar os envelopes, assim que abrirem a porta.

— É que...

Mas Beppo, sem perder tempo, já lhe havia colocado nas mãos os dez envelopes.

— Cada um traz o nome do jornalista a quem se destina. O cliente tinha certeza de que todos estariam aqui, não se preocupe. Bom, eu vou andando, que ainda preciso fazer uma entrega no *Corpo di Vigilanza* e outra na Via Lamarmora. Até logo, e muito obrigado pela gentileza, moça.

E, antes de Andrea poder replicar alguma coisa, o curioso indivíduo deu meia-volta e foi saindo.

Andrea ficou olhando os dez envelopes, meio confusa. Eram dirigidos aos correspondentes dos dez veículos de comunicação mais importantes do mundo. Andrea conhecia a reputação de quatro deles e, dentro da sala de imprensa havia reconhecido pelo menos dois.

Os envelopes eram de tamanho meio-ofício, idênticos em tudo, exceto pelos nomes dos destinatários. O que lhe despertou o instinto jornalístico e disparou todos os seus alarmes foi a frase que se repetia em todos. No canto superior esquerdo estava escrito à mão:

EXCLUSIVO – VEJA IMEDIATAMENTE

Durante pelo menos cinco segundos, isso constituiu para Andrea um impasse moral, que ela resolveu com uma pastilha de menta. Olhou à esquerda e à direita. A rua estava deserta, não havia testemunhas de um possível crime postal. Ela escolheu um dos envelopes, ao acaso, e abriu-o com cuidado.

"Simples curiosidade."

Dentro do envelope, apenas dois objetos. Um era um DVD da marca Blusens, com a mesma frase do envelope, só que escrita na face de cima com hidrográfica indelével. O outro era uma nota, escrita em inglês:

> O conteúdo deste disco é de importância capital. Provavelmente, será a notícia mais importante do ano e talvez do século. Haverá quem tente silenciá-la. Veja quanto antes o disco e difunda o conteúdo o mais depressa possível. Padre Viktor Karoski.

Andrea cogitou da possibilidade de que aquilo fosse uma brincadeira. Só havia uma forma de averiguar. Tirou o *laptop* da pasta, ligou-o e introduziu o disco na unidade. Amaldiçoou o sistema operacional em todos os idiomas que conhecia — espanhol, inglês e um miserável italiano de manual — e, quando finalmente conseguiu acioná-lo, comprovou que o DVD era um filme.

Só viu os primeiros quarenta segundos, antes de sentir vontade de vomitar.

Sede central da UACV
Via Lamarmora, 3

Sábado, 9 de abril de 2005. 01h05

Depois de procurar Fowler por toda parte, Paola não se surpreendeu nem um pouco ao encontrá-lo ali embaixo, com a arma na mão, o paletó do *clergyman* meticulosamente dobrado sobre uma cadeira, o cabeção na prateleira da cabine de tiro, as mangas da camisa arregaçadas. O sacerdote havia colocado os protetores de ouvido, e Paola, antes de se aproximar, esperou que ele esvaziasse um carregador. Sentia-se fascinada pela expressão de concentração, pela postura de disparo absolutamente perfeita. As mãos eram muito fortes, embora o dono já tivesse completado meio século. O cano da arma apontava para a frente sem se desviar um só milímetro depois de cada tiro, como se estivesse incrustado numa rocha.

A criminologista o viu esvaziar não um, mas três carregadores. Fowler atirava devagar, sem pressa, semicerrando os olhos, a cabeça levemente inclinada para o lado. Finalmente, percebeu que ela estava ali na sala de treinamento. Esta consistia em cinco cabines separadas por grossas paredes de madeira, das quais partiam cabos de aço. Dos cabos pendiam os alvos, que podiam ser afastados até o máximo de 40 metros, mediante um sistema de polias.

— Boa-noite, *dottoressa.*

— Hora um pouco estranha para praticar, não acha?

— Eu não queria ir para o hotel. Sabia que esta noite não conseguiria dormir.

Paola assentiu. Compreendia perfeitamente. Ficar de pé durante o funeral, sem fazer nada, tinha sido terrível. Aquela seria uma noite de insônia garantida. Ela morria de vontade de fazer algo útil.

— Onde está meu caro amigo, o superintendente? — quis saber Fowler.

— Ah, recebeu um chamado urgente. Estávamos comentando o laudo da autópsia de Cardoso quando ele saiu correndo e me deixou falando sozinha.

— Muito próprio dele.

— Sim. Mas não vamos falar disso... Vejamos como o senhor se saiu no treino, padre.

A criminologista apertou o botão que aproximava o alvo de papel, o qual trazia a silhueta de um homem pintada em negro, com um círculo branco no centro do peito. O alvo demorou a chegar, porque Fowler o situara na distância máxima. Paola não se surpreendeu ao ver que quase todos os orifícios estavam dentro do círculo, e sim ao constatar que um deles estava fora. Sentiu-se decepcionada com o fato de o sacerdote não ter acertado todos os tiros, como fariam os protagonistas dos filmes de ação.

"Mas ele não é um herói de filme de ação. É um ser de carne e osso. Inteligente, culto e muito bom atirador. De certo modo, esse disparo falhado o humaniza."

Fowler seguiu a direção do olhar de Paola e riu, divertido, de seu próprio erro.

— Estou meio sem prática, mas ainda gosto muito de atirar. É um esporte excepcional.

— Desde que seja apenas um esporte.

— Ainda não confia em mim, não é, *dottoressa*?

Paola não respondeu. Estava gostando de ver Fowler ali, sem o rígido cabeção, vestido só com uma camisa arregaçada e uma calça preta. Mas, de vez em quando, as fotos de El Aguacate que Dante lhe mostrara vinham à sua cabeça, como bonecos de borracha numa banheira.

— Não, padre. Não totalmente. Mas quero confiar no senhor. Isso é suficiente?

— Terá de ser.

— Onde conseguiu a pistola? A esta hora, a armaria está fechada.

— Ah, o diretor Boi me emprestou a dele. Disse que há tempos não a utiliza.

— Infelizmente, é verdade. O senhor deveria ter conhecido esse homem três anos atrás. Era um grande profissional, um grande cientista.

Continua sendo, mas antes a curiosidade brilhava nos olhos dele, e agora esse brilho se apagou. Foi substituído pela ansiedade do burocrata.

— O que há em sua voz é amargura ou nostalgia, *dottoressa*?

— Um pouco das duas.

— Demorou muito a esquecê-lo?

Paola fingiu assombro.

— Como assim?

— Ora, vamos, não se ofenda. Vi como ele cria espaços de ar sólido entre os dois. Boi mantém distâncias à perfeição.

— Lamentavelmente, ele faz isso muito bem.

A criminologista hesitou por um momento antes de continuar. Experimentou de novo aquela sensação de vazio no estômago, que às vezes se produzia quando ela olhava Fowler. A sensação de montanha-russa. Devia confiar nele? Com triste e amortecida ironia, pensou que, afinal, ele era um sacerdote e estava muito habituado a ver o lado mais rasteiro das pessoas. Tanto quanto ela, diga-se de passagem.

— Boi e eu tivemos um romance. Breve. Não sei se ele deixou de gostar de mim ou se simplesmente eu atrapalhava seus anseios de promoção.

— Mas a senhorita prefere a segunda hipótese.

— Eu gosto de me enganar. Nisso e em muitas outras coisas. Sempre digo a mim mesma que vivo com minha mãe para protegê-la, mas, na realidade, sou eu que preciso de proteção. Suponho que por isso me apaixono por pessoas fortes, mas inadequadas. Pessoas com quem não posso ficar.

Fowler não respondeu. Ela havia sido claríssima. Os dois se fitaram muito de perto, em silêncio, durante alguns minutos.

Paola estava absorta nos olhos verdes do padre Fowler, conhecendo intimamente os pensamentos dele. Ao fundo, achou que escutava um som insistente, mas não prestou atenção. Foi preciso que o sacerdote a alertasse.

— É melhor atender, *dottoressa.*

E então Paola se deu conta de que aquele ruído incômodo vinha do seu próprio celular, que já começava a soar freneticamente. Atendeu à ligação e se enfureceu por um instante.

— Vamos, padre. Era do laboratório. Esta tarde, alguém nos enviou um pacote por mensageiro. No remetente figurava o nome de Maurizio Pontiero.

Sede central da UACV
Via Lamarmora, 3

Sábado, 9 de abril de 2005. 01h25

— Este pacote chegou há quase quatro horas. Posso saber por que ninguém verificou logo o que ele continha?

Boi a fitou, paciente, mas um tanto aborrecido. Era muito tarde para agüentar más-criações de uma subordinada. Ainda assim se conteve, enquanto recolhia a pistola que Fowler acabara de lhe devolver.

— O envelope veio no seu nome, Paola, e a senhorita estava no necrotério quando ele chegou. A moça da recepção o deixou junto com a minha correspondência, e eu demorei a vê-lo. Quando me dei conta do nome do remetente, acionei as pessoas, o que, a esta hora, é demorado. Os primeiros que chamei foram os peritos em explosivos. Não encontraram nada suspeito no envelope. Quando descobri do que se tratava, chamei a senhorita e Dante, mas o superintendente não se acha em lugar nenhum. E Cirin não atende ao telefone.

— Devem estar dormindo. É madrugada, pelo amor de Deus.

Encontravam-se na sala de datiloscopia, um recinto estreito, repleto de lâmpadas de teto e focos de luz. O cheiro do pó para impressões digitais estava em toda parte. Certos peritos adoravam aquele aroma — um deles até garantia que o aspirava antes de encontrar-se com a namorada, porque, segundo ele, o pó era afrodisíaco —, mas Paola o detestava. O odor lhe dava vontade de espirrar e as manchas grudavam na roupa escura, necessitando várias lavagens para desaparecer.

— Bom, já sabemos ao certo se esta correspondência foi mandada por Karoski?

Fowler estava estudando a letra com que o remetente escrevera o endereço. Segurava o envelope com os braços um pouco estendidos. Paola desconfiou de que, de perto, ele talvez não enxergasse bem. Certamente, em breve precisaria usar óculos para ler, e ela se perguntou como lhe cairiam.

— Esta é a letra dele, sem dúvida. E a brincadeira macabra de incluir o nome do subinspetor também parece própria de Karoski.

Paola recolheu o envelope das mãos de Fowler e o colocou sobre a grande mesa que ocupava a sala. O tampo, inteiramente de vidro, era iluminado por baixo. Sobre ele estava o conteúdo do envelope, dentro de sacos plásticos transparentes.

— Este bilhete traz as impressões digitais dele. É dirigido à senhorita Dicanti.

A inspetora segurou diante dos olhos o saco que continha o bilhete, escrito em italiano, e o leu em voz alta, através do plástico.

> Querida Paola,
>
> Que saudade eu tenho de você! Estou em Mc 9, 48. O ambiente é muito aquecido e confortável. Espero que você possa vir nos visitar o mais depressa possível. Até lá, segue um vídeo das minhas férias.
>
> Beijos,
>
> MAURIZIO

Paola não conseguiu evitar um estremecimento, mescla de ira e horror. Tentou conter as lágrimas, forçando-se a deixá-las lá dentro. Não ia chorar diante de Boi. Diante de Fowler, talvez, mas não de Boi. Diante de Boi, nunca.

— Padre Fowler?

— Marcos, capítulo 9, versículo 48: "Onde o verme não morre e o fogo não se apaga."

— O inferno.

— Exato.

— Maldito filho-da-puta.

— Não há nenhuma alusão à perseguição que fizemos horas atrás. É bem possível que o bilhete tenha sido redigido antes. O disco foi gravado ontem de manhã, segundo a data que consta nos arquivos no seu interior.

— Sabemos o modelo de câmera ou o computador com que foi gravado?

— Com o programa que ele utilizou, esses dados não ficam registrados em disco. Só a hora, o programa e a versão do sistema operacional. Nenhum número de série, nenhum código, nada que possa servir para identificar o equipamento emissor.

— Impressões digitais?

— Duas, parciais. As duas são de Karoski. Mas nem seriam necessárias. Ver o conteúdo já seria suficiente.

— Então o que está esperando? Ponha o DVD, Boi.

— Padre Fowler, dá licença um momentinho?

O sacerdote logo percebeu a situação. Fitou Paola nos olhos. Ela lhe fez um leve aceno, para dizer que tudo estaria bem.

— Claro. Café para três, *dottoressa* Dicanti?

— O meu com dois tabletes, por favor.

Boi esperou que Fowler saísse da sala antes de tomar Paola pela mão. Paola não gostou do toque, excessivamente carnoso e úmido. Muitas vezes havia desejado sentir de novo aquelas mãos sobre seu corpo e odiado o dono delas por seu desprezo e sua indiferença. Mas nesse momento não restavam nem as brasas daquele fogo, extinto minutos antes num oceano verde. Restava apenas o orgulho, que a inspetora tinha de sobra. Não iria ceder à chantagem emocional do diretor. Sacudiu o braço, e ele soltou sua mão.

— Paola, eu só quero avisá-la. O que você vai ver será muito doloroso.

A criminologista lhe dirigiu um sorriso duro, sem humor, e cruzou os braços. Queria manter as mãos o mais longe possível do contato dele. Por via das dúvidas.

— Voltou de repente a me tratar por você? Estou muito acostumada a ver cadáveres, Carlo.

— Mas não os dos seus amigos.

O sorriso tremeu no rosto de Paola como um trapo ao vento, mas seu ânimo não vacilou nem um segundo.

— Ponha o vídeo, diretor Boi.

— É assim que você quer as coisas? Tudo poderia ser muito diferente.

— Não sou uma boneca para você me tratar como lhe der na telha. Você me rejeitou porque eu era perigosa para sua carreira. Preferiu voltar à confortável infelicidade com sua mulher. Agora, eu prefiro minha própria infelicidade.

— Por que agora, Paola? Por que agora, depois desse tempo todo?

— Porque antes não tive forças. Mas agora tenho.

Ele passou a mão pelos cabelos. Começava a entender.

— Você nunca poderá tê-lo, Paola. Embora seja o que ele quer.

— Talvez você esteja certo. Mas é a minha decisão. Você já tomou a sua faz tempo. Eu preferiria ceder aos olhares obscenos de Dante.

Boi fez uma careta de asco ante a comparação. Paola se regozijou ao perceber que o ego do diretor guinchava de raiva. Havia sido um pouco dura com ele, mas seu chefe merecia, por tê-la tratado todos aqueles meses como se ela fosse uma bosta.

— Como preferir, *dottoressa* Dicanti. Serei outra vez o chefe irônico e a senhorita, a bela romancista.

— Pode acreditar, Carlo. Assim é melhor.

Boi sorriu, triste e despeitado.

— De acordo, então. Vejamos o DVD.

Como se dispusesse de um sexto sentido (e, a essa altura, Paola já estava certa de que ele o tinha), o padre Fowler chegou com uma bandeja de algo que só poderia passar por café se o consumidor jamais tivesse provado essa infusão em sua vida.

— Pronto, tomem. Veneno de máquina com cafeína. Devo supor que já podemos recomeçar a reunião?

— Claro, padre — respondeu Boi. Fowler o estudou dissimuladamente. Boi parecia mais triste, mas o sacerdote também detectou um tom diferente na voz dele. Alívio, talvez? E achou Paola mais forte. Menos insegura.

O diretor calçou umas luvas de látex e tirou o disco do saco plástico. O pessoal do laboratório tinha trazido da sala de repouso uma mesinha com rodas, na qual havia um televisor de 27 polegadas e um DVD player, dos baratos. Boi preferia ver a gravação ali, já que na sala de reunião as paredes eram de vidro, e seria como mostrá-la a todos os que passassem pelo corredor. A essa altura, os rumores sobre o caso que Boi e Dicanti estavam investigando circulavam por todo o edifício, mas nenhum se aproximava da verdade. Nem de longe.

O DVD começou a rodar. O filme iniciou logo, sem títulos nem nada parecido. O estilo era tosco, a câmera se movia histericamente e a iluminação era lamentável. Boi tinha ajustado quase ao máximo o brilho do aparelho de tevê.

— *Boa-noite, almas do mundo.*

Paola teve um sobressalto ao escutar a voz de Karoski, a voz que a atormentara com aquele telefonema após a morte de Pontiero. Na tela, porém, ainda não se via nada.

— *Esta é uma gravação de como eu vou eliminar da face da Terra os homens mais santos da Igreja, realizando o trabalho das trevas. Meu nome é Viktor Karoski, sacerdote renegado do culto romano. Durante anos abusei de meninos, protegido pela estupidez e pela conivência dos meus antigos chefes. Por esses méritos, fui escolhido por Lúcifer em pessoa para a tarefa, neste momento em que nosso inimigo, o Carpinteiro, escolhe seu representante nesta bola de barro.*

A tela passou do negro absoluto para uma penumbra. Na imagem aparecia um homem ensangüentado, com a cabeça caída, atado ao que pareciam ser as colunas da cripta de Santa Maria in Traspontina. Dicanti quase não conseguiu reconhecê-lo como o cardeal Portini, a primeira vítima. Aquele cujo cadáver eles nem sequer tinham visto, porque a *Vigilanza* o incinerara. Portini gemia baixinho, e tudo o que se via de Karoski era a ponta de uma faca que roçava a carne do braço esquerdo do cardeal.

— *Este é o cardeal Portini, cansado demais para gritar. Portini fez muito bem ao mundo, e meu Amo abomina sua carne fétida. Agora, os senhores verão como eu acabo com sua miserável existência.*

A faca encostou na garganta e cortou-a de um só talho. A tela voltou a escurecer, para em seguida mostrar uma nova vítima atada ao mesmo lugar. Era Robayra, e estava muito assustado.

— *Este é o cardeal Robayra, cheio de medo. Tinha uma grande luz dentro de si. É hora de devolver essa luz ao seu Criador.*

Dessa vez Paola precisou afastar a vista. A câmera mostrou como a faca esvaziava as órbitas de Robayra. Uma solitária gota de sangue salpicou a lente. Era o espetáculo mais horrendo que a criminologista havia contemplado algum dia, e ela sentiu que seu estômago se revirava. A imagem mudou de novo e mostrou o que ela temia ver.

— *Este é o subinspetor Pontiero, um seguidor do pescador. Foi colocado à minha procura, mas nada pode contra a força do Pai das Trevas. Agora, o subinspetor sangrará devagarinho.*

Pontiero encarava diretamente a câmera, e seu rosto não era seu rosto. Tinha os dentes apertados, mas a força dos seus olhos não se extinguira. A faca lhe cortou a garganta muito lentamente, e Paola voltou a desviar a vista.

— *Este é o cardeal Cardoso, amigo dos deserdados da Terra, dos piolhos e das pulgas. Seu amor era para meu Dono tão repugnante quanto as entranhas apodrecidas de uma ovelha. Também morreu.*

Alto lá, ali havia uma discrepância. Em vez de imagens em movimento, viam-se fotografias do cardeal Cardoso em seu leito de dor. Havia ao todo três fotos, de tons esverdeados e desbotados. O sangue era de uma cor escura antinatural. As três fotos duravam na tela uns 15 segundos, cinco para cada uma.

— *Agora vou matar outro homem santo, o mais santo de todos eles. Haverá quem tente me impedir, mas o final dele será o mesmo que o destes que os senhores viram morrer diante dos seus olhos. A Igreja, covarde, escondeu tudo. Já não poderá continuar fazendo isso. Boa-noite, almas do mundo.*

O DVD parou com um zumbido, e Boi desligou a televisão. Paola estava branca. Fowler apertava os dentes com muita força, furioso. Os três permaneceram alguns minutos em silêncio. Era preciso recuperar a calma, depois de ver aquela brutalidade sanguinária. Paola, embora tivesse sido a mais afetada pela gravação, foi a primeira a falar.

— As fotografias. Por que fotografias? Por que não filme?

— Porque não podia — disse Fowler. — Porque na Domus Sanctæ Marthæ as câmeras não funcionavam, nem, em geral, "nada mais complicado do que a droga de uma lâmpada". Foi o que Dante disse.

— E Karoski sabia.

— O que me dizem da brincadeirinha da possessão diabólica?

A criminologista sentiu que, de novo, algo não se encaixava. Aquele DVD a lançava em direções totalmente diferentes. Ela precisava de uma boa noite de sono, de descanso e de um lugar tranqüilo onde pudesse se sentar para pensar. As palavras de Karoski, as pistas deixadas nos cadáveres, todo o conjunto tinha um fio condutor. Se o encontrasse, poderia puxar o novelo. Mas, até lá, era preciso ter tempo.

"E, claro, minha noite de sono vai para o caralho."

— Os devaneios histriônicos de Karoski com o demônio não são o que mais me preocupa — observou Boi, antecipando-se aos pensamentos de Paola. — O mais grave é que ele está nos retardando em detê-lo, antes de acabar com outro cardeal. E o tempo voa.

— Mas o que podemos fazer? — perguntou Fowler. — No funeral de João Paulo II, ele não deu sinal de vida. E, agora, os cardeais estão mais protegidos do que nunca; a Domus Sanctæ Marthæ está trancada a sete chaves, assim como o Vaticano.

Dicanti mordeu os lábios. Estava cansada de jogar segundo as regras daquele psicopata. Mas agora Karoski havia cometido um novo erro: deixara um rastro que eles poderiam seguir.

— Quem trouxe isto, diretor?

— Já encarreguei os rapazes de seguir a pista. Chegou por mensageiro. A agência foi a Tevere Express, uma empresa local que faz entregas no Vaticano. Não conseguimos falar com o chefe de rota, mas as câmeras do exterior do edifício captaram a placa da moto do mensageiro. Está registrada em nome de Giuseppe Bastina, de 43 anos. Ele mora lá pelos lados de Castro Pretorio, na Via Palestro.

— Não tem telefone?

— O telefone não consta da lista, e no serviço de auxílio não há nenhum número em nome dele.

— Talvez esteja no nome da esposa — observou Fowler.

— Pode ser. Mas, por enquanto, ele é nossa melhor pista. Portanto temos de dar um passeio. O senhor vem, padre?

— Agora mesmo, *dottoressa.*

Apartamento da família Bastina
Via Palestro, 31

Sábado, 9 de abril de 2005. 02h12

— Giuseppe Bastina?

— Sim, sou eu — disse o mensageiro. Causava uma curiosa impressão, de ceroulas e com um menino de nove ou dez meses nos braços. Àquela hora da madrugada, não era de estranhar que o bebê tivesse acordado com a campainha.

— Eu sou a *ispettrice* Paola Dicanti, e este é o padre Fowler. Não se preocupe, não há nenhum problema com o senhor, nem aconteceu nada a alguém de sua família. Queremos apenas lhe fazer umas perguntas muito urgentes.

Encontravam-se no patamar de uma casa modesta, mas muito bem-cuidada. Na porta, um capacho com a imagem de uma rã sorridente dava as boas-vindas aos visitantes. Paola imaginou que aquilo não os incluía, e acertou. Bastina estava bastante incomodado com a presença deles.

— Não dá para esperar até amanhã? O bebê precisa papar, a senhorita sabe, isso tem horário.

Paola e Fowler negaram com a cabeça.

— Vai ser só um momentinho. É o seguinte: o senhor fez uma entrega na tarde de hoje. Um envelope na Via Lamarmora. Está lembrado?

— Claro que me lembro, o que a senhorita acha? Tenho uma memória excelente — disse o homem, dando umas pancadinhas na têmpora com o indicador direito. O outro braço continuava ocupado com o bebê, que por sorte não chorava.

— Poderia nos dizer onde recolheu o envelope? É muito importante. Trata-se de uma investigação de assassinato.

— Ligaram para o escritório da Tevere Express, como sempre. Então me mandaram à agência dos Correios do Vaticano, para pegar uns envelopes em cima da mesa do contínuo.

Paola se surpreendeu.

— Mais de um envelope?

— Sim, eram 12 envelopes. O cliente pediu que, primeiro, entregássemos dez deles na sala de imprensa do Vaticano. Depois, outro na sede do *Corpo de Vigilanza* e, por último, o dos senhores.

— Ninguém lhe passou os envelopes? O senhor simplesmente os apanhou? — perguntou Fowler, com expressão aborrecida.

— Sim, a essa hora não há ninguém nos Correios, mas eles deixam a porta exterior aberta até as nove horas. Para o caso de alguém querer postar algo nas caixas de coleta internacional.

— E como foi feito o pagamento?

— Deixaram um envelope menor, em cima dos outros. Nesse envelope havia 370 euros, 360 para pagar o serviço urgente e 10 de gorjeta.

Paola ergueu os olhos para o céu, desesperada. Karoski havia pensado em tudo. Outro tremendo beco sem saída.

— O senhor não viu ninguém?

— Ninguém.

— E depois, fez o quê?

— O que a senhorita acha? Dei a volta até a sala de imprensa e depois retornei para entregar o envelope na *Vigilanza.*

— A quem estavam endereçados os envelopes da sala de imprensa?

— A vários jornalistas. Todos estrangeiros.

— E o senhor os distribuiu entre eles?

— Mas por que tantas perguntas? Eu sou um trabalhador sério. Espero que isto tudo não seja porque cometi um deslize hoje. Realmente, preciso desse emprego, por favor. Meu filho precisa comer, e minha mulher tem um bolo no forno. Ou seja, está grávida — esclareceu Bastina, ante os olhares perplexos dos visitantes.

— Escute, isto não tem nada a ver com o senhor, mas também não é uma brincadeira. Conte o que aconteceu e pronto. Se não, prometo que até o último policial de trânsito vai saber de memória a sua placa, senhor Bastina.

O homem se apavorou, e o bebê começou a chorar ante o tom de Paola.

— Tudo bem. Não fique assim ou vai assustar o menino. Não tem coração, senhorita?

Paola estava cansada e muito irritável. Lamentava ter falado com Bastina daquele jeito, na própria casa dele, mas só vinha encontrando obstáculos em sua investigação.

— Desculpe, senhor Bastina. Por favor, ajude-nos. É questão de vida ou morte, acredite.

O mensageiro abrandou o tom. Com a mão livre, coçou a barba incipiente, e com o outro braço embalou mansamente o menino para que ele parasse de chorar. O bebê se acalmou aos poucos, e o seu pai também.

— Entreguei os envelopes à encarregada da sala de imprensa, certo? As portas da sala já estavam fechadas, e para entregar em mãos eu teria de esperar uma hora. E as entregas especiais têm de ser efetuadas na hora seguinte à da coleta, ou não são cobradas. Tenho tido problemas no trabalho ultimamente, sabem? Se alguém souber que eu fiz isso, posso perder o emprego.

— Por nós, ninguém vai saber, senhor Bastina. Eu garanto.

Bastina fitou Paola e assentiu.

— Acredito, *ispettrice.*

— Sabe o nome da encarregada?

— Não, não sei. Ela usava um crachá com o escudo do Vaticano e uma faixa azul na parte superior. Estava escrito: "imprensa".

Fowler se afastou alguns metros pelo corredor junto com Paola e voltou a cochichar-lhe no ouvido, daquela maneira tão especial que ela adorava. Paola procurou se concentrar nas palavras dele, e não nas sensações que aquela proximidade lhe produzia. Não foi fácil.

— *Dottoressa*, o crachá que esse homem descreveu não é do pessoal do Vaticano. É uma credencial de imprensa. Os discos não chegaram aos seus destinatários. Sabe por quê?

Durante um segundo, Paola tentou pensar como um jornalista: imaginou que recebia um envelope numa sala de imprensa, rodeado de todos os veículos rivais.

— Não chegaram aos destinatários porque, se eles os tivessem recebido, o conteúdo estaria neste momento em todas as televisões do mundo. Se todos os envelopes tivessem sido entregues ao mesmo tempo, os repórteres não sairiam para checar a informação. Provavelmente, encurralariam ali mesmo o porta-voz do Vaticano.

— Exato. Karoski tentou divulgar seu próprio comunicado à imprensa, mas o tiro lhe saiu pela culatra, graças à pressa deste bom homem e à mais que presumível falta de honradez da pessoa que recebeu os envelopes. Ou muito me engano, ou ela abriu um dos envelopes e ficou com todos. Para que compartilhar essa boa sorte que lhe caiu do céu?

— Agora mesmo, em algum lugar de Roma, essa mulher está redigindo a notícia do século.

— E é muito importante sabermos quem é ela. O mais depressa possível.

Paola compreendeu o que significava a urgência nas palavras do sacerdote. Os dois voltaram para perto de Bastina.

— Por favor, senhor Bastina, descreva a pessoa que recebeu os envelopes.

— Bem, era muito bonita. Cabelo castanho-claro até os ombros, uns 25 anos... olhos azuis, jaqueta de cor clara e calça bege.

— Puxa, o senhor tem mesmo boa memória.

— Para as moças bonitas? — Bastina sorriu, entre malicioso e ofendido, como se questionassem seu valor. — Eu sou de Marselha, *ispettrice.* Enfim, ainda bem que minha mulher está na cama, porque se me ouvisse falar assim... Falta menos de um mês para o bebê nascer, e o médico recomendou repouso absoluto.

— Lembra-se de mais alguma coisa que pudesse servir para identificar a jovem?

— Bom, era espanhola, disso tenho certeza. O marido da minha irmã é espanhol e fala igualzinho, tentando imitar o sotaque italiano. A senhorita deve fazer uma idéia.

Paola fazia uma idéia, tanto disso quanto de que já era hora de ir andando.

— Lamentamos o incômodo.

— Não se preocupem. A única coisa que eu queria era não ter de responder duas vezes às mesmas perguntas.

Paola se virou, subitamente alarmada. Elevou a voz até transformá-la quase num grito.

— Já lhe perguntaram isso antes? Quem? Como era essa pessoa?

O menino voltou a chorar. O pai o embalava e tentava sossegá-lo, sem muito sucesso.

— Vão embora de uma vez, não vêem como fizeram meu *ragazzo* chorar?

— Responda e nós iremos — disse Fowler, tentando acalmar a situação.

— Era um colega dos senhores. Ele me mostrou o distintivo do *Corpo di Vigilanza*. Pelo menos, foi o que eu vi na identificação. Um homem baixo, de ombros largos. Com uma jaqueta de couro. Faz uma hora que ele saiu daqui. Agora, vão embora e não voltem.

Paola e Fowler se entreolharam, com os rostos crispados. Ambos correram até o elevador. Mantiveram um diálogo preocupado, enquanto chegavam à rua.

— Está pensando o mesmo que eu, *dottoressa*?

— Exatamente o mesmo. Dante desapareceu ali pelas oito da noite, dando uma desculpa.

— Depois de receber um telefonema.

— Porque, na *Vigilanza*, certamente já tinham aberto o pacote e ficado assombrados com o conteúdo. Como foi que não relacionamos antes os dois fatos? Droga, no Vaticano as placas dos veículos que entram são anotadas. É uma medida básica. E, se a Tevere Express trabalha habitualmente com eles, é evidente que seria fácil localizar todos os seus empregados, inclusive Bastina.

— Seguiram a pista dos pacotes.

— Se os jornalistas tivessem aberto todos os envelopes ao mesmo tempo na sala de imprensa, algum deles teria usado seu *laptop*. E a notícia explodiria. Não haveria como detê-los. Dez jornalistas famosos...

— Mas do jeito que as coisas aconteceram só uma jornalista sabe.

— Exato.

— Um é um número bastante manejável.

À mente de Paola vieram muitas histórias. Dessas que os policiais e outros agentes da lei em Roma cochicham aos ouvidos dos seus companheiros, em geral diante do terceiro copo. Lendas sombrias sobre desaparecimentos e acidentes.

— Acha possível que eles...?

— Não sei. É possível, sim. Vai depender da flexibilidade da jornalista.

— Padre, até o senhor me vem com eufemismos? O que o senhor está dizendo, e bem claramente, é que eles poderiam forçá-la a entregar o DVD.

Fowler não disse nada. Era um dos seus silêncios eloqüentes.

— Pois então, para o próprio bem dela, será melhor que a encontremos quanto antes. Entre no carro, padre. Temos de ir à UACV o mais rápido possível. Começar a perguntar nos hotéis, nas companhias aéreas...

— Não, *dottoressa*. Temos de ir a outro lugar — disse Fowler, dando-lhe um endereço.

— Isso fica do outro lado da cidade. O que vamos procurar lá?

— Um amigo. Ele pode nos ajudar.

Em certo lugar de Roma

Sábado, 9 de abril de 2005. 02h48

Paola dirigiu com algum receio até o endereço que Fowler lhe dera. Era um prédio de apartamentos. Tiveram de esperar na portaria, com o dedo grudado no interfone durante um bom tempo. Enquanto aguardavam, Paola perguntou a Fowler:

— Esse amigo... como o senhor o conheceu?

— Digamos que ele foi minha última missão, antes de eu deixar meu antigo emprego. Tinha 14 anos e era bastante rebelde. Desde então, fui... como dizer?... uma espécie de conselheiro espiritual para ele. Nunca perdemos o contato.

— E agora ele pertence à sua *empresa*, padre Fowler?

— *Dottoressa*, se a senhorita não me fizer perguntas comprometedoras, eu não terei de lhe contar mentiras plausíveis.

Cinco minutos depois, o amigo do sacerdote decidiu abrir. Era outro sacerdote. Muito jovem. Mandou-os entrar num pequeno conjugado, arrumado com móveis baratos, mas muito limpo. Havia duas janelas, ambas com as persianas completamente baixadas. Num canto do aposento ficava uma mesa de uns 2 metros de largura, coberta por cinco monitores de computador, daqueles de tela plana. Embaixo da mesa piscava uma centena de luzes, como um descontrolado bosque de árvores de Natal. No outro canto, uma cama desfeita evidenciava que seu ocupante a deixara minutos antes.

— Albert, quero lhe apresentar a *dottoressa* Paola Dicanti. Eu colaboro com ela.

— Padre Albert.

— Ah, por favor, só Albert. — O jovem sacerdote sorriu de forma agradável, embora seu sorriso fosse quase um bocejo. — Desculpem a desordem. Que diabos, Anthony, o que veio fazer aqui a esta hora? No momento, não estou com vontade de jogar xadrez. Aliás, você poderia ter me avisado de sua presença em Roma. Eu soube na semana passada de sua volta à ativa. Gostaria de ter sabido por você mesmo.

— Albert foi ordenado sacerdote no ano passado. É um jovem impulsivo, mas também um gênio dos computadores. E agora ele vai nos fazer um favor, *dottoressa.*

— Em que confusão você se meteu desta vez, seu velho maluco?

— Albert, por favor. Respeite a *dottoressa* aqui presente — disse Fowler, fingindo-se ofendido. — Queremos que você nos consiga uma lista.

— Qual?

— A lista de jornalistas credenciados para o Vaticano.

Albert ficou muito sério.

— Isso não é fácil.

— Albert, pelo amor de Deus. Você entra nos computadores do Pentágono como outros entram no banheiro.

— Rumores sem fundamento — disse Albert, embora seu sorriso dissesse outra coisa. — Mas, mesmo que fosse verdade, uma coisa não tem nada a ver com a outra. O sistema informático do Vaticano é como a terra de Mordor. Inexpugnável.

— Ora, vamos, *Frodo26.* Tenho certeza de que você já esteve lá.

— Psssiiiu, nunca diga em voz alta meu *nick* de pirata, seu doido.

— Desculpe, Albert.

O jovem ficou muito sério. Coçou a face, onde ainda havia vestígios da puberdade em forma de esparsas marcas vermelhas. Voltou sua atenção para Fowler.

— É realmente imprescindível? Você sabe que eu não estou autorizado a fazer isso, Anthony. É contra todas as normas.

Paola não quis perguntar de quem teria de vir a autorização para algo assim.

— A vida de uma pessoa pode estar em perigo, Albert. E nós nunca fomos homens de normas. — Fowler olhou para Paola, pedindo reforço.

— O senhor pode nos ajudar, Albert? Realmente conseguiu entrar antes?

— Sim, *dottoressa* Dicanti. Estive lá. Só uma vez, e não fui muito longe. Posso lhe jurar que nunca fiquei tão encagaçado em minha vida. Desculpe a linguagem.

— Tudo bem. Eu já conhecia essa palavra. E o que aconteceu?

— Eles me detectaram. No exato momento em que isso ocorreu, ativou-se um programa que colocou dois cães de guarda nos meus calcanhares.

— O que quer dizer isso? Não esqueça que está falando com uma ignorante no assunto.

Albert se animou. Adorava falar do seu trabalho.

— Que havia dois servidores ocultos, esperando só que alguém ultrapassasse suas defesas. No momento em que eu consegui, ativaram todos os seus recursos para me localizar. Um dos servidores tentava desesperadamente achar o meu endereço. O outro começou a colocar tachinhas no meu trajeto.

— Como assim, tachinhas?

— Imagine que a senhorita vai por um caminho que atravessa um riacho. O caminho é formado por pedras planas que sobressaem acima da corrente. O que o computador fazia era retirar a pedra que eu devia saltar e substituí-la por informação perniciosa. Um cavalo-de-tróia multiforme.

O jovem se sentou diante do computador e trouxe para os dois uma cadeira e um banquinho. Era evidente que não recebia muitas visitas.

— Um vírus?

— E muito poderoso. Se eu tivesse dado mais um único passo, suas linhas de código arrasariam meu disco rígido e me colocariam totalmente nas mãos deles. Foi a única vez na minha vida em que usei o botão de pânico — disse o sacerdote, apontando um botão vermelho, de aparência inofensiva, que ficava ao lado do monitor central. Do botão saía um cabo que se perdia no emaranhado embaixo da mesa.

— O que é?

— Um botão que corta a corrente elétrica em todo o apartamento e a restabelece dez minutos depois.

Paola perguntou por que cortar a eletricidade em todo o apartamento, em vez de se limitar a desligar o computador da tomada. Mas o jovem já não a escutava: tinha o olhar fixo na tela, enquanto seus dedos voavam sobre o teclado. Foi Fowler quem respondeu.

— A informação é transmitida em milésimos de segundo. O tempo que Albert demoraria para se agachar e puxar o cabo poderia ser crucial, compreende?

Paola compreendia mais ou menos, mas aquilo tudo a interessava muito pouco. Naquele momento, o mais importante era localizar a jornalista espanhola alourada, e se aquela parafernália servisse para encontrá-la, tanto melhor. Era evidente que ambos os sacerdotes já haviam passado por situações semelhantes.

— O que ele vai fazer agora?

— Montar um disfarce. Não sei bem como o faz, mas conecta seu computador através de centenas de outros, numa seqüência que acaba na rede do Vaticano. Quanto mais complexa e longa for a camuflagem, mais demoram a localizá-lo, mas há uma margem de segurança que nunca deve ser ultrapassada. Cada computador conhece apenas o nome do computador anterior que lhe pediu a conexão, e só durante a conexão. Assim, se a conexão se interromper antes que o alcancem, não encontrarão nada.

O rítmico tamborilar do teclado se prolongou durante quase 15 minutos. De vez em quando, iluminava-se um ponto vermelho sobre um mapa-múndi que figurava numa das telas. Havia centenas deles, cobrindo praticamente a maior parte da Europa, o norte da África, a América do Norte, o Japão... Paola observou que havia maior densidade de pontos nos países economicamente mais ricos, e apenas um no chamado Chifre da África e uns dez na América do Sul.

— Cada um destes pontos que a senhorita vê neste monitor corresponde a um computador dos que Albert vai utilizar para alcançar o sistema do Vaticano, empregando uma seqüência. Pode ser o computador de um estudante secundarista, de um banco ou de um escritório de advocacia. Pode estar em Pequim, na Áustria ou em Manhattan. Quanto mais afastados geograficamente uns dos outros, mais eficaz é a seqüência.

— Como ele sabe que um desses computadores não vai se desligar acidentalmente, interrompendo todo o processo?

— Eu emprego um histórico de conexões — disse Albert com voz distante, sem parar de teclar. — Normalmente, utilizo computadores que ficam ligados constantemente. Hoje em dia, com os programas de intercâmbio de arquivos, muita gente deixa o computador ligado 24 horas, baixando música ou pornografia. Esses são os sistemas ideais para serem utilizados como pontes. Um dos meus favoritos é o computador de... — E citou um personagem da política européia muito conhecido. — O sujeito é viciado em fotos de garotinhas com cavalos. De vez em quando, eu substituo essas fotos por imagens de golfistas. O Senhor proíbe essas perversões.

— Não tem medo de substituir uma perversão por outra, Albert?

O jovem começou a rir ante a ironia do sacerdote, mas não tirou os olhos dos comandos e instruções que seus dedos materializavam no monitor. Finalmente, levantou uma das mãos.

— Estamos quase lá. Mas já vou avisando: não poderemos copiar nada. Um dos computadores do sistema que estou empregando faz o trabalho por mim, mas apaga a informação copiada neste aqui, no momento em que se ultrapassa um determinado número de kilobytes. Portanto é bom que vocês tenham boa memória. A partir do instante em que nos descobrirem, temos sessenta segundos.

Fowler e Paola assentiram. Foi ele quem assumiu o papel de orientar Albert em sua busca.

— Pronto. Estamos dentro.

— Entre no Departamento de Imprensa, Albert.

— Aí está.

— Busque credenciais.

A menos de 4 quilômetros de distância, nos porões dos escritórios do Vaticano, um dos computadores de segurança, chamado *Archangele* (Arcanjo), deu a partida. Uma de suas sub-rotinas havia detectado a presença de um agente externo no sistema. Imediatamente, ativou-se o programa de localização. O primeiro computador, por sua vez, ativou outro, chamado *Sancte Michael* (São Miguel). Eram duas supercalculadoras Cray, capazes de realizar 1 bilhão de operações por segundo e que custavam, cada uma, mais de 200 mil euros. Ambas começaram a empregar até o último dos seus ciclos de cálculo para rastrear o intruso.

Uma janela de alerta surgiu na tela principal. Albert apertou os lábios.

— Merda, lá vêm eles. Temos menos de um minuto. Não há nada sobre credenciais.

Paola ficou muito tensa, enquanto via que os pontos vermelhos no mapa-múndi começavam a diminuir. No início havia várias centenas, mas sumiam numa velocidade alarmante.

— Credenciais de imprensa.

— Nada, droga. Quarenta segundos.

— Veículos de comunicação? — sugeriu Paola.

— Agora. Temos uma pasta aqui. Trinta segundos.

Na tela apareceu uma tabela. Era uma base de dados.

— Merda, isto aqui tem mais de 3 mil entradas.

— Peça por nacionalidade e busque Espanha.

— Pronto. Vinte segundos.

— Caramba, vem sem fotos. Quantos nomes aparecem?

— Mais de cinqüenta. Quinze segundos.

Não restavam nem trinta pontos vermelhos no mapa-múndi. Os três se inclinaram para a frente em seus assentos.

— Elimine os homens e peça as mulheres por idade.

— Pronto. Dez segundos.

— As mais jovens primeiro.

Paola apertou as mãos com força. Albert afastou uma das mãos do teclado e colocou o indicador sobre o botão de pânico. Grandes gotas de suor escorriam pela sua testa, enquanto ele escrevia com a outra mão.

— Aqui! Aqui está, finalmente! Cinco segundos, Anthony!

Fowler e Dicanti leram e memorizaram às pressas os nomes que apareciam na tela. Ainda não tinham acabado quando Albert apertou o botão. A tela e a casa inteira ficaram negras como carvão.

— Albert — disse Fowler, na mais completa escuridão.

— Sim, Anthony?

— Por acaso você não teria umas velas?

— Você devia saber que não utilizo sistemas analógicos, Anthony.

Hotel Raphael
Largo Febo, 2

Sábado, 9 de abril de 2005. 03h17

Andrea Otero estava muito assustada.

"Assustada? Não, senhor, estou é encagaçada."

A primeira coisa que ela havia feito ao chegar ao vestíbulo do hotel foi comprar três maços de cigarro. A nicotina do primeiro maço tinha sido uma bênção. Agora que havia iniciado o segundo, os contornos da realidade começavam a se estabilizar. Ela sentia uma tontura levemente reconfortante, como um suave acalanto.

Estava sentada no chão do quarto, as costas apoiadas à parede, abraçando as pernas com uma das mãos e fumando compulsivamente com a outra. No outro extremo do aposento jazia o *laptop*, completamente desligado.

Considerando as circunstâncias, achou que agira corretamente. Depois de ver os primeiros quarenta segundos do filme de Viktor Karoski — se é que esse era o seu verdadeiro nome —, sentira necessidade de vomitar. Andrea nunca foi daquelas que se reprimem, portanto procurara a lixeira mais próxima (a toda velocidade e com a mão na boca, isto sim) e lançara o talharim do almoço, o *croissant* do desjejum e algo que ela não recordava haver comido, mas que devia ser o jantar do dia anterior. Perguntou-se se vomitar numa lixeira do Vaticano seria um sacrilégio, e concluiu que não.

Quando o mundo parou de rodar, ela retornou à entrada da sala de imprensa pensando que havia feito um escarcéu terrível e que alguém devia tê-la ouvido. Seguramente, dali a pouco apareceriam dois guardas suíços para detê-la por assalto postal, ou lá como se chamasse o ato de abrir um envelope que evidentemente não lhe era destinado, porque nenhum daqueles envelopes o era.

"Veja bem, senhor agente, acreditei que isto poderia ser uma bomba e agi o mais corajosamente que pude. Tudo bem, vou esperar aqui, enquanto vão buscar minha medalha..."

Isso não seria muito convincente. Decididamente, nada convincente. Mas a espanhola não precisou de uma versão a contar aos seus captores, porque não apareceu nenhum. Assim, Andrea recolheu tranqüilamente suas coisas, saiu calmamente do Vaticano, dedicando um sorriso coquete aos guardas suíços do Arco dos Sinos, por onde entram os jornalistas, e atravessou a praça de São Pedro, deserta depois de muitos dias. Deixou de sentir cravados nela os olhares dos guardas suíços quando desceu do táxi perto do hotel. E só meia hora depois parou de achar que eles a seguiam.

Mas, não, nem eles a tinham seguido nem ela era suspeita de nada. Na Piazza Navona, havia jogado numa lixeira os nove envelopes ainda fechados. Não queria que a flagrassem carregando aquilo tudo. E subira diretamente ao seu quarto, não sem antes fazer uma parada na Estação Nicotina.

Quando se sentiu bastante segura, lá pela terceira vez em que inspecionou o jarro de flores secas da decoração sem encontrar microfones escondidos, voltou a colocar o DVD no *laptop* e recomeçou a vê-lo.

Na primeira vez, conseguiu completar o primeiro minuto. Na segunda, assistiu a quase tudo. Na terceira, viu até o fim, mas teve de correr ao banheiro para vomitar o copo d'água que havia tomado ao chegar e a bílis que ainda lhe restava no estômago. Na quarta vez, conseguiu se acalmar o suficiente para ter certeza de que aquilo era muito real, e não um filme do tipo *A Bruxa de Blair*. Mas, como já dissemos, Andrea era uma jornalista muito inteligente, o que normalmente era sua grande vantagem e, ao mesmo tempo, seu maior problema. Sua aguda intuição já lhe dissera, desde a primeira olhada, que aquilo era autêntico. Outro jornalista talvez tivesse desprezado rapidamente o DVD, pensando que era falso. Mas Andrea procurava o cardeal Robayra havia dois dias, e suspeitava que faltava mais algum cardeal. Escutar o nome de Robayra na gravação dispersou suas dúvidas como um pum de bêbado dispersaria o chá das cinco no Buckingham Palace. Brutal, suja e eficazmente.

Viu a gravação uma quinta vez, para se acostumar às imagens. E uma sexta para tomar notas, apenas uns rabiscos desconexos num bloquinho. Depois desligou o *laptop*, sentou-se o mais longe possível dele — num lugar que acabou sendo o espaço entre a escrivaninha e o ar-condicionado — e entregou-se ao tabagismo.

"Definitivamente, não é uma boa hora para deixar de fumar."

Aquelas imagens eram um pesadelo. Num primeiro momento, o asco que a envolvia, a sensação de sujeira que elas haviam provocado, era tão profundo que Andrea não conseguiu reagir durante umas duas horas. Quando o espanto liberou espaço no seu cérebro, ela começou a analisar realmente o que lhe caíra nas mãos. Puxou o bloquinho e escreveu três itens que serviriam de pauta para uma reportagem:

> 1º — Um assassino satânico está acabando com cardeais da Igreja católica.
>
> 2º — A Igreja católica, provavelmente em colaboração com a *Polizia* italiana, está escondendo isso da imprensa.
>
> 3º — Por acaso o conclave no qual esses cardeais teriam uma importância capital será daqui a nove dias.

Riscou o nove e escreveu oito. Já era sábado.

Tinha de escrever uma grande reportagem. Uma reportagem completa, de três páginas, com olhos, entretítulos, boxes e chamada de capa. Não podia enviar previamente nenhuma imagem ao jornal, porque de imediato lhe roubariam a descoberta. Sem dúvida alguma, o diretor tiraria Paloma do leito do hospital para que a matéria tivesse o peso devido. Talvez deixassem que ela, Andrea, assinasse algum dos boxes. Mas, se enviasse a reportagem completa, diagramada e pronta para a impressão, então nem o próprio diretor ousaria omitir sua assinatura. Não, porque, nesse caso, Andrea se limitaria a enviar um fax ao jornal *La Nación* e outro ao jornal *Alfabeto*, com o texto na íntegra e as fotos da matéria, antes que a publicassem. E ao caralho com a grande exclusiva (e com seu trabalho, diga-se de passagem).

"Como diz meu irmão Miguel Ángel: ou fodemos todos, ou que se jogue a puta no rio."

Não que essa fosse uma frase apropriada a uma senhorita como Andrea Otero, mas quem foi que disse que ela era uma senhorita? Furtar correspondência, como havia feito, não era próprio de senhoritas, mas quem se importava? Já se via escrevendo *Eu Descobri o Assassino de Cardeais*, um verdadeiro *best-seller*. Centenas de milhares de exemplares com seu nome na capa, entrevistas no mundo inteiro, conferências. Definitivamente, o furto descarado valia a pena.

"Mas, é claro, às vezes é preciso tomar cuidado com a pessoa de quem você está furtando."

Porque aquela informação não tinha sido enviada por uma assessoria de imprensa. Aquela informação tinha sido enviada por um assassino impiedoso, o qual provavelmente esperava que, àquela hora, sua mensagem estivesse sendo transmitida pelo mundo afora.

Andrea considerou suas opções. Era sábado. Seguramente, quem mandara aquele DVD só descobriria de manhã que ele não havia chegado ao seu destino. Se a agência de mensageiros trabalhasse aos sábados, coisa de que ela duvidava, poderiam estar no seu encalço dali a poucas horas, talvez em torno das dez ou das 11. Mas duvidava também que o mensageiro tivesse lido seu nome no crachá. Ele parecia daqueles que atentam mais para o que havia ao redor da credencial do que para o que estava escrito nela. Na melhor das hipóteses, se a agência só reabrisse na segunda-feira, ela disporia de dois dias. Na pior, só dispunha de algumas horas.

Andrea havia aprendido, é claro, que o mais recomendável era agir sempre em função do pior dos cenários possíveis. Portanto redigiria a reportagem imediatamente. E, enquanto a matéria estivesse saindo na impressora do redator-chefe e do diretor em Madri, ela deveria tingir o cabelo, colocar os óculos escuros e sair chispando do hotel.

Levantou-se, enchendo-se de coragem. Ligou o *laptop* e iniciou o programa de diagramação do jornal. Escreveria diretamente no leiaute. Trabalhava muito melhor quando via como seu texto seria apresentado.

Levou 45 minutos para preparar o leiaute das três páginas. Estava quase terminando quando seu celular tocou.

Só o jornal sabia aquele número. Ela não o dera a mais ninguém, nem mesmo à sua família. Portanto devia ser alguém da redação, por algum motivo urgente. Levantou-se e procurou na bolsa até encontrá-lo. Olhou o visor, esperando encontrar a quilométrica exibição de algarismos que apareciam quando alguém ligava da Espanha. Em vez disso, porém, constatou que o lugar onde deveria figurar a identidade de quem chamava estava em branco. Nem sequer aparecia "Número desconhecido".

Ela atendeu.

— Sim?

A única coisa que ouviu foi o sinal de ocupado.

"Deve ter sido engano."

Mas, em sua cabeça, alguma coisa dizia que aquela ligação era importante e que seria melhor correr. Ela voltou ao teclado e escreveu mais rápido do que nunca. Cometeu um ou outro erro de digitação — nunca um erro de ortografia, isso não lhe acontecia desde os 8 anos de idade —, mas nem sequer voltou atrás para corrigi-lo. Alguém faria isso na redação. De repente, tinha uma tremenda pressa de terminar.

Ao todo, demorou quatro horas para completar a reportagem; horas de busca de dados biográficos e fotografias dos cardeais mortos, notícias, resumos. A matéria reproduzia várias imagens do próprio vídeo de Karoski. Algumas eram tão fortes que ela empalideceu ao revê-las. Diabo, que o pessoal da redação as censurasse, se ousasse fazer isso.

Estava escrevendo as últimas linhas quando bateram à porta.

Hotel Raphael
Largo Febo, 2

Sábado, 9 de abril de 2005. 07h58

Andrea olhou para a porta como se jamais tivesse visto uma em sua vida. Tirou o DVD do computador, guardou-o no invólucro de plástico e jogou-o na lixeira do banheiro. Voltou ao quarto com o coração na mão, desejando que, fosse quem fosse, já tivesse desistido. Os golpes na porta se repetiram, educados mas muito firmes. Não podia ser a arrumadeira. Não eram nem oito da manhã.

— Quem é?

— Senhorita Otero? Desjejum de boas-vindas do hotel.

Andrea abriu a porta, intrigada.

— Eu não pedi nenhum...

Interrompeu-se de repente, porque aquele não era um dos elegantes garçons e camareiros do hotel. Era um indivíduo baixinho, mas corpulento, de jaqueta de couro e calça preta. Tinha a barba por fazer e sorria abertamente.

— Senhorita Otero? Eu sou Fabio Dante, superintendente do *Corpo di Vigilanza* do Vaticano. Gostaria de lhe fazer umas perguntas.

Na mão esquerda ele segurava uma carteira com sua foto bem visível. Andrea a estudou demoradamente. Parecia autêntica.

— Pois é, superintendente, só que agora eu estou muito cansada e preciso dormir. Venha em outra hora.

Fechou a porta com enfado, mas o outro interpôs o pé com a habilidade de um vendedor de enciclopédias com família numerosa. Andrea se viu forçada a continuar ali, olhando para ele.

— Não entendeu? Preciso dormir.

— A senhorita é que não me entendeu. Preciso lhe falar urgentemente, porque estou investigando um furto.

"Merda, como conseguiram me achar tão depressa?"

Andrea não moveu sequer um músculo do rosto, mas por dentro seu sistema nervoso passou do estado de "alarme" ao de "crise total". Tinha de driblar aquela dificuldade, fosse como fosse. Então cravou as unhas nas palmas das mãos, encolheu os dedos dos pés e deu passagem ao superintendente.

— Não disponho de muito tempo. Preciso enviar uma matéria para o meu jornal.

— Um pouco cedo para isso, não acha? As máquinas só começarão a rodar daqui a muitas horas.

— Bom, eu gosto de fazer as coisas com antecedência.

— Trata-se por acaso de alguma notícia especial? — inquiriu Dante, dando um passo em direção ao *laptop* de Andrea. Esta se colocou na frente dele, bloqueando o caminho.

— Não, não. Nada especial. As conjeturas de sempre sobre quem será o novo Sumo Pontífice.

— Claro. Uma questão de suma importância, não?

— Realmente, de suma importância. Mas, como reportagem, não rende muito. Sabe como é, a habitual matéria de interesse humano aqui e ali. Ultimamente, não há muitas notícias.

— E assim nós preferimos que seja, senhorita Otero.

— Excetuando, claro, esse furto de que o senhor falou. Furtaram o quê?

— Nada do outro mundo. Uns envelopes.

— O que continham? Sem dúvida, algo muito valioso. A relação de bens dos cardeais?

— O que a faz pensar que o conteúdo era de valor?

— Só pode ser, ou não teriam enviado seu melhor sabujo atrás da pista. Talvez alguma coleção de selos postais do Vaticano? Ouvi dizer que os filatelistas são capazes de matar por eles.

— Na realidade, não eram selos. A senhorita se incomoda se eu fumar?

— Devia passar às pastilhas de menta.

O subinspetor farejou o ambiente.

— Bom, pelo cheiro que está no ar, a senhorita não segue seus próprios conselhos.

— Foi uma noite difícil. Fume, se achar um cinzeiro vazio...

Dante acendeu um cigarro e soltou uma baforada.

— Como eu dizia, senhorita Otero, os envelopes não continham selos. Trata-se de uma informação extremamente confidencial, que não deveria chegar às mãos erradas.

— Por exemplo?

— Não entendi. Por exemplo o quê?

— Quais seriam as mãos erradas, superintendente.

— Aquelas cuja dona não soubesse o que lhe convém.

Dante olhou ao redor e, de fato, não viu nenhum cinzeiro. Livrou-se do problema jogando a cinza no chão. Andrea aproveitou a oportunidade para engolir em seco: se aquilo não era uma ameaça, ela era uma monja de clausura.

— E que tipo de informação é essa?

— Do tipo confidencial.

— Valiosa?

— Poderia ser. Espero que, quando eu encontrar a pessoa que pegou os envelopes, ela seja das que sabem negociar.

— Está disposto a oferecer muito dinheiro?

— Não. Estou disposto a oferecer que ela conserve os dentes.

Não foi a oferta de Dante que apavorou Andrea, mas o tom. Ele enunciou aquelas palavras com um sorriso e com a mesma inflexão que usaria para pedir um descafeinado. E aquilo era realmente perigoso. De repente, ela deplorou tê-lo deixado entrar. Arriscou uma última cartada.

— Bom, superintendente, foi uma conversa muito interessante, mas agora preciso lhe pedir que saia. Meu colega fotógrafo chega daqui a pouco, e é meio ciumento...

Dante começou a rir. Andrea não ria em absoluto. O outro havia sacado uma pistola e apontava diretamente para o peito dela.

— Chega de bobagens, lindinha. Não há nenhum colega. Pode ir me entregando os discos, ou veremos ao vivo a cor dos seus pulmões.

Andrea franziu o cenho em direção à arma.

— O senhor não vai atirar em mim. Estamos num hotel. Em menos de meio minuto a polícia estaria aqui, e o senhor jamais encontraria o que procura, seja o que for.

O superintendente hesitou por alguns instantes.

— Sabe de uma coisa? Tem razão. Não vou alvejá-la.

E lhe deu um tabefe terrível com a mão esquerda. Andrea enxergou luzes coloridas e uma parede sólida à sua frente, até perceber que o golpe a derrubara e que a parede era o piso do quarto.

— Não vou demorar muito, senhorita. Só o suficiente para pegar o que me trouxe aqui.

Dante se aproximou do *laptop*. Tocou as teclas até que o protetor de tela fosse substituído pelo texto em que Andrea estivera trabalhando.

— Na mosca!

A jornalista se soergueu um pouco, apalpando a sobrancelha esquerda. Aquele corno lhe fizera um corte. O ferimento jorrava sangue, e ela não conseguia enxergar nada com esse olho.

— Não entendo. Como o senhor me encontrou?

— A senhorita mesma nos autorizou a isso, quando nos deu o número do seu celular e assinou o formulário de aceitação. — Enquanto falava, o superintendente puxou do bolso da jaqueta dois objetos: uma chave de fenda e um cilindro de metal brilhante, não muito grande. Desligou o *laptop*, deu-lhe a volta e usou a chave de fenda para deixar a descoberto o disco rígido. Passou o cilindro por ele várias vezes, e Andrea compreendeu o que era aquilo: um poderoso ímã. Capaz de mandar para o espaço a reportagem e toda a informação do disco rígido. — Se tivesse lido atentamente as letras miúdas do impresso que assinou, a senhorita veria que nos autorizou a localizar seu celular por satélite "na hipótese de sua segurança estar em perigo". Uma cláusula que foi imaginada para o caso de um terrorista se infiltrar na imprensa, mas que se revelou muito útil na presente circunstância. Alegre-se por ter sido encontrada por mim, e não por Karoski.

— Ah, sim. Estou pulando de alegria.

Andrea havia conseguido ficar de joelhos. Com a mão direita, tateou até encontrar o cinzeiro de vidro de Murano que ela planejara levar como suvenir do hotel. O objeto estava no chão, junto à parede, onde ela estivera fumando como uma possessa. Dante se aproximou dela e se sentou na cama.

— Tenho de admitir que devemos lhe agradecer. Se não fosse pelo seu furto desprezível, a esta hora os crimes desse psicopata seriam manchete no mundo todo. A senhorita quis tirar proveito pessoal da situação, mas não conseguiu. Agora, seja esperta e deixaremos as coisas como estão. Não terá sua exclusiva, mas livrará a cara. O que me diz?

— Os discos... — iniciou Andrea, murmurando a seguir umas palavras ininteligíveis.

Dante se abaixou até seu nariz quase tocar o da jornalista.

— Como disse, coração?

— Mandei você tomar no cu, veado — retrucou Andrea.

E golpeou o ouvido dele com o cinzeiro. Houve uma explosão de cinza quando o duríssimo vidro se impactou contra o superintendente, que levou a mão à cabeça e soltou um grito. Andrea se levantou cambaleando e tentou atingi-lo uma segunda vez, mas o outro foi mais rápido. Segurou-lhe o braço quando o cinzeiro já estava a poucos centímetros de seu rosto.

— Ora, ora. Quem diria, a putinha tem garras.

Dante apertou o pulso da jovem e torceu-lhe o braço até que ela soltou o cinzeiro. Depois, deu-lhe um soco na boca do estômago. Andrea caiu de novo ao chão, sem ar, sentindo como se uma bola de aço lhe oprimisse o peito. O superintendente apalpava a orelha, da qual escorria um fio de sangue. Olhou-se no espelho. Tinha a pálpebra esquerda meio fechada, coberta de cinza, e guimbas no cabelo. Voltou para junto de Andrea e lançou um pé para trás, na intenção de tomar impulso e chutar o tórax dela. Mas a jovem foi mais rápida. Quando o outro ainda estava no meio do gesto, ela lhe deu um pontapé no tornozelo da perna em que ele se apoiava. Dante caiu sem forças sobre o carpete, dando tempo à jornalista para correr até o banheiro e bater a porta.

Dante se levantou, mancando.

— Abra, sua piranha.

— Vá se foder, filho-da-puta — disse Andrea, mais para si mesma do que para seu agressor. Percebeu que estava chorando. Pensou em rezar, mas recordou para quem Dante trabalhava e decidiu que isso talvez não fosse uma boa idéia. Tentou escorar a porta com o corpo, mas não adiantou. A porta se escancarou, empurrando Andrea contra a parede. O superintendente entrou como uma fúria, com a cara vermelha e inchada de raiva. Ela tentou se defender, mas ele agarrou-a pelo cabelo, dando-lhe um puxão brutal que arrancou uma boa mecha. Dante a segurava com uma força incrível e Andrea pouco pôde fazer além de arranhar as mãos e a cara dele, tentando se livrar. Conseguiu fazer dois sulcos de sangue na face do superintendente, que se enfureceu ainda mais.

— Onde estão?

— Vá se...

— ONDE...

— ... foder!

— ESTÃO?!

Dante empurrou violentamente a cabeça de Andrea contra o espelho do banheiro, até fazê-la bater a testa no vidro. Uma teia se espalhou por toda a superfície do espelho, e no centro ficou um círculo de sangue que ia escorrendo pouco a pouco até a pia.

Dante a obrigou a fitar o próprio reflexo no espelho espatifado.

— Quer que eu continue?

De repente, Andrea sentiu que não agüentaria mais.

— Na lixeira do banheiro — murmurou.

— Muito bem. Agache-se e pegue-o com a mão esquerda. E chega de truques, ou eu lhe corto os mamilos e faço você os engolir.

Andrea obedeceu e entregou o DVD a Dante. Este o examinou. Parecia idêntico ao que eles haviam recebido na *Vigilanza*.

— Muito bem. E os outros nove?

A jornalista engoliu em seco.

— Joguei fora.

— Jogou é o cacete.

Andrea sentiu que voava de volta ao quarto, e na realidade o fez por quase um metro e meio, lançada por Dante. Aterrissou no carpete com as mãos e o rosto.

— Não estão comigo, cacete. Não estão comigo! Vá olhar na porra das lixeiras da Piazza Navona, veado!

O superintendente se aproximou sorrindo. Ela continuou no chão, ofegante e agitada.

— Não entendeu, não é, sua cadela? Tudo o que você precisava fazer era me entregar a porra dos discos, e voltaria para casa com uma mancha roxa na cara e pronto. Mas, não, você se acha mais esperta do que o filho da senhora Dante, e isso não pode ser. Portanto agora a conversa é outra. Sua oportunidade de sair disso respirando acabou.

O superintendente colocou uma perna de cada lado do corpo da jornalista. Sacou a pistola e apontou para a cabeça dela. Andrea voltou a fitá-lo nos olhos, embora estivesse muito assustada. Aquele corno era capaz de tudo.

— Você não vai atirar. Faria muito barulho — disse, com muito menos convicção do que antes.

— Sabe de uma coisa, putinha? Mais uma vez, você tem razão.

E puxou do bolso um silenciador, começando em seguida a atarraxá-lo no cano da arma. Andrea viu-se de novo diante da ameaça de morte, desta vez menos ruidosa.

— Solte a moça, Fabio.

Dante se voltou, com o assombro estampado no rosto. Na porta do quarto estavam Dicanti e Fowler. A inspetora segurava uma pistola e o sacerdote, a chave eletrônica com que haviam entrado. O distintivo de Dicanti e o cabeção de Fowler foram cruciais na hora de consegui-la. Os dois haviam demorado a chegar porque, antes, foram conferir outro nome, dos quatro obtidos na casa de Albert. Haviam organizado os quatro por idade e começado pela mais jovem das jornalistas espanholas, mas acabaram sabendo que ela era auxiliar de uma equipe de televisão e tinha cabelo castanho-escuro, como lhes contou o loquaz recepcionista do hotel da moça. O do hotel de Andrea revelou-se igualmente loquaz.

Dante olhava estupidamente a arma de Dicanti, com o corpo voltado para os recém-chegados, enquanto sua pistola continuava apontada para Andrea.

— Ora, *ispettrice*, a senhorita não atiraria em mim.

— O senhor está agredindo uma cidadã européia em solo italiano, Dante. Eu sou uma agente da lei. Não pode me dizer o que eu posso e o que não posso fazer. Solte a arma, ou me verei obrigada a disparar.

— Não entendeu, Dicanti. Esta mulher é uma delinqüente. Roubou informação confidencial que pertence ao Vaticano. Não aceita nenhum argumento e poderia botar tudo a perder. Não é nada pessoal.

— O senhor já me disse essa frase antes. E já notei que se encarrega pessoalmente de um monte de assuntos nada pessoais.

Dante se enfureceu visivelmente, mas preferiu mudar de tática.

— Certo. Permitam então que eu acompanhe a moça ao Vaticano, simplesmente para averiguar o que ela fez com os envelopes que roubou. Responderei pessoalmente pela sua segurança.

Andrea sentiu um baque no coração quando escutou essas palavras. Não queria passar nem mais um minuto com aquele bastardo. Começou a girar as pernas muito devagar, para colocar o corpo em determinada posição.

— Não — disse Paola.

A voz do superintendente endureceu. Ele se dirigiu a Fowler.

— Anthony. Você não pode admitir isso. Não podemos permitir que essa mulher revele tudo. Pela cruz e pela espada.

O sacerdote o encarou, muito sério.

— Esses já não são meus símbolos, Dante. E menos ainda se forem esgrimidos para derramar sangue inocente.

— Só que ela não é inocente. Roubou os envelopes!

Dante ainda não tinha acabado de falar, quando Andrea alcançou a posição que estava buscando desde minutos antes. Calculou um momento e lançou o pé para o alto. Não o fez com todas as suas forças — não por falta de vontade —, mas dando prioridade à pontaria. Queria acertar em cheio o saco daquele corno. E foi justamente ali que golpeou.

Aconteceram três coisas ao mesmo tempo.

Dante soltou o disco que ainda segurava e agarrou os testículos com a mão esquerda, enquanto com a direita engatilhava a arma e começava a apertar o disparador. Enquanto isso, arfava como uma truta fora d'água, porque estava respirando dor.

Dicanti, em três passadas, transpôs a distância que a separava de Dante e se jogou de cabeça contra o estômago dele.

Fowler reagiu meio segundo depois de Dicanti — não sabemos se por estar perdendo seus reflexos, com a idade, ou se por estar avaliando a situação — e correu para a pistola, que, apesar do chute, continuava apontada para Andrea. Conseguiu agarrar Dante pelo pulso direito quase no mesmo momento em que o ombro de Dicanti se impactava contra o peito do superintendente. A arma disparou em direção ao teto.

Caíram os três confusamente embolados, cobertos por uma chuva de reboco. Fowler, sem soltar o pulso do superintendente, fez pressão com os dois polegares bem no ponto da articulação com o braço. Dante soltou a pistola, mas conseguiu encaixar uma joelhada no rosto da inspetora, que rodou para o lado, sem sentidos.

Fowler e Dante se levantaram. Fowler segurava a arma pelo cano com a mão esquerda. Com a direita, apertou o mecanismo que soltava o carregador, que despencou pesadamente no chão. Com a outra mão, fez cair a bala da câmara. Mais dois movimentos rápidos e ele tinha o percussor sobre a palma. Lançou-o para o outro lado do quarto e jogou a pistola no chão, aos pés de Dante.

— Agora ela já não serve para grande coisa.

Dante sorriu, metendo a cabeça entre os ombros.

— Você também já não serve para grande coisa, velhote.

— Demonstre.

O superintendente arremeteu contra o sacerdote. Fowler se desviou para um lado, lançando o braço. Por pouco não acertou a cara de Dante, mas golpeou-lhe o ombro. Dante esboçou um soco com a esquerda e Fowler se esquivou para o outro lado, mas o punho de Dante conseguiu alcançá-lo bem entre as costelas. Fowler caiu ao chão apertando os dentes, sem ar.

— Você está enferrujado, ancião.

Dante recolheu a pistola e o carregador. Não tinha tempo para procurar e montar o percussor, mas não podia deixar a arma para trás. Com a pressa, nem se lembrou que Dicanti também tinha uma arma que ela poderia usar, mas que, para sua sorte, havia ficado sob o corpo da inspetora quando esta caíra, inconsciente.

O superintendente olhou ao redor, olhou no banheiro, no armário. Andrea Otero não estava, e o disco, que ele deixara cair durante a refrega, também não. Alertado por uma gota de sangue na janela, debruçou-se ali e, por um instante, acreditou que a jovem tinha o poder de caminhar pelo ar, como Cristo sobre as águas. Ou melhor, de engatinhar.

Em seguida constatou que o quarto onde se encontravam ficava à altura do telhado do edifício vizinho, que protegia o belo claustro do convento de Santa Maria della Pace, construído por Bramante.

Andrea nem fazia idéia de quem havia erguido o claustro (e tampouco que, ironicamente, Bramante havia sido o primeiro arquiteto da igreja de São Pedro do Vaticano). Mas engatinhou do mesmo jeito sobre aquelas telhas de cor tostada que brilhavam ao sol da manhã, procurando não chamar a atenção dos turistas mais madrugadores que percorriam o lugar. Queria chegar ao outro extremo do telhado, onde uma janela aberta prometia a salvação. E estava no meio do caminho. O claustro tinha dois níveis altos, pelo que o telhado se inclinava perigosamente sobre as pedras do pátio, a quase 9 metros de altura.

Ignorando a tortura que ainda lhe pesava nos genitais, Dante pulou para fora da janela e saiu em perseguição à jornalista. Esta virou a cabeça para trás e o viu colocar os pés sobre as telhas. Tentou avançar mais depressa, mas a voz de Dante a deteve.

— Parada.

Andrea voltou-se totalmente. Dante lhe apontava uma arma inutilizada, mas isso ela não sabia. Perguntou-se se aquele sujeito seria suficientemente louco para disparar em plena luz do dia, na presença de testemunhas. Porque os turistas já os tinham visto e contemplavam, extasiados, a cena que acontecia acima de suas cabeças. Pouco a pouco, o número de espectadores ia aumentando. Uma lástima que Dicanti continuasse desmaiada no chão do quarto, porque estava perdendo um clássico exemplo daquilo que em psiquiatria forense se conhece como *bystander effect*,* uma teoria (mais do que comprovada) segundo a qual, à medida que aumenta o número de passantes que vêem uma pessoa em apuros, diminuem as probabilidades de que alguém ajude a vítima (e aumentam as de que os espectadores a apontem e avisem seus conhecidos para que vejam também).

Alheio aos olhares, Dante caminhava agachado, lentamente, em direção à jornalista. À medida que se aproximava, percebeu com satisfação que ela levava um dos discos na mão. Andrea certamente havia falado a verdade: tinha sido idiota a ponto de jogar fora o resto dos envelopes. Portanto aquele disco assumia uma importância muito maior.

— Se você me entregar isso, eu vou embora. Juro. Não quero machucá-la — mentiu Dante.

Andrea estava morta de medo, mas exibiu uma coragem e uma ousadia que envergonhariam um sargento da Legião.

— Entregar, uma ova! Vá embora, ou eu jogo isto lá embaixo.

Dante ficou parado, no meio do caminho. Andrea tinha o braço estendido, o pulso ligeiramente flexionado. Com um simples gesto, o

---

* Efeito transeunte. (N. do A.)

disco voaria como num campeonato de *frisbee*. Poderia se quebrar ao tocar o solo. Ou talvez planasse com a leve brisa matinal e fosse apanhado no ar por algum dos curiosos, que se evaporaria antes que ele pudesse chegar ao claustro do convento. E então, adeus.

Muito arriscado.

Uma aposta perigosíssima. O que fazer, nesse caso? Distrair o inimigo até virar o jogo ao seu favor.

— Senhorita — disse ele, erguendo muito a voz —, não pule. Não sei o que a levou a essa situação, mas a vida é muito bela. Se pensar bem, verá que tem muitas razões para viver.

Sim, isso fazia sentido. Aproximar-se o suficiente, como se fosse ajudar uma doida com a cara coberta de sangue que subira ao telhado ameaçando se suicidar, tentar segurá-la sem que ninguém observasse que o disco lhe fora arrebatado, e depois, naquele embate, não conseguir salvá-la. Uma tragédia. De Dicanti e Fowler, alguém de alto nível se encarregaria. Gente que sabia pressionar.

— Não pule! Pense em sua família.

— Mas o que você está dizendo, imbecil? — espantou-se Andrea. — Não pretendo pular!

Lá embaixo, os curiosos usavam o dedo para apontar, e não para apertar as teclas do celular e chamar a *Polizia*. Alguns já haviam começado a gritar: "*Non saltare, non saltare!*" Nenhum achou estranho que o resgatador empunhasse uma pistola (ou talvez não distinguissem o que o intrépido salvador levava na mão direita). Dante se regozijou interiormente. Estava cada vez mais perto da jovem repórter.

— Não tenha medo! Eu sou policial!

Andrea compreendeu tarde demais o que o outro pretendia. Ele já estava a menos de 2 metros.

— Não se aproxime, veado. Vou jogar!

Lá embaixo, os espectadores acreditaram escutar que o que seria jogado era a própria jovem, porque mal atentaram para o disco que ela segurava. Houve mais gritos de "não, não", e um dos turistas até declarou a Andrea seu amor eterno, se ela descesse do telhado sã e salva.

Enquanto isso os dedos estendidos do superintendente quase roçavam os pés descalços da jornalista, que estava voltada para ele. Andrea recuou um pouco e resvalou alguns centímetros. A multidão (porque já havia quase cinqüenta pessoas no claustro, e até alguns hóspedes debruçados nas janelas do hotel) prendeu a respiração. Mas logo alguém gritou:

— Vejam, um padre!

Dante se voltou. Fowler estava de pé sobre o telhado, e trazia uma telha em cada mão.

— Aqui, não, Anthony! — gritou o superintendente.

Fowler não pareceu ouvi-lo. Lançou-lhe uma das telhas, com pontaria endiabrada. Dante teve a sorte de proteger a cara com o braço. Se não tivesse feito isso, talvez a pancada que se escutou quando a telha bateu com força no seu antebraço tivesse sido a do seu crânio se partindo. Ele desabou sobre o telhado e rodou até a borda. Por puro milagre, conseguiu se agarrar a uma saliência, chocando as pernas contra uma das preciosas colunas talhadas por um sábio escultor sob a supervisão de Bramante quinhentos anos antes. Ironicamente, os espectadores, que não haviam auxiliado a vítima, desdobraram-se com Dante, e três deles conseguiram descer até o chão aquele títere desconjuntado. Este agradeceu perdendo os sentidos.

No telhado, Fowler se dirigiu a Andrea:

— Senhorita Otero, faça o favor de voltar ao quarto, antes que se machuque.

Hotel Raphael
Largo Febo, 2

Sábado, 9 de abril de 2005. 09h14

Paola voltou maravilhada ao mundo dos vivos: as mãos atentas do padre Fowler colocavam uma toalha molhada sobre sua testa. Mas logo parou de se sentir tão bem e começou a lamentar que seu corpo não terminasse nos ombros, porque a cabeça lhe doía imensamente. Recuperou-se a tempo de atender aos dois agentes de polícia que afinal se apresentaram no quarto do hotel e lhes dizer que fossem saindo, porque estava tudo sob seu controle. Garantiu enfaticamente que ali não havia nenhuma suicida e que tudo não passava de um equívoco. Os agentes olharam ao redor, meio intrigados pela desordem do lugar, mas obedeceram.

Enquanto isso, no banheiro, Fowler tentava dar um jeito na testa de Andrea, ferida no choque contra o espelho. Na hora em que Dicanti se livrou dos guardas e botou a cabeça para dentro do toalete, o sacerdote estava dizendo à jornalista que aquilo ia precisar de pontos.

— Pelo menos quatro na testa e dois na sobrancelha. Mas agora a senhorita não pode perder tempo indo a um hospital. Vou lhe dizer o que faremos: pegue imediatamente um táxi e siga para Bolonha. Vai demorar umas quatro horas. Lá, um médico amigo meu estará à sua espera e lhe dará os pontos. Ele a levará ao aeroporto e a senhorita pegará o avião para Madri, via Milão. Então estará em segurança. E procure não voltar à Itália pelo menos nos próximos dois anos.

— Não seria melhor tomar o avião em Nápoles? — interveio Dicanti.

Fowler a encarou, muito sério.

— *Dottoressa*, se alguma vez precisar fugir de... dessas pessoas, não fuja para Nápoles, por favor. Lá eles têm contatos demais.

— Eu diria que têm contatos em toda parte.

— Lamentavelmente, tem razão. E temo que as conseqüências de termos atravessado o caminho da *Vigilanza* não venham ser agradáveis nem para a senhorita nem para mim.

— Recorreremos a Boi. Ele ficará do nosso lado.

Fowler guardou silêncio por um instante.

— Pode ser. Mas, neste momento, a prioridade é tirar de Roma a senhorita Otero.

Andrea, cuja face exibia uma permanente expressão de dor (porque o ferimento na testa ardia muito, embora sangrasse bem menos, graças a Fowler), não achava a menor graça naquela conversa à qual assistia em silêncio. Dez minutos antes, quando vira Dante desaparecer pela beira do telhado, sentira uma onda de alívio. Correu para Fowler e pendurou-se ao pescoço dele, com o risco de ambos também rodarem telhado abaixo. Fowler lhe explicou, sumariamente, que um setor muito poderoso do organograma vaticano não queria que aquele assunto viesse à luz, e que por isso ela tivera sua vida ameaçada. O padre não fez nenhum comentário sobre a deplorável atitude de furtar os envelopes, coisa que, afinal, era um detalhe. Mas agora estava impondo seu critério, o que não agradava à jornalista. Andrea agradecia a oportuna intervenção do sacerdote e da criminologista, mas não estava disposta a ceder à chantagem.

— Não pretendo ir a lugar algum, senhores. Sou uma jornalista credenciada, e meu jornal confia em mim para enviar as notícias do conclave. Além disso, saibam que descobri uma conspiração no mais alto nível para esconder a morte de alguns cardeais e de um membro da polícia italiana nas mãos de um psicopata. *El Globo* vai publicar matérias impressionantes com essa informação, todas assinadas por mim.

O sacerdote escutou com paciência e respondeu com firmeza.

— Tem minha admiração, senhorita Otero. É mais corajosa do que muitos soldados que conheci. Mas, neste jogo, vai precisar de muito mais do que simples valentia.

A jornalista segurou com uma das mãos a atadura improvisada que lhe cobria a testa e apertou os dentes.

— Eles não se atreverão a me fazer nada, quando eu publicar a reportagem.

— Talvez sim, talvez não. Mas eu também não quero que a senhorita publique a reportagem. Não é conveniente.

Andrea lhe dirigiu um olhar de incompreensão.

— Como disse?

— Resumindo: me dê o disco — disse Fowler.

Andrea se levantou, cambaleante. Estava indignada, e segurava fortemente o DVD contra o peito.

— Eu não sabia que o senhor também era um desses fanáticos, dispostos a matar para preservar seus segredos. Vou sair agora mesmo.

Fowler a empurrou até fazê-la se sentar de novo no sanitário.

— Pessoalmente, creio que a frase mais esclarecedora do Evangelho é: "A verdade vos libertará."* Se dependesse de mim, a senhorita poderia ir correndo e contar que um sacerdote com histórico de pederastia enlouqueceu e anda por aí esfaqueando cardeais. Talvez assim a Igreja entendesse de uma vez por todas que os sacerdotes são, sempre e antes de tudo, homens. Mas este assunto vai além da senhorita e de mim. Não quero que seja divulgado porque é isso que Karoski deseja. Quando, passado algum tempo, constatar que seu método não deu resultado, ele fará outro movimento. E então talvez possamos pegá-lo e salvar vidas.

Andrea desabou nesse momento. Uma mistura de cansaço, dor, esgotamento e um sentimento impossível de ser expressado com uma só palavra. Aquele sentimento a meio caminho entre a fragilidade e a autocompaixão que surge quando a pessoa se dá conta de ser muito pequena em comparação com o universo. Então ela entregou o disco a Fowler, escondeu a cabeça entre as mãos e chorou.

— Vou perder meu emprego.

O sacerdote se apiedou dela.

— Não, não vai. Eu me encarregarei disso pessoalmente.

Três horas depois, o embaixador dos Estados Unidos na Itália telefonou ao diretor de *El Globo*. Pediu desculpas por ter atropelado com seu carro oficial a enviada especial do jornal em Roma. Segundo sua

---

* João 8, 32. (N. do A.)

versão, o fato ocorrera no dia anterior, quando o veículo seguia a toda a velocidade para o aeroporto. Por sorte, o motorista freou a tempo de evitar uma catástrofe, e, exceto por um ferimento superficial na cabeça, não tinha havido conseqüências. A jornalista insistira várias vezes em que devia continuar seu trabalho, mas os médicos da embaixada que a tinham examinado recomendaram que ela fizesse um repouso de duas semanas, motivo pelo qual a embaixada fizera questão de custear o retorno da jovem a Madri. Claro que, diante do grande prejuízo profissional a ela causado, os americanos estavam dispostos a compensá-la. Uma das pessoas que iam no carro se interessara por ela e queria lhe conceder uma entrevista. Entrariam em contato novamente dali a duas semanas, para combinar os detalhes.

Ao desligar, o diretor de *El Globo* estava perplexo. Não compreendia como aquela mocinha rebelde e problemática havia conseguido para o jornal a entrevista provavelmente mais difícil de obter em todo o planeta. Atribuiu o fato a um tremendo golpe de sorte. Sentiu uma alfinetada de inveja e desejou estar na pele de Andrea.

Sempre quisera conhecer o Salão Oval.

Sede central da UACV
Via Lamarmora, 3

Sábado, 9 de abril de 2005. 13h25

Paola entrou sem bater no gabinete de Boi, mas não gostou nem um pouco do que viu ali. Ou melhor, de ver a pessoa que viu ali. Cirin estava sentado diante do diretor e escolheu aquele momento para se levantar e sair, sem dirigir um olhar à criminologista. Esta ainda tentou detê-lo na porta.

— Escute, Cirin...

O inspetor geral não lhe fez o menor caso e desapareceu.

— Sente-se, Dicanti — disse Boi, do outro lado da escrivaninha.

— Mas, diretor, quero denunciar o comportamento criminoso de um dos subordinados desse homem...

— Chega, *ispettrice.* Já fui convenientemente informado pelo inspetor geral sobre os acontecimentos no Hotel Raphael.

Paola estava assombrada. Logo depois de conseguir que a jornalista espanhola entrasse no táxi com destino a Bolonha, Fowler e ela se dirigiram imediatamente à sede da UACV para expor o caso a Boi. A situação era complicada, sem dúvida, mas Paola confiava em que seu chefe apoiaria o resgate da repórter. Decidiu entrar sozinha para falar com ele, mas a última coisa que esperava era que seu chefe sequer quisesse escutar sua versão.

— Cirin deve ter lhe contado que Dante agrediu uma jornalista indefesa.

— Ele me contou que houve um desentendimento, que acabou resolvido satisfatoriamente para todos. Ao que parece, Dante tentava tranqüilizar uma potencial testemunha, que estava um pouco nervosa, e os senhores o agrediram. Neste momento, o superintendente se encontra no hospital.

— Mas isso é um absurdo! Na realidade, o que aconteceu...

— Também me informou que nos retira sua confiança neste caso — continuou Boi, levantando a voz. — Está muito decepcionado com sua atitude, o tempo todo pouco conciliadora e agressiva em relação ao superintendente Dante e à soberania do nosso país vizinho, coisa que eu mesmo pude constatar, diga-se de passagem. A senhorita voltará às suas tarefas habituais e Fowler retornará a Washington. A partir de agora, somente o *Corpo di Vigilanza* protegerá os cardeais. Quanto a nós, entregaremos imediatamente ao Vaticano o DVD que Karoski nos enviou, assim como o que foi recuperado da jornalista espanhola, e esqueceremos sua existência.

— E quanto a Pontiero? Ainda me lembro da cara que você fez durante a autópsia. Também era fingida? Quem fará justiça pela morte dele?

— Isso já não é da nossa alçada.

A criminologista estava tão decepcionada, tão enojada, que até sentia um mal-estar físico. Não conseguia reconhecer o indivíduo que estava à sua frente, não conseguia recordar um só vestígio da atração que havia sentido por ele. Perguntou-se com tristeza se aquilo poderia ser, em parte, o motivo pelo qual ele lhe retirava seu apoio tão depressa. Talvez fosse a amarga conclusão do enfrentamento da noite anterior.

— É por minha causa, Carlo?

— Como assim?

— Por causa de ontem à noite? Eu não o achava capaz disso.

— *Ispettrice*, por favor, não se julgue tão importante. Neste assunto, meu único interesse é colaborar eficientemente com as necessidades do Vaticano, algo que, pelo visto, a senhorita não foi capaz de fazer.

Em seus 34 anos de vida, Paola jamais havia visto uma discordância tão grande entre as palavras de uma pessoa e o que o seu rosto refletia. Não conseguiu se conter.

— Você é um porco inútil, Carlo. Falo sério. Não me surpreende que todo mundo ria de você às suas costas. Como pôde ter acabado assim?

O diretor Boi enrubesceu até as orelhas, mas conseguiu reprimir a explosão de fúria que lhe tremia nos lábios. Em vez de se deixar levar pela raiva, transformou o rompante numa fria e calculada bofetada verbal.

— Pelo menos cheguei a algum lugar, *ispettrice*. Deixe seu distintivo e sua arma em cima da minha mesa, por favor. Está suspensa do emprego e do salário durante um mês, até que eu tenha tempo de examinar atentamente seu caso. Vá para casa.

Paola abriu a boca para replicar, mas não lhe ocorreu nada. Nos filmes, o personagem bom encontrava invariavelmente uma frase demolidora que antecipava seu regresso triunfal, sempre que um chefe despótico o despojava dos seus símbolos de autoridade. Mas, na vida real, ela havia ficado sem palavras. Jogou o distintivo e a pistola sobre a escrivaninha e saiu do gabinete sem olhar para trás.

No corredor, Fowler a aguardava, escoltado por dois agentes de polícia. Paola intuiu que o sacerdote já havia recebido o telefonema fatídico.

— Com que então isto é o fim — disse a criminologista.

O sacerdote sorriu.

— Foi um prazer conhecê-la, *dottoressa*. Lamentavelmente, estes cavalheiros vão me acompanhar até o hotel, para que eu pegue minhas coisas, e depois até o aeroporto.

A criminologista o agarrou pelo braço, com os dedos crispados sobre a manga.

— Não pode telefonar para alguém, padre? Retardar isso, de algum modo?

— Temo que não — disse ele, balançando a cabeça. — Espero poder algum dia convidar a senhorita para uma boa xícara de café.

Dito isso, soltou-se da mão dela e se afastou pelo corredor, seguido pelos dois guardas.

Paola esperou chegar em casa para chorar.

Instituto Saint Matthew
Silver Spring, Maryland

Dezembro de 1999

TRANSCRIÇÃO DA ENTREVISTA NÚMERO 115 ENTRE O PACIENTE NÚMERO 3.643 E O DOUTOR CANICE CONROY

[...]

Dr. Conroy:	Vejo que você está lendo algo... *Enigmas e Curiosidades.* Algum bom?
#3.643:	São muito fáceis.
Dr. Conroy:	Vamos, proponha-me um.
#3.643:	Realmente, são muito fáceis. Não creio que o senhor vá gostar.
Dr. Conroy:	Gosto de charadas.
#3.643:	Está bem. Se um homem faz um buraco em uma hora e dois homens fazem dois buracos em duas horas, quanto tempo levará um homem para fazer meio buraco?
Dr. Conroy:	É fácil... meia hora.
#3.643:	(*Risos*)
Dr. Conroy:	O que é tão engraçado? Meia hora. Uma hora, um buraco. Meia hora, meio buraco.
#3.643:	Doutor, não existe meio buraco... Um buraco é sempre um buraco. (*Risos*)
Dr. Conroy:	Está tentando me dizer alguma coisa com isso, Viktor?
#3.643:	Claro, doutor, claro.

DR. CONROY:	Você não é um buraco, Viktor. Não está irremediavelmente condenado a ser o que é.
#3.643:	Estou, sim, doutor Conroy. E devo lhe agradecer por me mostrar o caminho correto.
DR. CONROY:	O caminho?
#3.643:	Lutei durante muito tempo para torcer minha natureza, para tentar ser alguém que não sou. Mas, graças ao senhor, assumi quem sou. Não era essa sua vontade?
DR. CONROY:	Não é possível. Não posso ter me enganado a tal ponto com você.
#3.643:	O senhor não se enganou, doutor, o senhor me fez ver a luz, me fez entender que, para abrir as portas adequadas, precisamos das mãos adequadas.
DR. CONROY:	É isso o que você é? A mão?
#3.643:	(*Risos*) Não, doutor. Eu sou a chave.

Apartamento da família Dicanti
Via Della Croce, 12

Sábado, 9 de abril de 2005. 23h46

Paola chorou durante um bom tempo, com a porta fechada e as feridas do coração muito abertas. Por sorte, sua mãe não estava: tinha ido passar o fim de semana em Ostia, na casa de umas amigas. Para a criminologista, foi um grande alívio: aquele era um momento realmente ruim, e ela não conseguiria escondê-lo da senhora Dicanti. Em certo sentido, ver a preocupação da mãe e seus esforços para alegrá-la seria pior ainda. Precisava ficar sozinha para mergulhar sem constrangimento no fracasso e no desespero.

Jogou-se na cama completamente vestida. Pela janela entravam no quarto o burburinho das ruas vizinhas e os tímidos raios do entardecer de abril. Com esse ruído monótono, e depois de rememorar mil vezes a conversa com Boi e os acontecimentos dos últimos dias, ela conseguiu dormir. Quase nove horas depois de cair rendida, um maravilhoso cheiro de café recém-feito se esgueirou pelo seu sono, obrigando sua consciência a emergir.

— Você voltou depressa demais, mamãe...

— De fato, voltei depressa, mas a senhorita se enganou de pessoa — disse uma voz máscula e educada, num italiano cadenciado e vacilante: a voz do padre Fowler.

Paola arregalou os olhos e, sem se dar conta do que fazia, jogou os braços ao redor do pescoço dele.

— Cuidado, cuidado para não derramar o café...

A criminologista se soltou de má vontade. Fowler estava sentado na beira da cama e olhava divertido para ela. Na mão, trazia uma xícara obtida na própria cozinha da casa.

— Como o senhor entrou aqui? E como conseguiu se livrar dos policiais? Eu o imaginava a caminho de Washington...

— Calma, uma pergunta de cada vez — disse Fowler, rindo. — Quanto à maneira como eu consegui escapar de dois funcionários gordos e mal treinados, faça o favor de não insultar minha inteligência. Sobre como entrei aqui, a resposta é fácil: com uma gazua.

— Entendi. Treinamento básico da CIA, não é?

— Mais ou menos. Lamento a intromissão, mas chamei várias vezes e ninguém abriu. Achei que a senhorita podia estar em perigo. Quando a vi dormindo tão sossegada, decidi cumprir minha promessa de convidá-la para um café.

Paola se levantou e recebeu a xícara das mãos do sacerdote. Tomou um gole demorado e tranqüilizador. O ambiente estava iluminado apenas pela luz da rua, que fabricava sombras compridas no teto alto. Fowler contemplou o aposento sob aquela claridade tênue. De uma parede pendiam os diplomas do colégio, da universidade, da Academia do FBI. Também as medalhas de natação, e até alguns desenhos a óleo que já deviam ter pelo menos 13 anos. Ele sentiu de novo a vulnerabilidade daquela mulher inteligente e forte, mas que continuava a carregar o peso do seu passado. Uma parte dela nunca havia abandonado a primeira juventude. Fowler tentou adivinhar que lado do quarto seria mais visível a partir da cama, e então acreditou compreender. Na extremidade da linha imaginária que ele traçou mentalmente do travesseiro à parede via-se uma foto de Paola junto do pai, deitado num leito de hospital.

— Este café está muito bom. O da minha mãe é péssimo.

— Questão de regular o fogo, *dottoressa.*

— Por que voltou, padre?

— Por vários motivos. Porque não queria abandoná-la ao perigo. Para evitar que aquele louco faça mais uma das suas. E por suspeitar que nesta história se esconde muito mais do que aquilo que se percebe à primeira vista. Sinto que nós dois fomos usados. Além disso, suponho que a senhorita tem um motivo muito pessoal para continuar.

Paola franziu o cenho.

— Tem razão. Pontiero era um amigo e um companheiro. Neste momento, o que mais me preocupa é punir o assassino dele. Mas não creio que possamos fazer alguma coisa agora, padre. Eu, sem meu distintivo, e o senhor, sem apoio, somos apenas duas nuvenzinhas de ar. Ao menor sopro de vento, nos dispersaremos. Além disso, é possível que estejam à sua procura.

— De fato, é possível que estejam me procurando. Passei a perna nos dois policiais no aeroporto de Fiumicino. Mas não creio que Boi chegue ao extremo de emitir uma ordem de busca e captura contra mim. Com o tumulto que há na cidade, isso de nada adiantaria... nem seria muito justificável. O mais provável é que ele deixe correr.

— E seus chefes, padre?

— Oficialmente, estou em Langley. Extra-oficialmente, não se opuseram a que eu fique por aqui um pouco mais.

— Enfim, uma boa notícia.

— O mais complicado para nós vai ser entrar no Vaticano, porque Cirin deve estar alerta.

— Mas não vejo como poderemos proteger os cardeais se eles estão dentro e nós, fora.

— Creio que deveríamos começar pelo princípio, *dottoressa.* Rever todo este maldito enredo desde o início, porque é evidente que deixamos passar alguma coisa.

— Mas como? Não tenho o material necessário, toda a documentação sobre Karoski está na UACV.

Fowler lhe dedicou um meio sorriso maroto.

— Bem, às vezes Deus nos concede pequenos milagres.

Fez um gesto em direção à escrivaninha de Paola, num canto do quarto. Paola acendeu o foco sobre a mesa, iluminando a alta pilha de pastas marrons que compunha o dossiê de Karoski.

— Vou lhe propor um trato, *dottoressa.* A senhorita se dedica ao que melhor sabe fazer: um perfil psicológico do assassino. Que seja definitivo, com todos os dados de que dispomos agora. Enquanto isso vou lhe servindo café.

Paola bebeu de uma só vez o resto da xícara. Tentou perscrutar o rosto do sacerdote, mas ele estava fora do foco de luz que destacava a papelada sobre Karoski. E, de novo, Paola sentiu a premonição que a invadira no corredor da Domus Sanctæ Marthæ, e que ela havia silenciado até uma ocasião melhor. Agora, e ainda por cima depois da longa série de acontecimentos que se sucederam à morte de Cardoso, estava mais convencida do que nunca de que sua intuição fora acertada. Ligou o computador sobre a escrivaninha. Selecionou entre seus modelos de documento uma ficha de perfil em branco e começou a preenchê-la compulsivamente, consultando de vez em quando as páginas do dossiê.

— Prepare outra cafeteira, padre. Preciso confirmar uma teoria.

PERFIL PSICOLÓGICO DE ASSASSINO MÚLTIPLO

Paciente: KAROSKI, Viktor.
Perfil realizado pela doutora Paola Dicanti.
Situação do paciente: *In absentia.*
Data de redação: 10 de abril de 2005.
Idade: 44 anos.
Altura: 1,78 metro.
Peso: 85 quilos.
Descrição: Cabelo castanho, olhos azul-acinzentados, compleição forte, inteligente (QI 125).

Antecedentes familiares: Viktor Karoski nasce numa família emigrante de classe média, de mãe dominadora e com profundos problemas de conexão com a realidade, por influência da religião. A família emigra da Polônia e, desde o princípio, é óbvio o desenraizamento de todos os seus membros. O pai apresenta um quadro típico de ineficiência no trabalho, alcoolismo e maus-tratos contra o sujeito, aos quais se acrescenta o agravante de abusos sexuais repetidos e periódicos (entendidos como castigo) quando este chega à adolescência. Durante todo o tempo, a mãe teve consciência dos abusos incestuosos cometidos pelo cônjuge, embora parecesse não os perceber. Um irmão mais velho foge da casa paterna, em conseqüência dos abusos sexuais. Um irmão caçula morre em abandono, após a longa convalescença de uma meningite. O sujeito é trancado num armário, incomunicável, durante longos períodos, depois da "descoberta", por parte da mãe, dos abusos paternos. Quando é libertado, o pai abandonou o lar, e é a mãe quem impõe sua personalidade, neste caso reforçando no sujeito a figura católica do medo do inferno, ao qual conduzem sem dúvida os excessos sexuais (sempre segundo a mãe). Para isso, veste o sujeito com suas roupas e chega a ameaçá-lo de castração. Produzem-se nele uma grave distorção da realidade e um sério transtorno de sexualidade não integrada. Surgem os primeiros traços de ira e de personalidade anti-social, com um forte sistema de resposta nervosa. Ele agride um colega de colégio, pelo que é internado num reformatório. Ao sair, tem a ficha limpa e, aos 19 anos, decide entrar para um seminário. Não é submetido previamente a nenhum controle psiquiátrico e realiza seu propósito.

Histórico na idade adulta: Os indícios de um transtorno de sexualidade não integrada se confirmam no sujeito aos 19 anos, pouco depois do falecimento da mãe, com apalpações num menor, e pouco a pouco se revelam mais freqüentes e mais graves. Por parte dos superiores eclesiásticos, não há uma resposta punitiva às suas agressões sexuais, que assumem um cunho mais delicado quando o sujeito se torna responsável por suas próprias paróquias. Segundo sua documentação, registraram-se pelo menos 89 agressões a menores, das quais 37 foram atos completos de sodomia, e as restantes, apalpações e coação das vítimas para que o masturbassem ou lhe praticassem felação. Seu histórico de entrevistas permite deduzir que, por mais estranho que pareça, ele estava plenamente convicto do seu ministério sacerdotal. Em outros casos de pederastia em padres, foi possível assinalar a pulsão sexual como motivo para ingressar no sacerdócio, como uma raposa que entrasse num galinheiro. Mas, no caso de Karoski, os motivos para pronunciar os votos eram bem diferentes. Sua mãe o empurrou nessa direção, chegando inclusive à coação. Após um incidente com um paroquiano a quem ele agrediu, o escândalo Karoski não pôde ser escondido por mais tempo e o sujeito chega finalmente ao Instituto Saint Matthew, um lugar de reabilitação para sacerdotes católicos com problemas. Ali descobrimos um Karoski muito identificado com a Bíblia, especialmente com o Antigo Testamento. Poucos dias após sua entrada, ocorre um episódio de agressão espontânea contra um funcionário do Instituto. Do caso, deduzimos a forte dissonância cognitiva entre a pulsão sexual do sujeito e suas convicções religiosas. Quando elas colidem, produzem-se crises de violência, como o episódio de agressão ao técnico.

Histórico recente: O sujeito manifesta um quadro de ira, refletida em sua agressão deslocada. Cometeu vários crimes, nos quais apresenta elevados níveis de sadismo sexual, incluindo rituais simbólicos e necrofilia insercional.

Perfil de características notáveis manifestadas em suas ações:

- Personalidade agradável, inteligência média-alta
- Mentiras freqüentes
- Total ausência de remorsos ou de sentimentos em relação às suas vítimas
- Egocentrismo absoluto
- Desapego pessoal e afetivo
- Sexualidade impessoal e impulsiva, encaminhada para a satisfação de necessidades ególatras
- Personalidade anti-social
- Altos níveis de obediência

INCOERÊNCIA!

- Pensamento irracional integrado em suas ações
- Neuroses múltiplas
- Comportamento criminoso entendido como meio, não como fim
- Tendências suicidas
- *Mission oriented*

Apartamento da família Dicanti
Via Della Croce, 12

Domingo, 10 de abril de 2005. 01h45

Fowler terminou de ler o informe que Dicanti lhe estendia. Estava muito surpreso.

— Espero que não se aborreça, *dottoressa*, mas este perfil está incompleto. A senhorita escreveu apenas um resumo do que já sabíamos. Sinceramente, isto aqui não nos acrescenta muito.

A criminologista se levantou.

— É totalmente o contrário, padre. Karoski apresenta um quadro clínico muito complexo, do qual deduzimos que o aumento da agressividade transformou em assassino múltiplo um delinqüente sexual castrado clinicamente.

— De fato, essa é a base da nossa teoria.

— Pois não vale merda nenhuma. Observe as características do perfil no final do relatório. As oito primeiras definiriam um assassino serial.

Fowler consultou-as e assentiu.

— Existem dois tipos de assassinos seriais: desorganizados e organizados. Não é uma classificação perfeita, mas é bastante coerente. Os primeiros correspondem aos criminosos que cometem atos espontâneos e impulsivos, com grande risco de deixar evidências atrás deles. Freqüentemente conhecem suas vítimas, que costumam estar em seu entorno geográfico. Suas armas são de conveniência: uma cadeira, um cinto... qualquer coisa que encontrem à mão. O sadismo sexual aparece *post-mortem*.

O sacerdote esfregou os olhos. Estava muito cansado, porque só havia dormido umas poucas horas.

— Desculpe, *dottoressa*. Continue, por favor.

— O outro tipo, o organizado, é um assassino com alta mobilidade, que captura suas vítimas antes de usar a força. A vítima é um estranho que se enquadra em um critério específico. As armas e as ligaduras empregadas correspondem a um plano preconcebido, e nunca são deixadas para trás. O cadáver é abandonado num local neutro, sempre com uma preparação. Bem, em qual dos dois grupos o senhor encaixaria Karoski?

— No segundo, evidentemente.

— Isso é o que qualquer observador deduziria. Mas nós podemos ir além. Temos toda a documentação sobre ele. Sabemos quem é, de onde vem, como pensa. Esqueça tudo o que aconteceu nestes últimos dias. Centre-se no Karoski que entrou no Instituto. Como era ele?

— Uma pessoa impulsiva, que em determinadas situações explodia como uma carga de dinamite.

— E depois de cinco anos de terapia?

— Era uma pessoa diferente.

— O senhor diria que essa mudança se produziu gradativamente ou foi repentina?

— Foi bastante brusca. Eu situaria a mudança no momento em que o doutor Conroy o fez ouvir as gravações de sua terapia de regressão.

Paola respirou fundo, antes de continuar.

— Padre Fowler, não se ofenda, mas, depois de ler as dezenas de entrevistas entre Karoski, Conroy e o senhor, creio que está equivocado. E esse equívoco nos fez olhar na direção errada.

Fowler deu de ombros.

— Não posso me ofender por isso, *dottoressa*. Como sabe, embora eu tenha o diploma de psicologia, só fui para o Instituto porque estava, digamos assim, encostado. Minha verdadeira profissão é outra, muito diferente. A especialista em criminologia é a senhorita, e é uma sorte poder contar com sua opinião. Mas não compreendo aonde quer chegar.

— Observe de novo o informe — disse Paola, apontando o texto. — Sob o título "Incoerência", eu anotei cinco características que tornam impossível considerar nosso sujeito um assassino serial organizado. Com um livro de criminologia nas mãos, qualquer especialista lhe diria que Karoski é um organizado anômalo, resultante de um trauma, neste caso o confronto com seu passado. Está familiarizado com a expressão dissonância cognitiva?

— É o estado da mente em que os atos e as crenças íntimas do sujeito apresentam forte discrepância. Karoski sofria de dissonância cognitiva aguda: acreditava ser um sacerdote exemplar, ao passo que suas 89 vítimas asseguravam que ele era um pederasta.

— Perfeito. Então, segundo o senhor, o sujeito, católico convicto, neurótico, impermeável a qualquer intrusão externa, em poucos meses se transforma num assassino múltiplo, sem vestígio de neurose, frio e calculista, após ouvir umas fitas através das quais compreende como foi maltratado quando criança?

— Visto sob essa perspectiva... parece meio complicado — disse Fowler, timidamente.

— É impossível, padre. Esse ato irresponsável cometido pelo doutor Conroy seguramente o prejudicou, mas não pode ter provocado nele uma mudança tão desmesurada. O sacerdote fanático que tapa os ouvidos, enfurecido quando o senhor lê em voz alta a lista das vítimas dele, não pode se transformar, poucos meses depois, num assassino organizado. E lembremos que seus dois primeiros crimes rituais acontecem no próprio Instituto: a mutilação de um sacerdote e o assassinato de outro.

— Mas, *dottoressa...* os assassinatos dos cardeais são obra de Karoski. Ele mesmo os confessou, suas impressões digitais estão em três dos cenários.

— Claro, padre Fowler. Não discuto que Karoski tenha cometido esses crimes. Isso é absolutamente evidente. O que estou tentando lhe dizer é que o motivo para que ele os cometesse não é aquele que nós supúnhamos. A característica mais importante do perfil de Karoski, o traço que o levou ao sacerdócio apesar de sua alma torturada, foi o mesmo que o condicionou a cometer esses atos tão terríveis.

Fowler compreendeu. Abalado, teve de se sentar na cama de Paola para não cair.

— A obediência.

— Exato, padre. Karoski não é um assassino serial. É um matador por encomenda.

Instituto Saint Matthew
Silver Spring, Maryland

Agosto de 1999

Na solitária não se ouvia nenhum ruído. Por isso, o sussurro que o chamava, premente, exigente, invadiu seus ouvidos como uma maré.

— Viktor.

Karoski deixou a cama com passo apressado, como um menino. De novo, ali estava ele. Mais uma vez, tinha vindo para ajudá-lo, para guiá-lo, para iluminá-lo. Para dar um sentido e um propósito à sua força, à sua necessidade. Já bastava suportar a ingerência cruel do doutor Conroy, que o examinava como se estudasse uma borboleta pregada com alfinete embaixo do microscópio. Ele estava do outro lado da porta de aço, mas era quase possível senti-lo ali na cela, ao seu lado. Este, sim, Karoski podia respeitar, podia seguir. Ele sabia compreendê-lo, orientá-lo. Haviam conversado durante horas sobre o que Viktor devia fazer. Sobre como devia fazer. Como devia se comportar, como devia responder ao repetitivo e incômodo interesse de Conroy. Toda noite, ensaiava seu papel e esperava aquela chegada. Ele só vinha uma vez por semana, mas Viktor o esperava impaciente, contando regressivamente as horas, os minutos. Enquanto ensaiava mentalmente, havia amolado a faca muito devagar, procurando não fazer barulho. Foi ele quem ordenou. Poderia ter lhe dado uma faca afiada ou mesmo uma pistola. Mas queria enrijecer sua coragem e sua força. E Viktor tinha feito o que ele pedira. Tinha dado provas de sua devoção, de sua lealdade. Primeiro, havia mutilado o sacerdote sodomita. Semanas depois, matara o sacerdote pederasta. Devia ceifar a erva daninha como ele pedia, e por fim receberia o prêmio. O prêmio que desejava mais do que qualquer outra coisa no mundo. Ele o daria, porque ninguém mais podia dar. Ninguém mais podia lhe dar aquilo.

— Viktor.

Ele reclamava sua presença. Karoski atravessou a cela com passo pressuroso e se ajoelhou junto da porta, escutando a voz que lhe vinha do futuro. Que lhe falava de uma missão longe dali. No coração da cristandade.

Apartamento da família Dicanti
Via Della Croce, 12

Domingo, 10 de abril de 2005. 02h14

O silêncio se seguiu às palavras de Dicanti como uma sombra obscura. Fowler levou as mãos ao rosto, entre o assombro e o desespero.

— Como pude ser tão cego? Ele mata porque lhe ordenaram isso. Meu Deus... Mas e as mensagens, e o ritual?

— Não fazem sentido, padre, pense bem. O "*Ego te absolvo*", escrito primeiro no chão e depois no peito das vítimas, as mãos lavadas, a língua cortada... São o equivalente ao costume dos criminosos sicilianos de meter uma moeda na boca da vítima.

— É o ritual da máfia para indicar que o morto falou demais, não?

— Exato. No início, pensei que Karoski julgava os cardeais culpados de alguma coisa, talvez de um crime contra sua própria dignidade de sacerdotes ou mesmo contra ele. Mas as pistas deixadas nas bolas de papel não tinham nenhum sentido. Agora, creio que esses foram acréscimos pessoais, os retoques feitos por ele num esquema ditado por outrem.

— Mas que sentido fazia matá-los daquela forma, *dottoressa*? Por que não os eliminar, pura e simplesmente?

— As mutilações não passam de uma absurda maquilagem para o único fato fundamental: alguém queria vê-los mortos. Observe o foco, padre.

Paola apontou sobre a escrivaninha o abajur que iluminava o dossiê de Karoski. Com o quarto às escuras, tudo o que não estivesse sob o foco de luz ficava indistinto.

— Entendi. Eles nos obrigam a olhar o que querem que vejamos. Mas quem poderia querer algo assim?

— A pergunta básica para averiguar quem cometeu um crime é: a quem beneficia? Um assassino serial apaga de uma tacada a necessidade dessa pergunta, porque ele beneficia a si mesmo. Seu motivo é o corpo. Mas, neste caso, seu motivo é uma missão. Se Karoski quisesse descarregar seu ódio e sua frustração contra os cardeais, supondo que os sentisse, poderia tê-lo feito em outro momento, quando eles estivessem muito mais à vista. Muito menos protegidos. Por que agora? O que temos agora de diferente?

— Porque alguém quer influir no conclave.

— Agora se pergunte, padre: quem queria influir no conclave? Para isso, é essencial atentar para as pessoas que ele matou.

— Esses cardeais eram figuras preeminentes da Igreja. Pessoas de qualidade.

— Mas com um nexo comum. E nossa tarefa é descobri-lo.

O sacerdote se levantou e deu várias voltas pelo quarto, com as mãos às costas.

— *Dottoressa*, me ocorreu quem estaria disposto a eliminar os cardeais, e ainda por cima por esse método. Há uma pista que não seguimos convenientemente. Karoski se submeteu a uma reconstrução facial completa, como pudemos comprovar graças ao modelo de Angelo Biffi. Essa operação é muito cara e requer uma convalescença complexa. Bem realizada, e com as devidas garantias de discrição e anonimato, pode custar mais de 100 mil dólares, uns 80 mil euros. Não é uma quantia da qual um sacerdote pobre como Karoski pudesse dispor facilmente. Também não lhe deve ter sido fácil entrar na Itália, assim como a cobertura desde sua chegada. Durante todo esse tempo, releguei essas questões a um segundo plano, mas de repente elas se tornam cruciais.

— E reforçam a teoria de que, na realidade, uma mão sombria está por trás dos assassinatos dos cardeais.

— De fato.

— Padre, eu não tenho o conhecimento que o senhor possui sobre a Igreja católica e o funcionamento da Cúria. Em sua opinião, qual é o denominador comum aos três purpurados mortos?

O sacerdote meditou por alguns momentos.

— Poderia haver um nexo. Uma ligação que seria muito mais evidente se eles simplesmente tivessem desaparecido ou fossem executados.

Todos eram de ideologia liberal. Eram parte de... como dizer? A asa esquerda do Espírito Santo. Se a senhorita me pedisse os nomes dos cinco cardeais mais partidários do Concílio Vaticano II, esses três figurariam nela.

— Explique-se, padre, por favor.

— Veja bem: com a chegada de João XXIII ao papado, em 1958, ficou clara a necessidade de uma mudança de rumo na Igreja. João XXIII convocou o Concílio Vaticano II, um chamado a todos os bispos do mundo para que viessem a Roma a fim de debater com o papa a situação geral da Igreja. Dois mil bispos responderam ao chamado. João XXIII morreu antes do fim do Concílio, mas Paulo VI, seu sucessor, concluiu a tarefa. Lamentavelmente, as reformas que o Concílio contemplava, no sentido de uma abertura maior, não foram tão longe quanto João XXIII pretendia.

— Como assim?

— Fizeram-se grandes mudanças dentro da Igreja. Esse foi provavelmente um dos marcos principais do século XX. A senhorita não pode ter memória disso porque é muito jovem, mas, até o final da década de 1960, uma mulher não podia fumar nem usar calça comprida porque era pecado. E esses são apenas exemplos anedóticos. Enfim, a mudança foi grande, embora não o suficiente. João XXIII pretendia que a Igreja escancarasse suas portas para o ar vivificante do Espírito Santo. E elas só se entreabriram um pouco. Paulo VI revelou-se um papa bastante conservador. João Paulo I, seu sucessor, não chegou a permanecer no cargo nem um mês. E João Paulo II foi um papa apostólico, forte e midiático, que fez um grande bem à humanidade, é certo; mas, em sua política de atualização da Igreja, foi extremamente conservador.

— Ou seja, a grande reforma da Igreja ainda está por ser realizada?

— Realmente, ainda há muito trabalho a fazer. Quando foram publicados os resultados do Vaticano II, os setores católicos mais conservadores quase se levantaram em armas. E o Concílio ainda tem inimigos; gente que acredita que quem não for católico irá para o inferno, que as mulheres não têm direito ao voto e coisas ainda piores. No clero, espera-se que este conclave nos dê um papa forte e idealista, um papa que se atreva a aproximar a Igreja do mundo. Sem dúvida, o homem idôneo para essa tarefa seria o cardeal Portini, um liberal convicto. Mas ele jamais obteria os votos do setor ultraconservador. Outra hipótese seria Robayra, um homem do povo, mas de grande inteligência. Cardoso seguia o mesmo padrão. Ambos eram defensores dos pobres.

— E agora estão mortos.

O semblante de Fowler se ensombreceu.

— *Dottoressa*, o que eu vou lhe narrar agora é segredo absoluto. Estou arriscando minha vida e a sua, e, acredite, estou assustado. Esta linha de raciocínio aponta numa direção para a qual eu não gostaria de olhar, e muito menos caminhar. — Fowler fez uma breve pausa para tomar fôlego. — Sabe o que é a Santa Aliança?

De novo, como na casa de Bastina, voltaram à mente da criminologista as narrativas sobre espiões e assassinatos. Ela sempre as considerara histórias de bêbados, mas, àquela hora e com aquele estranho companheiro, a possibilidade de que fossem reais adquiria uma dimensão diferente.

— Dizem que é o serviço secreto do Vaticano. Uma rede de espiões e agentes secretos que não vacilam em matar quando chega a ocasião. São histórias da carochinha para assustar os tiras novatos. Quase ninguém acredita nelas.

— *Dottoressa* Dicanti, pode acreditar nas histórias sobre a Santa Aliança, porque ela existe. Existe há quatrocentos anos, e é a mão esquerda do Vaticano para aqueles assuntos que nem o próprio papa deve conhecer.

— Acho muito difícil acreditar.

— O lema da Santa Aliança, *dottoressa*, é "A cruz e a espada".

Paola lembrou-se de Dante no Hotel Raphael, apontando uma arma para a jornalista. Aquelas haviam sido exatamente suas palavras quando ele pediu ajuda a Fowler. E então compreendeu o que o sacerdote queria dizer.

— Meu Deus. Então, o senhor...

— Fui, sim, muito tempo atrás. Eu servia a duas bandeiras, a do meu país e a da minha religião. Depois, tive de deixar um dos dois trabalhos.

— O que aconteceu?

— Não posso lhe contar, *dottoressa*. Não me peça isso.

Paola não quis insistir. Aquilo fazia parte do lado obscuro do sacerdote, da dor fria que lhe apertava a alma com garras de gelo. Ela suspeitava que ali havia muito mais do que ele estava contando.

— Agora compreendo a antipatia de Dante pelo senhor. Tem a ver com esse passado, não é, padre?

Fowler permaneceu mudo. Paola devia tomar uma decisão rápida, porque já não havia tempo nem conserto possível. Então deixou falar seu coração, que ela sabia apaixonado pelo sacerdote; por todas e cada uma de suas partes, pela calidez seca de suas mãos e pelas doenças de sua alma. Desejou poder absorvê-las, livrá-lo delas, de todas elas, devolver-lhe o riso franco de uma criança. Sabia da impossibilidade do seu desejo: naquele homem havia oceanos de amargura, que vinham de muito tempo antes. Não se tratava apenas do muro intransponível que o sacerdócio significava para ele. Quem quisesse alcançar Fowler teria de atravessar os oceanos, e o mais provável era que se afogasse. Naquele momento, ela compreendeu que nunca estaria ao lado dele, mas também soube que aquele homem preferiria se deixar matar a permitir que ela sofresse algum mal.

— Está bem, padre, vou confiar no senhor. Continue, por favor — disse, com um suspiro.

Fowler se sentou de novo e desfiou uma história assustadora.

— Eles existem desde 1566. Naqueles tempos sombrios, Pio V estava preocupado com a ascensão dos anglicanos e dos hereges. Como cabeça da Inquisição, ele era um homem duro, taxativo e pragmático. Nessa época, o sentido do Estado Vaticano em si mesmo era muito mais territorial do que agora, conquanto agora ele goze de mais poder ainda. Criou-se a Santa Aliança recrutando sacerdotes jovens e *uomos di fiducia*, leigos de confiança e de comprovada fé católica. Sua missão era defender o Vaticano como país e a Igreja no sentido espiritual, e seu número foi crescendo com o passar do tempo. No século XIX, chegaram a ser milhares. Alguns eram meros informantes, fantasmas, suportes... Outros, apenas meia centena, constituíam a elite: a Mão de São Miguel. O grupo de agentes especiais que, espalhados pelo mundo, podia executar uma ordem com precisão e rapidez. Injetar dinheiro num grupo revolucionário por conveniência, fazer tráfico de influência, conseguir dados cruciais capazes de mudar o curso das guerras. Silenciar, enganar e, em último caso, matar. Todos os membros da Mão de São Miguel eram treinados em armamento e táticas. Antigamente, em controle de populações, códigos, disfarces e luta corporal. Um indivíduo desses era capaz de partir uma uva ao meio com uma faca lançada a 15 passos de distância e de falar perfeitamente quatro idiomas. Eles podiam decapitar uma vaca, jogar o cadáver apodrecido num poço de água limpa e lançar a culpa num grupo rival, com mestria absoluta. Eram treinados durante anos num mosteiro de uma ilha do Mediterrâneo cujo nome não vou revelar. Com a chegada do século XX, o treinamento evoluiu, mas a Mão de São Miguel foi cortada quase pela base na Segunda Guerra Mundial. Foi uma época tingida de sangue, na qual muitos caíram. Alguns defenderam causas muito nobres, e outros, por desgraça, causas não tão boas.

Fowler fez uma pausa para tomar um gole de café. As sombras do quarto haviam ficado mais escuras e tenebrosas, e Paola sentiu um medo físico. Sentou-se ao contrário na cadeira e abraçou o espaldar, enquanto o sacerdote continuava.

— Em 1958, João XXIII, o mesmo papa do Vaticano II, decidiu que a hora da Santa Aliança havia passado. Que seus serviços já não eram necessários. E, em plena guerra fria, desmantelou as redes de conexão com os informantes e proibiu terminantemente os membros da Santa Aliança de executarem qualquer ação sem sua aprovação prévia. E, durante quatro anos, assim foi. Só restavam 12 Mãos, dos 52 que havia em 1939, e alguns eram muito idosos. Ordenou-se que eles voltassem para Roma. O lugar secreto onde eram treinados incendiou-se misteriosamente em 1960. E o Cabeça de São Miguel, o líder da Santa Aliança, morreu num acidente de carro.

— Quem era?

— Não posso dizer, não porque não queira, mas porque não sei. A identidade do Cabeça é sempre um mistério. Pode ser qualquer um: um bispo, um cardeal, um *uomo di fiducia* ou um simples sacerdote. Tem de ser varão e ter mais de 45 anos. Isso é tudo. Desde 1566 até o dia de hoje, só transpirou o nome de um Cabeça: o padre Sogredo, um italiano de origem espanhola que lutou bravamente contra Napoleão. Mesmo assim, em círculos muito reduzidos.

— Não é de estranhar que o Vaticano não reconheça a existência de um serviço de espionagem, se eles empregam esses métodos.

— Foi um dos motivos que levaram João XXIII a acabar com a Santa Aliança. Ele disse que matar não é justo, nem mesmo em nome de Deus, e eu concordo. Sei que algumas das ações da Mão de São Miguel complicaram bastante as coisas para os nazistas. Um punhado deles salvou centenas de milhares de vidas. Mas houve um grupo, muito reduzido, que teve seu contato com o Vaticano interrompido e cometeu erros atrozes. Não vou falar disto aqui, muito menos nesta hora sombria.

Fowler agitou a mão, como se quisesse dissipar os fantasmas. Em alguém como ele, cuja economia de movimentos era quase sobrenatural, um gesto assim só podia indicar um tremendo nervosismo. Paola se deu conta de que estava desejando encerrar a história.

— O senhor não tem de dizer nada, padre. Só o que julgar necessário que eu saiba.

Ele agradeceu com um sorriso e continuou.

— Mas aquilo, como suponho que a senhorita imagina, não foi o fim da Santa Aliança. A chegada de Paulo VI ao trono de Pedro, em 1963, viu-se rodeada da situação internacional mais aterradora de todos os tempos. Menos de um ano antes, o mundo tinha estado a poucos centímetros de uma guerra atômica. Poucos meses depois, Kennedy, o primeiro presidente católico dos Estados Unidos, caía abatido a tiros. Quando Paulo VI soube, exigiu que se reerguesse a Santa Aliança. Embora minguadas pelo passar do tempo, as redes de espiões se recuperaram. O difícil era reconstituir a Mão de São Miguel. Dos 12 Mãos que haviam sido chamados a Roma em 1958, sete eram recuperáveis para o serviço em 1963. Um deles foi encarregado de reconstruir a base para voltar a formar agentes de campo. A tarefa levou quase 15 anos, mas ele conseguiu formar um grupo de trinta agentes. Alguns tinham sido escolhidos do zero, e outros foram encontrados em diferentes serviços secretos.

— Como o senhor: um agente duplo.

— Na realidade, no meu caso, o nome é agente potencial. É aquele que trabalha normalmente para duas organizações aliadas, mas a principal desconhece que, a cada missão, a secundária acrescenta ou modifica diretrizes para a tarefa dele. Eu aceitei empregar meus conhecimentos para salvar vidas e não para acabar com elas. Quase todas as missões que me encomendaram foram de recuperação: salvar sacerdotes que corriam risco em lugares complicados.

— Quase todas.

Fowler baixou o rosto.

— Tivemos uma missão complexa em que as coisas se deturparam. Naquele dia, deixei de ser um Mão. Não me facilitaram as coisas, mas aqui estou. Achei que seria psicólogo pelo resto da minha vida, e veja até onde me trouxe um dos meus pacientes.

— Dante é um dos Mãos, não é, padre?

— Anos depois da minha saída, houve uma crise. Agora, pelo que eu soube, eles voltaram a ser poucos. Todos estão longe, ocupados em missões das quais não podem ser transferidos com facilidade. O único que estava disponível era ele, um homem de pouquíssimos escrúpulos. Na realidade, adequado para o trabalho, se minhas suspeitas estiverem certas.

— Então Cirin é o Cabeça?

Fowler olhou para a frente, impassível. Passado um minuto, Paola viu que ele não ia responder e resolveu tentar outra pergunta.

— Padre, me diga por que a Santa Aliança iria querer fazer uma montagem como esta.

— O mundo está mudando, *dottoressa.* As idéias democráticas abrem espaço em muitos corações, até mesmo nos dos mais empedernidos membros da Cúria. A Santa Aliança precisa de um papa que a apóie firmemente ou desaparecerá. Mas a Santa Aliança é uma idéia pré-conciliar. O que os três cardeais tinham em comum era o fato de serem liberais convictos; tão liberais quanto pode ser um cardeal, enfim. Qualquer um deles poderia desmontar de novo o serviço secreto, talvez para sempre.

— Eliminando-os, a ameaça desaparece.

— E, de passagem, reforça-se a necessidade da segurança. Se os cardeais desaparecessem sem mais nem menos, haveria muitas perguntas. Também não se poderia fingir que as mortes foram causadas por acidentes: o papado é paranóico por natureza. Mas se a senhorita estiver certa...

— Um disfarce para o assassinato. Meu Deus, estou enojada. Ainda bem que me afastei da Igreja.

Fowler se aproximou dela e se agachou junto da cadeira, tomando-lhe ambas as mãos.

— *Dottoressa*, não se engane. Por trás dessa Igreja feita de sangue e lama, que a senhorita vê diante de si, há outra Igreja, infinita e invisível, cujos estandartes se erguem fortes até o céu. Essa Igreja vive nas almas dos milhões de fiéis que amam Cristo e Sua mensagem. E ressurgirá das cinzas, encherá o mundo, e as portas do inferno não prevalecerão contra ela.

Paola o encarou de frente.

— Acredita mesmo nisso, padre?

— Acredito, Paola.

Ambos ficaram de pé. Ele a beijou, terno e firme, e ela o aceitou como ele era, com todas as suas cicatrizes. A angústia dela se diluiu na dor dele, e durante algumas horas descobriram juntos a felicidade.

Apartamento da família Dicanti
Via Della Croce, 12

Domingo, 10 de abril de 2005. 08h41

Desta vez, foi Fowler quem despertou com o cheiro do café recém-feito.

— Trouxe para o senhor, padre.

Ele a fitou, estranhando que ela voltasse a lhe dirigir esse tratamento. Ela respondeu com um olhar firme, e ele compreendeu. A esperança havia cedido ante a luz da manhã, que já enchia o quarto. Fowler não disse nada, porque ela nada esperava, nem ele podia oferecer nada além de dor. No entanto sentiu-se reconfortado pela certeza de que ambos tinham obtido força nas debilidades do outro. Seria fácil pensar que a determinação de Fowler em sua vocação havia fraquejado naquela manhã. Seria fácil, mas seria errôneo. Pelo contrário: ele foi grato a Paola por acalmar seus demônios, ao menos por algum tempo.

Ela se alegrou com que ele compreendesse. Sentou-se na beira da cama e sorriu. E não foi um sorriso triste, porque, naquela noite, ela havia derrubado uma barreira de desespero. Aquela manhã fresca não trazia certezas, mas pelo menos dissipava a confusão. Seria fácil pensar que Paola o afastava para não voltar a sentir dor. Seria fácil, mas seria errôneo. Pelo contrário: ela o entendia e sabia que aquele homem tinha um compromisso com sua própria promessa e sua própria cruzada.

— *Dottoressa*, preciso lhe dizer uma coisa, e não vai ser fácil de ouvir.

— Pode falar, padre.

— Se algum dia a senhorita abandonar sua carreira de psiquiatra criminologista, não monte uma cafeteria, por favor — disse ele, fazendo uma careta para o café que ela havia trazido.

Ambos riram, e por um momento tudo foi perfeito.

Meia hora depois, de banho tomado, fresquinhos, os dois debatiam os pormenores do caso. O sacerdote, de pé junto à janela do quarto de Paola. A criminologista, sentada à escrivaninha.

— Sabe, padre? À luz do dia, a teoria de que Karoski pode ser um assassino dirigido pela Santa Aliança parece irreal.

— É possível. No entanto, à luz do dia, as mutilações que ele praticou continuam sendo muito reais. E, se estivermos com a razão, nós dois somos as únicas pessoas capazes de detê-lo.

Bastaram essas palavras para que a manhã perdesse o brilho. Paola sentiu sua alma se tensionar como uma corda. Agora, estava mais consciente do que nunca de que pegar o monstro era responsabilidade sua. Por Pontiero, por Fowler e por ela mesma. E, quando o tivesse nas mãos, iria perguntar se alguém o tinha pela coleira. Se assim fosse, não pretendia se conter.

— A *Vigilanza* está comprometida, isso eu compreendo. Mas e a Guarda Suíça?

— Lindos uniformes, mas muito pouca utilidade real. Provavelmente, nem sequer sabem que já morreram três cardeais. Eu não contaria com eles: são simples gendarmes.

Paola coçou a nuca, preocupada.

— O que faremos agora, padre?

— Não sei. Não temos uma pista de onde Karoski pode atacar, e, desde ontem, matar ficou mais fácil para ele.

— Como assim?

— Os cardeais iniciaram as missas novendiais. É uma novena pela alma do falecido papa.

— Por acaso o senhor está dizendo...?

— Exatamente. As missas serão rezadas por toda Roma. São João de Latrão, Santa Maria Maior, São Pedro, São Paulo Extramuros... Os cardeais dizem missa de dois em dois, nas cinqüenta igrejas mais importantes de Roma. É a tradição, e não creio que a mudem por nada neste mundo. Se a Santa Aliança estiver envolvida nisso, seria uma oportunidade adequada para um assassinato. O assunto ainda não transpirou, portanto os cardeais se rebelariam se Cirin tentasse impedi-los de celebrar os novendiais.

Não, as missas vão ser ditas, aconteça o que acontecer. Droga, até já poderia ter morrido outro cardeal sem que nós soubéssemos.

— Caramba, preciso de um cigarro.

Paola procurou na escrivaninha o maço de Pontiero e apalpou a roupa. Levou a mão ao bolso interno do blazer e encontrou um cartão pequeno e rígido.

"O que é isto?"

Era uma estampa de Nossa Senhora do Carmo. Aquela que o irmão Francesco Toma lhe dera ao se despedir dela em Santa Maria in Traspontina. O falso carmelita, o assassino Karoski. Ela usava o mesmo conjunto preto que vestira naquela manhã de terça-feira, e a estampa continuava ali.

— Como pude me esquecer disto? É uma prova.

Fowler se aproximou, intrigado.

— Uma estampa de Nossa Senhora do Carmo. Traz algo escrito atrás.

O sacerdote leu em voz alta, em inglês:

> *If your very own brother, or your son or daughter, or the wife you love, or your closest friend secretly entices you, do not yield to him or listen to him. Show him no pity. Do not spare him or shield him. You must certainly put him to death. Then all Israel will hear and be afraid, and no one among you will do such an evil thing again.*

Paola traduziu, lívida de fúria e raiva:

— "Se teu irmão de pai e mãe, se teu filho ou tua filha, ou a esposa a quem amas, ou teu amigo mais próximo, quiser te seduzir em segredo, não cedas a ele nem o escutes. Não lhe tenhas piedade. Não o poupes nem o protejas. Deves seguramente matá-lo. Então todo Israel ouvirá e terá medo, e nenhum de vós cometerá de novo uma ação tão má."

— Acho que é do Deuteronômio. Capítulo 13, versículos 7 a 12.

— Merda! — cuspiu a criminologista. — Esteve no meu bolso esse tempo todo! Caramba, eu devia ter percebido que era um texto em inglês.

— Não se torture, *dottoressa*. Um frade lhe deu uma estampa. Considerando sua falta de fé, não é de estranhar que a senhorita não desse uma segunda olhada nela.

— Pode ser, mas depois nós descobrimos quem era esse frade. Eu devia ter me lembrado que ele me dera uma coisa. Fiquei mais preocupada em tentar recordar o pouco que vi de sua cara, naquela escuridão. Se ele até...

"Tentou lhe pregar palavras edificantes, lembra-se?"

Paola se interrompeu. O sacerdote se voltou, com a estampa na mão.

— Veja, *dottoressa*, é uma estampa normal. Na parte de trás, ele colou uma etiqueta imprimível...

"Nossa Senhora do Carmo."

— ... com muita habilidade, para poder colocar este texto. O Deuteronômio é...

"Leve-a sempre consigo."

— ... uma fonte das mais incomuns numa estampa, sabe? Acho que...

"Ela lhe indicará o caminho nestes tempos obscuros."

— ... se eu puxar o cantinho um pouco, posso desgrudá-lo e...

Paola o agarrou pelo braço, e sua voz se transformou num grito agudo:

— NÃO A TOQUE!

Fowler pestanejou, sobressaltado. Não moveu um só músculo. A criminologista lhe tirou da mão a estampa.

— Lamento ter gritado com o senhor, padre — disse Dicanti, tentando se acalmar. — Acabo de me lembrar: Karoski me disse que a estampa me mostraria o caminho nestes tempos obscuros. E acho que há nela uma mensagem, concebida para zombar de nós.

— Talvez. Ou poderia ser apenas mais uma manobra para nos despistar.

— A única certeza, neste caso, é que estamos muito longe de dispor de todas as peças do quebra-cabeça. Espero que possamos encontrar alguma coisa aqui.

Paola revirou a estampa, cheirou-a, observou-a contra a luz.

Nada.

— O trecho da Bíblia poderia ser a mensagem. Mas o que quer dizer?

— Não sei, mas creio que há algo mais. Algo que não se vê a olho nu. E acho que tenho por aqui uma ferramenta especial para esses casos.

A criminologista remexeu num armário próximo. Por fim, tirou lá do fundo uma caixa coberta de poeira e, cuidadosamente, depositou-a em cima da escrivaninha.

— Não uso isto desde meus tempos no Instituto. Foi um presente do meu pai.

Abriu a caixa devagar, com atitude reverente. Ainda permanecia gravada em sua memória a advertência sobre aquele artefato, sobre quanto era caro e sobre o grande cuidado que ela devia ter com ele. Tirou-o da caixa e o colocou sobre a escrivaninha. Era um microscópio comum. Na universidade, Paola havia trabalhado com equipamentos mil vezes mais custosos, mas não tinha tratado nenhum deles com o respeito que dedicava a este. Alegrou-se por conservar esse sentimento: era um belo vínculo com seu pai, uma raridade nela, que constantemente lamentava o dia em que o perdera. Perguntou-se, num lampejo, se não devia guardar ciosamente as boas recordações, em vez de se agarrar à idéia de que o pai lhe fora arrebatado muito cedo.

— Dê-me a estampa, padre — disse, sentando-se diante do microscópio.

O papel de embrulho e o plástico haviam protegido o instrumento contra a poeira. Paola colocou a estampa embaixo da lente e regulou o foco. Com a mão esquerda, deslizou o lado colorido, estudando devagar a imagem de Nossa Senhora. Não encontrou nada. Então virou a estampa, para poder examinar o reverso.

— Um momento... Temos alguma coisa aqui.

Paola cedeu o visor ao sacerdote. Ampliadas 15 vezes, as letras da estampa eram grandes barras negras. Sobre uma delas, porém, havia um minúsculo círculo esbranquiçado.

— Parece uma perfuração.

A inspetora voltou ao microscópio.

— Eu juraria que isto foi feito com alfinete. E, claro, de propósito. É perfeito demais.

— Em que letra aparece a marca?

— No F de *If.*

— Por favor, *dottoressa,* veja se há mais perfurações em outras letras.

Paola fez uma varredura na primeira linha do texto.

— Aqui há outra.

— Continue, continue.

Oito minutos depois, a criminologista havia conseguido identificar um total de 11 letras perfuradas.

*I**F** you**R** very own brother, or your son or d**A**ughter, or the wife you love, or your closest frie**N**d secretly enti**C**es you, do not yield to h**I**m or listen to him. **S**how him no pity. Do not spare him or shield him. You mu**S**t certainly put **H**im to death. Then **A**ll Israel **W**ill hear and be afraid, and no one among you will do such an evil thing again.*

Quando comprovou que não havia mais caracteres com perfurações, a criminologista escreveu a seqüência dos que as traziam. Ao ler o resultado, os dois estremeceram, e Paola recordou.

Se teu irmão quiser te seduzir em segredo.

Recordou os relatórios dos psiquiatras.

Não o poupes nem o protejas.

As cartas a familiares de vítimas da delinqüência sexual de Karoski.

Deves seguramente matá-lo.

E o nome que figurava nelas.

Francis Shaw.

(TELEX DA REUTERS, 10 DE ABRIL DE 2005. 08H12 GMT)

O CARDEAL SHAW OFICIA HOJE A MISSA
NOVENDIAL EM SÃO PEDRO

ROMA (Reuters) – O cardeal Francis Shaw oficiará hoje, ao meio-dia, a missa novendial na basílica de São Pedro. O purpurado americano terá a honra de dirigir a cerimônia neste segundo dia da novena pela alma de João Paulo II.

Nos Estados Unidos, alguns grupos não viram com bons olhos a participação de Shaw na celebração. Concretamente, a associação Surviving Network of Abuse by Priests (SNAP) enviou dois de seus membros a Roma para protestar formalmente contra o fato de ser permitido a Shaw oficiar na principal igreja da cristandade. "Somos apenas duas pessoas, mas faremos diante das câmeras um protesto formal, pacífico e ordenado", avisou Barbara Payne, presidente da SNAP.

Principal associação de vítimas de abuso sexual por parte de sacerdotes católicos, a SNAP tem mais de 4.500 membros. Suas atividades prioritárias são a formação e o apoio às vítimas, assim como a realização de terapias de grupo para ajudá-las a enfrentar os fatos. Muitos dos integrantes só procuram a SNAP na idade adulta, depois de anos de silêncio envergonhado.

O cardeal Shaw, atualmente prefeito da Congregação para o Clero, viu-se envolvido no escândalo de abusos sexuais por parte de sacerdotes que explodiu nos Estados Unidos no final da década de 1990. Shaw, cardeal da arquidiocese de Boston, era a figura mais importante da Igreja católica nesse país e, segundo afirmam muitos, o mais forte candidato à sucessão de Karol Wojtyla.

Sua carreira sofreu um duro revés após a descoberta de que, durante anos, ele escondeu da opinião pública mais de trezentos casos de abuso sexual em sua jurisdição. Com freqüência, transferiu sacerdotes acusados de delitos dessa natureza de uma paróquia para outra, acreditando que, com isso, o escândalo seria evitado. Em quase todas as ocasiões, limitou-se a recomendar aos imputados uma "mudança de ares". Somente quando os casos eram muito graves, enviava os sacerdotes para algum centro especializado, a fim de que recebessem tratamento.

Quando começaram a surgir as primeiras denúncias sérias, Shaw pactuou com as famílias das vítimas acordos econômicos em troca do silêncio delas. Por fim, os escândalos acabaram por vir à luz em todo o país, e "altas instâncias vaticanas" levaram à demissão de Shaw. O cardeal se transferiu para Roma, onde foi nomeado prefeito para a Congregação do Clero, um cargo de certa importância, mas que, evidentemente, parecia o ponto final de sua carreira.

No entanto há quem continue a considerar Shaw um santo que defendeu a Igreja com todas as suas forças. "Ele sofreu perseguições e calúnias por defender a fé", afirma seu secretário particular, o padre Miller. Mas, na eterna aposta dos meios de comunicação sobre quem será o próximo papa, Shaw não tem muitas chances. De maneira geral, a Cúria romana é um grupo cauteloso, pouco amigo de extravagâncias. Embora Shaw conte com apoios, podemos descartar a hipótese de que ele consiga muitos votos, a não ser que aconteça um milagre.

10/04/2005/08h12 (Reuters)

Sacristia do Vaticano

Domingo, 10 de abril de 2005. 11h08

Os sacerdotes que concelebrariam ao lado do cardeal Shaw se paramentavam numa sacristia auxiliar, próxima à entrada de São Pedro, onde, junto com os coroinhas, aguardariam por cinco minutos o celebrante, antes de começar a cerimônia.

Até esse momento, o museu estava deserto, exceto pelas duas monjas que ajudavam Shaw e o principal concelebrante, o cardeal Pauljic, e pelo guarda suíço que vigiava a porta da sacristia.

Karoski sentiu o reconfortante volume da faca e da pistola escondidas entre as roupas que vestia. Calculou mentalmente suas possibilidades.

Finalmente, ia ganhar seu prêmio.

Estava quase na hora.

Praça de São Pedro

Domingo, 10 de abril de 2005. 11h16

— Pela porta de Sant'Ana é impossível entrar, padre. Ela também está fortemente vigiada, e eles não deixam passar ninguém. Só os que têm autorização do Vaticano.

Os dois haviam percorrido de uma certa distância os acessos ao Vaticano, inspecionando-os. Em separado, para serem mais discretos. Faltavam menos de cinqüenta minutos para o início da missa novendial em São Pedro.

Poucas horas antes, a revelação do nome de Francis Shaw na estampa de Nossa Senhora do Carmo havia desencadeado uma frenética busca pela internet. As agências de notícias indicavam, para quem quisesse ler, o lugar onde se encontraria Shaw e em que horário.

E ali estavam eles, na praça de São Pedro.

— Teremos de entrar pela porta principal da basílica.

— Não. A segurança foi reforçada em todos os pontos, menos nesse, que está aberto ao público. Portanto é justamente por ali que nos esperam. E, mesmo que conseguíssemos entrar, não poderíamos nos aproximar do altar. Shaw e o primeiro concelebrante sairão da sacristia de São Pedro. Dali, o caminho até a basílica é livre. Não usarão o altar de Pedro, que é reservado unicamente ao papa, mas um dos altares secundários. Ainda assim, haverá umas oitocentas pessoas na cerimônia.

— Karoski se atreverá a agir diante de tanta gente?

— *Dottoressa*, nosso problema é não sabermos quem representa qual papel neste drama. Se a Santa Aliança quer ver Shaw morto, não nos deixará impedir que ele celebre a missa. Se o que ela quer é caçar Karoski, tampouco nos permitirá avisar o cardeal, porque ele é uma excelente isca. Tenho certeza de que, aconteça o que acontecer, este é o último ato da comédia.

— Então a esta altura não haverá papel para nós. Já são 11h15.

— Não. Vamos entrar no Vaticano, contornar os agentes de Cirin e chegar à sacristia. Temos de impedir que Shaw celebre sua missa.

— Mas como, padre?

— Utilizaremos um caminho que Cirin jamais seria capaz de imaginar.

Quatro minutos depois, eles tocavam a campainha da porta de um sóbrio edifício de cinco andares. Paola deu razão ao sacerdote. Cirin não imaginaria, nem mesmo em um milhão de anos, que Fowler bateria por sua própria vontade à porta do palácio do Santo Ofício.

Uma das entradas para o Vaticano fica entre o palácio e a colunata de Bernini. Consiste numa grade preta e numa guarita. Normalmente, é vigiada por dois guardas suíços. Naquele domingo, eram cinco, aos quais se acrescentava um policial à paisana. Este último segurava uma pasta dentro da qual estavam as fotos de Fowler e Paola (mas eles não sabiam disso). Esse homem, membro do *Corpo di Vigilanza*, avistou na calçada fronteira um casal que parecia corresponder à descrição. Só os viu por um momento, pois os dois logo desapareceram, e ficou em dúvida: seriam mesmo eles? Como não estava autorizado a abandonar o posto, não tentou segui-los para verificar. A ordem era informar se aqueles indivíduos tentassem entrar no Vaticano e retê-los por um momento, à força, se preciso fosse. Mas parecia evidente que aquelas pessoas eram importantes. Então ele apertou o botão de chamada do *walkie-talkie* e comunicou o que havia visto.

Quase na esquina com a Porta Cavalleggeri, a menos de 20 metros daquela entrada onde o policial recebia instruções pelo *walkie*, ficava a porta do palácio. Fechada, mas com uma campainha. Fowler grudou o dedo ali, até que se escutou um correr de ferrolhos do outro lado. O rosto de um sacerdote maduro apareceu por uma fresta.

— O que desejam? — perguntou este, mal-humorado.

— Viemos ver o bispo Hanër.

— Da parte de quem?

— Do padre Fowler.

— Não sei quem é.

— Sou um velho conhecido dele.

— O bispo Hanër está descansando. Hoje é domingo e o Palazzo está fechado. Bom-dia — retrucou o sacerdote, gesticulando pesadamente, como quem afugenta moscas.

— Por favor, padre, me diga em que hospital ou cemitério o bispo se encontra.

O outro encarou Fowler, surpreso.

— Como assim?

— O bispo Hanër me disse que não descansaria até me fazer pagar pelos meus muitos pecados. Portanto deve estar doente ou morto. Não vejo outra explicação.

O olhar do padre mudou um pouco, do desinteresse hostil para a leve irritação.

— Parece que o senhor conhece mesmo o bispo Hanër. Esperem aqui fora — disse, fechando a porta na cara deles.

— Como sabia que esse Hanër estaria aqui? — perguntou Paola.

— O bispo Hanër nunca descansou na vida um domingo sequer, *dottoressa.* Seria uma triste casualidade, se o fizesse logo hoje.

— Ele é seu amigo?

Fowler pigarreou.

— Bem, na realidade, é a pessoa que mais me odeia no mundo. Gonthas Hanër é o delegado de administração da Cúria. É um velho jesuíta alemão empenhado em acabar com os desmandos em política externa da Santa Aliança, uma versão eclesiástica dos seus Assuntos Internos. Foi a pessoa que instruiu o processo contra mim. Ele me detesta porque eu não disse uma só palavra sobre as missões que me foram encomendadas.

— E como encarou sua absolvição?

— Muito mal. Disse que mantinha um anátema com meu nome, e que, mais cedo ou mais tarde, um papa o assinará.

— O que é anátema?

— Um decreto de excomunhão solene. Hanër sabe que isso é o que eu mais temo no mundo: que a Igreja pela qual lutei me impeça de ir para o céu quando morrer.

A criminologista o fitou, preocupada.

— Padre, posso saber o que estamos fazendo aqui?

— Eu vim confessar tudo.

Sacristia do Vaticano

Domingo, 10 de abril de 2005. 11h31

O guarda suíço caiu como um traste mudo, sem outro som além do produzido pela sua alabarda ao bater no piso de mármore. O corte na garganta havia seccionado por completo sua traquéia.

Atraída pelo ruído, uma das monjas saiu da sacristia. Não teve tempo de gritar. Karoski lhe golpeou brutalmente a face. A religiosa caiu de bruços, completamente aturdida. Com o pé direito, o assassino remexeu calmamente sob a touca negra da irmã oblata. Procurava a nuca. Escolheu o ponto exato e descarregou todo o seu peso sobre a planta do pé. O pescoço se partiu no ato.

A outra monja assomou a cabeça pela porta da sacristia, com expressão confiante. Precisava da ajuda de sua companheira.

Karoski lhe meteu a faca no olho direito. Quando puxou a freira para depositá-la no curto corredor que dava acesso à sacristia, já arrastava um cadáver.

Olhou os três corpos. Olhou a porta da sacristia. Olhou o relógio. Ainda dispunha de cinco minutos para assinar suas obras.

Exterior do Palácio do Santo Ofício

Domingo, 10 de abril de 2005. 11h31

Paola ficou boquiaberta ante as palavras de Fowler, mas não teve tempo de replicar nada, já que a porta se abriu de repente. Em vez do maduro sacerdote que os atendera, apareceu um bispo magro, cabelo e barba ruivos, caprichosamente aparados. Aparentava uns 50 anos. Dirigiu-se a Fowler com um sotaque alemão carregado de desprezo e de erres dobrados.

— Ora, ora, com que então, depois de tantos anos, o senhor me aparece assim, na minha porta. A que devo a honra inesperada?

— Senhor bispo Hanër, venho lhe pedir um favor.

— Temo, padre Fowler, que o senhor não esteja em condições de me pedir nada. Doze anos atrás, eu lhe pedi uma coisa, e o senhor guardou silêncio durante dias. Dias! A comissão o considerou inocente, mas eu, não. Agora, saia daqui.

Seu indicador estendido apontava a Porta Cavalleggeri. Paola achou que aquele dedo estava tão firme e reto que Hanër poderia enforcar Fowler nele.

O sacerdote ajudou o bispo, atando ele mesmo sua própria corda ao pescoço.

— O senhor ainda não escutou o que eu tenho a oferecer em troca.

Hanër cruzou os braços.

— Fale, Fowler.

— É possível que, em menos de meia hora, aconteça um assassinato na basílica de São Pedro. A *ispettrice* Dicanti, aqui presente, e eu viemos impedi-lo. Infelizmente, não podemos chegar ao Vaticano. Camilo Cirin nos proibiu a entrada. Peço-lhe permissão para atravessarmos o Palazzo até o estacionamento, para podermos entrar na Città sem que nos vejam.

— E em troca?

— Responderei a todas as suas perguntas sobre El Aguacate. Amanhã.

Hanër virou-se para Paola.

— Quero ver sua identificação.

Paola já não tinha seu distintivo da *Polizia*. Boi o tirara dela. Mas, por sorte, trazia o cartão magnético de acesso à UACV. Segurou-o com firmeza diante do bispo, esperando que aquilo bastasse para ele acreditar.

O bispo tomou o objeto das mãos da criminologista. Examinou o rosto dela e a foto no cartão, o emblema da UACV e até a faixa magnética da identificação.

— Certo, então é verdade. Eu já estava achando, Fowler, que aos seus muitos pecados o senhor havia acrescentado o da concupiscência.

Nesse ponto, Paola desviou o rosto para evitar que Hanër visse o sorriso que lhe aflorava aos lábios. Foi um alívio que Fowler sustentasse, muito sério, o olhar do bispo. Este estalou a língua, numa manifestação de descontentamento.

— Fowler, aonde quer que vá, o senhor está rodeado de sangue e morte. Minhas convicções a seu respeito são muito firmes. Não desejo permitir a sua entrada.

O sacerdote ia retrucando a Hanër, mas este o calou com um gesto.

— No entanto, padre, sei que o senhor é um homem de palavra. Aceito sua proposta. Hoje, os dois entrarão no Vaticano, mas amanhã me procure para contar a verdade.

Dito isso, afastou-se para o lado. Fowler e Paola entraram. A recepção era elegante, pintada de cor creme e sem molduras nem excessos decorativos. Todo o edifício estava silencioso, como era de se esperar num domingo. Paola suspeitava que a única pessoa que permanecia ali era aquela figura tensa e delgada como um florete. Aquele homem via a si mesmo como a justiça de Deus. Ela sentiu medo só de pensar no que uma mente tão obsessiva poderia ter feito quatrocentos anos antes.

— Então nos veremos amanhã, padre Fowler. Assim, terei o prazer de lhe mostrar um documento que guardo para o senhor.

O sacerdote conduziu Paola pelo corredor do térreo do Palazzo, sem olhar para trás uma só vez, talvez com medo de comprovar que Hanër continuava ali, junto da porta, esperando sua volta no dia seguinte.

— É curioso, padre. Normalmente, o prédio do Santo Ofício é atravessado pelas pessoas para sair da igreja e não para entrar nela — disse Paola.

Fowler fez uma careta entre triste e irônica.

— Espero que, ao capturar Karoski, eu não esteja ajudando a salvar a vida de uma possível vítima, que, como recompensa, pode vir a assinar minha excomunhão.

Chegaram a uma porta de emergência. Uma janela próxima permitia ver o estacionamento. Fowler pressionou a barra central da porta e assomou discretamente a cabeça. Os guardas suíços, a 30 metros de distância, continuavam olhando fixamente para a rua. Ele fechou de novo a porta.

— Precisamos nos apressar. Temos de falar com Shaw e explicar a situação, antes que Karoski acabe com ele.

— Qual é o caminho?

— Sairemos para o estacionamento e continuaremos andando o mais perto possível da parede do edifício, em fila indiana. Logo chegaremos à sala de audiências. Prosseguiremos colados à parede, até chegarmos à esquina. Teremos de atravessar rapidamente, em diagonal e olhando para a direita, porque não sabemos se haverá alguém vigiando aquela área. Eu vou na frente, certo?

Paola assentiu e os dois se puseram em marcha, caminhando depressa. Conseguiram alcançar a sacristia de São Pedro sem incidentes. Era um edifício imponente, anexo à basílica. Durante todo o ano, ficava aberto a turistas e peregrinos, já que, em sua parte pública, era um museu que continha alguns dos mais belos tesouros da cristandade.

O sacerdote apoiou a mão na porta.

Estava entreaberta.

Sacristia do Vaticano

Domingo, 10 de abril de 2005. 11h42

— Mau sinal, *dottoressa* — cochichou Fowler.

A inspetora levou a mão à cintura e sacou um revólver calibre 38.

— Vamos entrar.

— Eu achava que Boi havia lhe tirado a pistola.

— Ele me tirou a automática, que é a arma oficial. Este brinquedo aqui é só por via das dúvidas.

Os dois cruzaram o umbral. A área do museu estava deserta; as vitrines, apagadas. O mármore que recobria o chão e as paredes devolvia a escassa luz que entrava pelas escassas janelas. Apesar de ser meio-dia, as salas estavam quase às escuras. Fowler guiava Paola em silêncio, maldizendo interiormente o rangido dos seus sapatos. Passaram ao largo de quatro das salas do museu. Na quinta, Fowler se deteve bruscamente. A menos de meio metro dali, jazia algo tremendamente incomum, parcialmente escondido pela parede do corredor onde eles iriam entrar: uma mão enluvada de branco e um braço coberto por um tecido de cores vivas: amarelo, azul e vermelho.

Ao dobrarem a esquina, os dois comprovaram que o braço estava unido a um guarda suíço. Este ainda agarrava a alabarda com a mão esquerda, e o que haviam sido suas órbitas eram agora dois buracos ressumantes de sangue. Um pouco adiante, Paola viu estendidas duas monjas de hábitos e toucas negros, unidas num último abraço.

Elas também não tinham olhos.

A criminologista engatilhou a arma. Seu olhar cruzou com o de Fowler.

— Ele está aqui.

Encontravam-se no curto corredor que levava à sacristia central do Vaticano, habitualmente protegida por correntes, mas com a porta de folha dupla aberta, para que, da entrada, o público curioso contemple o lugar onde o Santo Padre se paramenta antes de celebrar a missa.

Nesse momento, a porta estava fechada.

— Meu Deus, tomara que não seja tarde demais — disse Paola, cravando o olhar nos corpos.

Com o guarda e as monjas, as vítimas de Karoski já eram pelo menos oito. Ela jurou a si mesma que aquelas seriam as últimas. Não pensou duas vezes. Correu os 2 metros de corredor até a porta, desviando-se dos cadáveres. Empurrou uma das folhas da porta com a mão esquerda enquanto cruzava o umbral, empunhando o revólver com a direita.

Viu-se numa sala octogonal muito alta, de uns 12 metros de comprimento, cheia de luz dourada. À sua frente, um altar ladeado por colunas e encimado por um quadro a óleo: a descida da cruz. Pregados às belíssimas e trabalhadas paredes de mármore cinza, dez armários de teca guardavam os paramentos sagrados. Se Paola erguesse o olhar para o teto, poderia ver a cúpula, adornada com belos afrescos, por cujas janelas entrava a luz que inundava o lugar. Mas a criminologista só tinha olhos para as duas pessoas que havia no aposento.

Uma era o cardeal Shaw. A outra era também um purpurado. Paola se lembrou dele vagamente, até que, por fim, conseguiu reconhecê-lo. Era o cardeal Pauljic.

Ambos estavam junto do altar. Pauljic, atrás de Shaw, terminava de vestir a casula neste quando a criminologista irrompeu, com a arma apontada diretamente para eles.

— Onde está? — gritou Paola, e seu grito ressoou como um eco pela cúpula. — Os senhores o viram?

O americano falou muito devagar, sem deixar de olhar o revólver.

— Onde está quem, senhorita?

— Karoski. O homem que matou o guarda suíço e as monjas.

Paola não tinha acabado de falar quando Fowler entrou na sacristia. Colocou-se atrás dela. Encarou Shaw e, pela primeira vez, seu olhar cruzou com o do cardeal Pauljic.

Houve fogo e reconhecimento naquela troca de olhares.

— Olá, Viktor — disse o sacerdote, em voz baixa e rouca.

O cardeal Pauljic, mais conhecido como Viktor Karoski, segurou o cardeal Shaw pelo pescoço com o braço esquerdo, enquanto, com o direito, puxava a pistola de Pontiero e a encostava à têmpora do purpurado.

— Parado! — gritou Dicanti, e o eco foi uma sucessão de *ados*.

— Não mova um músculo, *ispettrice* Dicanti, ou veremos a cor dos miolos deste cardeal. — A voz do assassino reforçou em Paola a raiva e o medo, a pulsante adrenalina que latejava em suas têmporas. Ela recordou a fúria que a dominara quando, depois de ver o cadáver de Pontiero, fora chamada ao telefone por aquele animal.

Apontou com cuidado.

Karoski estava a mais de 10 metros de distância. Só eram visíveis uma parte de sua cabeça e os antebraços, atrás do escudo humano formado pelo cardeal Shaw.

Apesar da destreza de Paola, aquele tiro, com revólver, era impossível.

— Jogue a arma no chão, *ispettrice*, ou vou matá-la aqui mesmo.

Ela mordeu o lábio inferior para não gritar de raiva. Tinha o assassino bem ali, à sua frente, e não podia fazer nada.

— Não lhe dê ouvidos, *dottoressa*. Você nunca machucaria o cardeal, não é, Viktor?

Karoski agarrou o pescoço de Shaw com mais força ainda.

— Claro que sim. Jogue a arma no chão, Dicanti. Jogue!

— Por favor, faça o que ele diz — gemeu Shaw, com um fio de voz.

— Excelente interpretação, Viktor. — A voz de Fowler tremia de cólera. — Lembra, senhorita, que nos parecia impossível que o assassino tivesse conseguido sair do quarto de Cardoso, que estava trancado a sete chaves? Droga, foi fácil demais. Ele nunca saiu dali.

— Como assim? — assombrou-se Paola.

— Nós arrombamos a porta. Não vimos ninguém. E então um oportuno pedido de ajuda nos impeliu a uma enlouquecida perseguição pelas escadas. Viktor estaria embaixo da cama? No armário?

— Muito esperto, padre. Agora, jogue a arma, *ispettrice*.

— Mas, claro, esse pedido de ajuda e a descrição do agressor vinham avalizados por um homem de fé, um homem totalmente confiável. Um cardeal. O cúmplice de um assassino.

— Cale-se!

— O que Shaw lhe prometeu, para você tirar do caminho seus concorrentes, em busca de uma glória que há muito tempo ele deixou de merecer?

— Chega! — Karoski estava como louco, o rosto coberto de suor. Uma das sobrancelhas artificiais que ele usava havia começado a descolar e lhe caía sobre o olho.

— Ele o procurou no Instituto Saint Matthew, Viktor? Foi ele quem lhe recomendou ir para lá, não foi?

— Pare com essas insinuações absurdas, Fowler. Mande essa mulher jogar a arma, ou este louco vai me matar — ordenou Shaw, desesperado.

— Qual era o plano de Sua Eminência, Viktor? — perguntou Fowler, ignorando a ordem. — Você devia fingir atacá-lo em plena basílica de São Pedro? E ele o dissuadiria desse intento ali mesmo, à vista de todo o povo de Deus e das câmeras de televisão?

— Não continue, ou eu mato o cardeal! Eu mato!

— Quem ia morrer era você. E Shaw seria um herói. O que ele lhe prometeu em troca das chaves do Reino, Viktor?

— O céu, maldito veado! A vida eterna!

Karoski afastou o cano da arma da cabeça de Shaw. Apontou contra Dicanti e atirou.

Fowler empurrou Dicanti para a frente, e o revólver caiu da mão dela. A bala de Karoski errou por muito pouco a cabeça da inspetora e destroçou o ombro esquerdo do sacerdote.

Karoski afastou Shaw, que correu a se refugiar entre dois armários. Paola, sem tempo para procurar o revólver, investiu contra Karoski de cabeça abaixada, punhos cerrados. Acertou-lhe o estômago com o ombro direito, encostando-o à parede, mas não a ponto de deixá-lo sem ar: as camadas de recheio que ele usava a fim de parecer mais corpulento o protegeram. Mesmo assim, a arma de Pontiero caiu no chão com um ruído metálico e ressoante.

O assassino golpeou as costas de Dicanti. Ela berrou de dor, mas se levantou e conseguiu acertar um golpe na cara de Karoski. Este vacilou e quase perdeu o equilíbrio.

Paola cometeu então seu único erro.

Olhou ao redor para procurar a pistola. E então Karoski a golpeou no rosto, no estômago, nos rins. E finalmente imobilizou-a com um braço, assim como fizera com Shaw. Só que, desta vez, segurava um objeto cortante, com o qual acariciou a face de Paola. Era uma peixeira, comum, mas muito afiada.

— Ah, Paola, você não imagina o prazer que isto vai me dar — sussurrou Karoski no ouvido dela.

— Viktor!

Karoski se voltou. Fowler tinha o joelho esquerdo firmado no piso de mármore, o ombro esquerdo destroçado e gotejando sangue ao longo do braço, que pendia inerte até o chão.

A mão direita empunhava o revólver de Paola e apontava diretamente para a testa de Karoski.

— O senhor não vai atirar, padre Fowler — disse o assassino, ofegante. — Não somos tão diferentes assim. Nós dois compartilhamos o mesmo inferno particular. E o senhor jurou por seu sacerdócio que nunca mais mataria.

Rubro de dor, Fowler conseguiu, fazendo um esforço terrível, levar a mão esquerda até o cabeção. Com um só gesto, puxou-o da camisa e o lançou no ar, entre o assassino e ele. O cabeção saiu girando, com seu tecido endurecido, de um branco imaculado, exceto por uma marca avermelhada no ponto onde o polegar de Fowler havia pousado nele. Karoski, hipnotizado, seguiu o objeto com o olhar, mas não o viu cair.

Fowler deu um só tiro, perfeito, que acertou bem no meio dos olhos de Karoski.

O assassino desabou. Escutou ao longe as vozes dos seus pais, que o chamavam, e foi ao encontro deles.

Paola correu para Fowler, que estava pálido, com o olhar perdido. Enquanto corria, ela tirou o blazer para estancar o ferimento do ombro do sacerdote.

— Recoste-se, padre.

— Ainda bem que os senhores chegaram, meus amigos — disse o cardeal Shaw, recobrando repentinamente força suficiente para ficar de pé. — Este monstro me mantinha seqüestrado.

— Não fique aí, cardeal. Vá chamar alguém... — começou a dizer Paola, que estava ajudando Fowler a se deitar no chão. De repente, compreendeu para onde se dirigia o purpurado: para a pistola de Pontiero, caída perto do corpo de Karoski. E compreendeu que, agora, ela e Fowler eram testemunhas muito perigosas. Estendeu a mão para o revólver.

— Boa-tarde — disse o inspetor Cirin, entrando no aposento seguido por três agentes da *Vigilanza* e sobressaltando o cardeal, que já se agachava para apanhar a pistola, mas logo se empertigou.

— Eu já começava a crer que o senhor não se apresentaria, inspetor geral. Tem de deter imediatamente estas pessoas — disse Shaw, apontando Fowler e Paola.

— Queira me desculpar. Já falo com Vossa Eminência.

Camilo Cirin deu uma olhada ao redor. Aproximou-se de Karoski, recolhendo no caminho a pistola de Pontiero, e tocou o rosto do assassino com a ponta do sapato.

— É ele?

— Sim — respondeu Fowler, sem se mexer.

— Caramba, Cirin — disse Paola. — Um falso cardeal. Como isso pôde acontecer?

— Ele tinha boas referências.

Cirin ligou as pontas em velocidade vertiginosa. Por trás daquele rosto de pedra havia um cérebro que funcionava a todo o vapor. Instantaneamente, ele recordou que Pauljic havia sido o último cardeal nomeado por Wojtyla. Fazia seis meses, quando Wojtyla quase já não se movia na cama. Recordou que o papa havia comunicado a Samalo e a Ratzinger a nomeação de um cardeal *in pectore*, cujo nome ele *só revelara a Shaw*, a fim de que este o anunciasse após sua morte. Para o inspetor geral, não foi muito difícil imaginar quais lábios tinham soprado ao exaurido pontífice o nome de Pauljic, nem quem havia acompanhado o "cardeal" à Domus Sanctæ Marthæ pela primeira vez, para apresentá-lo aos seus curiosos companheiros.

— Cardeal Shaw, Vossa Eminência vai ter de explicar muitas coisas.

— Não sei a que o senhor se refere...

— Cardeal, por favor.

Shaw voltou a se empertigar. Começava a recuperar sua soberba, seu orgulho perene, o mesmo orgulho que o havia derrotado.

— João Paulo II me preparou durante muitos anos para continuar a obra dele, inspetor geral. O senhor sabe, mais do que ninguém, o que pode acontecer quando o controle da Igreja cai nas mãos dos relaxados.

Confio em que, agora, agirá como melhor convém à sua Igreja, meu amigo.

Os olhos de Cirin realizaram um juízo sumaríssimo em meio segundo.

— Claro que o farei, Eminência. Domenico?

— Sim, inspetor — respondeu um dos agentes que haviam vindo com ele, vestidos de terno e gravata pretos.

— O cardeal vai sair agora para celebrar a missa novendial na basílica.

O cardeal sorriu.

— Depois, o senhor e outro agente vão escoltá-lo até o novo destino dele: o mosteiro de Albergradz, nos Alpes, onde poderá refletir em solidão sobre seus atos. Também terá oportunidade de praticar o alpinismo.

— Um esporte perigoso, segundo ouvi dizer — comentou Fowler.

— Certamente. Cheio de acidentes — corroborou Paola.

Shaw permaneceu calado, e, no silêncio, quase se podia ver como ele desabava. Sua cabeça estava baixa; sua papada, esmagada contra o peito. Não se despediu de ninguém ao deixar a sacristia acompanhado por Domenico.

O inspetor geral se ajoelhou junto a Fowler. Paola segurava a cabeça do sacerdote, enquanto apertava o ferimento com seu blazer.

— Permita-me.

Cirin afastou a mão da criminologista. O tampão que ela improvisara já estava ensopado, e ele o substituiu pelo seu próprio paletó dobrado.

— Calma, uma ambulância já está a caminho. Posso saber como conseguiram a entrada para este circo?

— Evitamos seus ingressos, inspetor Cirin. Preferimos usar os do Santo Ofício.

Aquele homem imperturbável arqueou ligeiramente uma sobrancelha. Paola compreendeu que essa era sua maneira de expressar assombro.

— Ah, claro. O velho Gonthas Hanër, trabalhador obstinado. Vejo que os critérios dele para admissão ao Vaticano são mais frouxos.

— E os preços, mais altos — disse Fowler, pensando na terrível conversa que o esperava no dia seguinte.

Cirin assentiu, compreensivo, e apertou ainda mais seu paletó contra o ferimento do sacerdote.

— Isso pode ser resolvido, suponho.

Naquele momento, chegaram dois enfermeiros trazendo uma maca.

Enquanto os socorristas atendiam o ferido, no interior da basílica, junto à porta que levava à sacristia, oito coroinhas e dois sacerdotes com os respectivos turíbulos aguardavam, dispostos em duas filas, os cardeais Shaw e Pauljic. Eram 12h04. A missa já devia ter começado. O mais velho dos sacerdotes sentia-se tentado a enviar um dos coroinhas para ver o que estava acontecendo. Talvez as irmãs oblatas, encarregadas de cuidar da sacristia, tivessem problemas para acertar com os paramentos apropriados. Mas o protocolo exigia que ele permanecesse ali, sem se mexer, aguardando os celebrantes.

Por fim, só o cardeal Shaw apareceu à porta que conduzia à igreja. Os coroinhas o escoltaram até o altar de São José, onde ele devia oficiar a missa. Durante a cerimônia, os fiéis que estavam mais perto do cardeal comentaram entre si que ele devia ter amado muito o papa Wojtyla: Shaw rezou a missa inteira chorando.

— Sossegue, o senhor está fora de perigo — disse um dos socorristas. — Vamos correr ao hospital, para que lhe prestem uma assistência mais completa, mas a hemorragia foi contida.

Os enfermeiros ergueram Fowler e, nesse momento, Paola compreendeu tudo de uma só vez: o afastamento em relação aos pais, a recusa da herança, o terrível ressentimento. Deteve os enfermeiros com um gesto.

— Agora eu entendi. O inferno particular que os dois compartilharam. O senhor foi ao Vietnã para matar seu pai, não?

Fowler a encarou, surpreso. Tão surpreso que se esqueceu de falar em italiano e respondeu em inglês.

— O quê?

— Foram a ira e o ressentimento que o levaram até lá — disse Paola, também num inglês sussurrante, para evitar que os enfermeiros entendessem a conversa. — O ódio profundo pelo seu pai, a fria rejeição à sua mãe. A negativa em receber a herança. O senhor queria cortar todo vínculo familiar. E sua entrevista com Viktor sobre o inferno. Consta do dossiê que o senhor me passou. Isso esteve bem diante do meu nariz o tempo todo...

— Aonde quer chegar?

— Agora eu o compreendo — disse Paola, inclinando-se sobre a maca e pousando uma mão amistosa no ombro do sacerdote, que, dolorido, reprimiu um queixume. — Compreendo por que o senhor aceitou o trabalho no Instituto Saint Matthew, e compreendo o que o levou a ser o que é hoje. Quando criança, o senhor sofreu abusos do seu pai, não foi? E sua mãe sempre soube. Como aconteceu com Karoski. Por isso Karoski o respeitava. Porque ambos estavam em lados opostos de uma mesma linha. O senhor escolheu se transformar num homem, e ele escolheu ser um monstro.

Fowler não respondeu, mas tampouco era necessário. Os enfermeiros retomaram o passo, mas o sacerdote encontrou forças para fitá-la e sorrir.

— Cuide-se, *dottoressa.*

Na ambulância, Fowler se debatia contra a inconsciência. Fechou os olhos momentaneamente, mas uma voz conhecida veio devolvê-lo à realidade.

— Olá, Anthony.

Fowler sorriu.

— Olá, Fabio. Como está seu braço?

— Bastante fodido.

— Você teve muita sorte naquele telhado.

Dante não respondeu. Ele e Cirin estavam sentados juntos, num banco encostado à cabine da ambulância. O superintendente esgrimia uma careta cínica, apesar de ter o braço esquerdo engessado e o rosto coberto de ferimentos; o outro mantinha sua eterna cara de pôquer.

— E então? Como é que vocês vão me matar? Cianureto na bolsa de soro, me deixar sangrar até o fim, ou será o clássico tiro na nuca? Eu preferiria a última hipótese.

Dante riu sem alegria.

— Não me tente. Algum dia, quem sabe? Mas, desta vez, não, Anthony. Esta viagem é de ida e volta. Haverá ocasião melhor.

Cirin, com o rosto imperturbável, fitou o sacerdote diretamente nos olhos.

— Quero lhe agradecer. Você foi de grande ajuda.

— Não fiz isso por você. Nem pela sua bandeira.

— Eu sei.

— Na verdade, achei que era você quem estava por trás disso.

— Também sei, e não o culpo.

Os três guardaram silêncio durante alguns minutos. Finalmente, Cirin foi quem retomou a palavra.

— Alguma possibilidade de você voltar a trabalhar conosco?

— Nenhuma, Camilo. Você já me enganou uma vez. Isso não vai acontecer de novo.

— Uma última vez. Pelos velhos tempos.

Fowler meditou por uns segundos.

— Com uma condição. Você sabe qual é.

Cirin assentiu.

— Dou minha palavra. Ninguém se aproximará dela.

— E tampouco da outra. A espanhola.

— Isso eu não posso lhe garantir. Ainda não temos certeza de que ela não tem uma cópia do disco.

— Eu conversei com ela. Não a tem, e não vai falar.

— Está bem. Sem o disco, não pode provar nada.

Houve um novo silêncio, mais longo ainda, interrompido apenas pelo apito intermitente do eletrocardiógrafo conectado ao peito do sacerdote. Fowler foi relaxando aos poucos. Entre névoas, chegou-lhe a última frase de Cirin.

— Sabe, Anthony? Por um momento, achei que você diria a verdade a ela. Toda a verdade.

Fowler não escutou a sua própria resposta, embora isso não fosse necessário. Nem todas as verdades libertam. Sabia que nem mesmo ele podia viver com a sua verdade. E muito menos jogar esse peso sobre outra pessoa.

RATZINGER É ELEITO PAPA
QUASE POR UNANIMIDADE

ANDREA OTERO
(*Enviada especial*)

ROMA – O conclave para a eleição do sucessor de João Paulo II terminou ontem, com a escolha do antigo prefeito da Congregação para a Doutrina da Fé, Joseph Ratzinger. Embora os cardeais tenham jurado sobre a Bíblia, sob pena de excomunhão, manter segredo quanto à eleição, os primeiros vazamentos já começam a chegar à mídia. Ao que parece, o purpurado alemão foi eleito por 105 votos dos 115 possíveis, muito mais do que os 77 necessários. Os vaticanistas garantem que o grande número de apoios obtido por Ratzinger é um fato insólito, sobretudo considerando-se que o conclave se resolveu em apenas dois dias.

El Globo, quarta-feira, 20 de abril de 2005, página 8

Os especialistas atribuíram o aspecto insólito e a rapidez da eleição à falta de oposição a um candidato que, no princípio, estava muito aquém das apostas. Fontes muito próximas do Vaticano indicaram que os principais rivais de Ratzinger (Portini, Robayra e Cardoso) não conseguiram votos suficientes em nenhum momento. As mesmas fontes chegaram a comentar que acharam esses cardeais "um pouco ausentes" durante a eleição de Bento XVI...

Epílogo

Gabinete do papa Bento XVI
Palazzo del Governatorato

Quarta-feira, 20 de abril de 2005. 11h23

O homem vestido de branco a recebeu em sexto lugar. Duas semanas antes e um andar abaixo, Paola havia esperado num corredor semelhante, toda ela uma pilha de nervos, sem saber que, naquele mesmo momento, um amigo seu morria. Duas semanas depois, seu medo de não saber se comportar estava esquecido e seu amigo, vingado. Tinha havido uma infinidade de acontecimentos naqueles 15 dias, e um dos mais importantes se dera na alma de Paola.

A criminologista notou que ainda pendiam da porta as faixas vermelhas com os selos de lacre que haviam protegido o gabinete entre a morte de João Paulo II e a eleição do seu sucessor. O Sumo Pontífice acompanhou o olhar dela.

— Pedi que as deixassem aí durante algum tempo. Servirão para me recordar que este posto é temporário — disse ele com voz cansada, enquanto Paola lhe beijava o anel.

— Santidade.

— Bem-vinda, *ispettrice* Dicanti. Chamei-a para agradecer pessoalmente sua valente atuação.

— Obrigada, Santidade. Eu apenas cumpri meu dever.

— Não, *ispettrice*, a senhorita foi além do seu dever. Sente-se, por favor — disse o papa, apontando umas poltronas num canto do gabinete, sob um belo Tintoretto.

— Na verdade, eu esperava encontrar aqui o padre Fowler, Santidade — disse Paola, sem conseguir esconder a ansiedade em sua voz. — Não o vejo há dez dias.

O papa segurou a mão dela e sorriu, tranqüilizador.

— O padre Fowler está descansando a salvo, num lugar seguro. Tive oportunidade de visitá-lo na noite passada. Ele pediu que eu lhe transmitisse suas despedidas, e lhe enviou uma mensagem: "É o momento para que ambos, a senhorita e eu, nos despojemos da dor pelos que ficaram para trás."

Ao ouvir essa frase, Paola sentiu um estremecimento interior, e as lágrimas brotaram. Passou mais meia hora naquele gabinete, mas as palavras que o Santo Padre e ela proferiram durante esse tempo ficaram só entre os dois.

Mais tarde, Paola saiu para a claridade da praça de São Pedro. O sol brilhava, passado o meio-dia. Ela puxou o maço de Pontiero e acendeu o último cigarro. Levantou o rosto para o céu, soltando a fumaça.

— Nós o pegamos, Maurizio. Você tinha razão. E agora, vá para aquela tal de luz e me deixe em paz. Ah, e dê lembranças a papai.

Madri, janeiro de 2003
Santiago de Compostela, agosto de 2005

Agradecimentos

A Antonia Kerrigan, por seu trabalho fenomenal e por me mostrar a direção correta. A Blanca Rosa Roca e Carlos Ramos, por seu entusiasmo e seu espírito de triunfo. A Raquel Rivas, pelo bom conselho que me deu e por sua sinceridade.

E, claro, a Katu e Andrea. Pelo apoio e pelo amor incondicional de vocês.

markgraph

Rua Aguiar Moreira, 386 - Bonsucesso
Tel.: (21) 3868-5802 Fax: (21) 2270-9656
e-mail: markgraph@domain.com.br
Rio de Janeiro - RJ